Fjodor Michailowitch Dostojewski
Arme Leute

I0634505

fabula Verlag Hamburg

ISBN: 978-3-95855-329-3
Druck: fabula Verlag Hamburg, 2017
Covergestaltung: Violetta Wegel

Der fabula Verlag Hamburg ist ein Imprint der Diplomica Verlag GmbH.
Bibliografische Information der Deutschen Nationalbibliothek:
Die Deutsche Nationalbibliothek verzeichnet diese Publikation in der Deutschen Nationalbibliografie; detaillierte bibliografische Daten sind im Internet
über http://dnb.d-nb.de abrufbar.

Fjodor Michailowitch Dostojewski

Arme Leute

fabula

Arme Leute

*»Nein, ich danke für diese Märchendichter! Anstatt
etwas Nützliches, Angenehmes, Erquickendes zu schreiben, kratzen sie da die kleinsten Kleinigkeiten aus der
Erde hervor und schnüffeln überall herum!... Ich würde
Ihnen einfach verbieten, zu schreiben! Zum Beispiel,
was soll das: man liest... unwillkürlich denkt man doch
nach, – aber... aber... es kommen einem nur alle möglichen Ungereimtheiten in den Kopf. Nein, wirklich, ich
würde ihnen verbieten, zu schreiben, ganz einfach und
unter allen Umständen: schlankweg verbieten!«*
Fürst W. F. Odojewskij.

8. *April.*

Meine unschätzbare Warwara Alexejewna!

Gestern war ich glücklich, über alle Maßen glücklich, wie
man glücklicher gar nicht sein kann! So haben Sie Eigensin-
nige doch wenigstens einmal im Leben auf mich gehört! Als
ich am Abend, so gegen acht Uhr, erwachte (Sie wissen doch,
meine Liebe, daß ich mich nach dem Dienst ein bis zwei
Stündchen etwas auszustrecken liebe), da holte ich mir meine Kerze – und wie ich nun gerade mein Papier zurechtgelegt
habe und nur noch meine Feder spitze, schaue ich plötzlich
ganz unversehens auf – da: wirklich, mein Herz begann zu
hüpfen! So haben Sie doch erraten, was ich wollte! Ein Eckchen des Vorhanges an Ihrem Fenster war zurückgeschla-

1

gen und an einem Blumentopf mit Balsaminen angesteckt, genau so, wie ich es Ihnen damals anzudeuten versuchte. Dabei schien es mir noch, daß auch Ihr liebes Gesichtchen am Fenster flüchtig auftauchte, daß auch Sie aus Ihrem Zimmerchen nach mir ausschauten, daß Sie gleichfalls an mich dachten! Und wie es mich verdroß, mein Täubchen, daß ich Ihr liebes, reizendes Gesichtchen nicht deutlich sehen konnte! Es hat einmal eine Zeit gegeben, wo auch wir mit klaren Augen sahen, mein Kind. Das Alter ist keine Freude, meine Liebe. Auch jetzt ist es wieder so, als flimmerte mir alles vor den Augen. Arbeitet man abends noch ein bißchen, schreibt man noch etwas, so sind die Augen am nächsten Morgen gleich rot und tränen so, daß man sich vor fremden Leuten fast schämen muß. Aber doch sah ich im Geiste gleich Ihr Lächeln, mein Kind, Ihr gutes, freundliches Lächeln, und in meinem Herzen hatte ich ganz dieselbe Empfindung, wie damals, als ich Sie einmal küßte, Warinka – erinnern Sie sich noch, Engelchen? Wissen Sie, mein Täubchen, es schien mir sogar, als ob Sie mir mit dem Finger drohten. War es so, Sie Unart? Das müssen Sie mir unbedingt ausführlich erzählen, wenn Sie mir wieder einmal schreiben.

Nun, wie finden Sie denn unseren Einfall, ich meine, das mit Ihrem Fenstervorhang, Warinka? Gar zu nett, nicht wahr? Sitze ich an der Arbeit, oder lege ich mich schlafen, oder stehe ich auf – immer weiß ich dann, daß auch Sie dort an mich denken, sich meiner erinnern, und auch selbst gesund und heiter sind. Lassen Sie den Vorhang herab, so heißt das: »Gute Nacht, Makar Alexejewitsch, es ist Zeit, schlafen zu gehen!« Heben Sie ihn wieder auf, so heißt das: »Guten Morgen, Makar Alexejewitsch, wie haben Sie geschlafen, und wie steht es mit Ihrer Gesundheit, Makar Alexejewitsch? Ich selbst bin, Gott sei Dank, gesund und wohlgemut!«

Sehen Sie nun, mein Seelchen, wie fein das ersonnen ist. So sind gar keine Briefe nötig! Schlau, nicht wahr? Und diese kniffliche Erfindung stammt von mir! Nun was – bin ich nicht erfinderisch, Warwara Alexejewna?

Ich muß Ihnen doch noch berichten, mein Kind, daß ich diese Nacht recht gut geschlafen habe, eigentlich gegen alle Erwartung gut, womit ich denn auch sehr zufrieden bin; zumal man in einer neuen Wohnung, schon aus Ungewohntheit, sonst niemals gut zu schlafen pflegt; es ist eben doch immer nicht alles so, wie es sein muß. Als ich heute aufstand, war es mir ganz wie – wie – nun, wie so einem lichten Falken ums Herz – froh und sorgenfrei! Was ist das doch heute für ein schöner Morgen, mein Kind! Unser Fenster wurde aufgemacht: die Sonne scheint herein, die Vögel zwitschern, die Luft ist erfüllt von Frühlingsdüften und die ganze Natur lebt auf, – nun, und auch alles andere war genau so, wie es sich gehört, genau wie es sein muß, wenn es Frühling wird. Ich versank sogar ein Weilchen in Träumerei und dabei dachte ich nur an Sie, Warinka. Ich verglich Sie in Gedanken mit einem Himmelsvögelchen, das so recht zur Freude der Menschen und zur Verschönerung der Natur erschaffen ist. Dabei dachte ich auch, daß wir, Warinka, wir Menschen, die wir in Sorgen und Ängsten leben, die kleinen Himmelsvöglein um ihr sorgenloses und unschuldiges Glück beneiden könnten, – nun und Ähnliches mehr, alles von der Art, dachte ich. Das heißt, ich machte nur so entfernte Vergleiche… Ich habe da ein Büchelchen, Warinka, in dem ist von solchen Dingen die Rede, und alles ist ganz ausführlich beschrieben. Ich schreibe das deshalb, weil ich nur sagen will, daß es doch sonst immer verschiedene Auffassungen gibt, nicht wahr, meine Liebe? Jetzt aber ist es Frühling, und da kommen einem gleich so angenehme Gedanken, so geistreiche und erfinderische obendrein, und sogar zärtliche Träumereien kommen einem. Die ganze Welt erscheint einem in rosigem Licht. Deshalb habe ich auch dies alles geschrieben. Übrigens habe ich es meist dem Büchelchen entnommen.

Dort äußert der Verfasser ganz denselben Wunsch, nur in Versen:

»Ein Vogel, ein Raubvogel möchte ich sein!«

Und so weiter. Dort kommen auch noch verschiedene andere Gedanken vor, aber – nun, Gott mit Ihnen! Doch sagen Sie, wohin gingen Sie denn heute morgen, Warwara Alexejewna? Ich hatte mich noch nicht zum Dienst aufgemacht, da gingen Sie bereits fröhlich über den Hof, hatten schon wie ein Frühlingsvöglein Ihr Zimmerchen verlassen. Und wie mein Herz sich freute, als ich Sie sah! Ach, Warinka, Warinka! Grämen Sie sich doch nicht! Mit Tränen hilft man keinem Kummer, glauben Sie mir, ich weiß es, weiß es aus eigener Erfahrung. Jetzt leben Sie doch so ruhig und sorgenlos, und auch mit Ihrer Gesundheit geht es besser. – Nun, was macht Ihre Fedora? Ach, was ist das für ein guter Mensch! Sie müssen mir alles ganz genau beschreiben, Warinka, wie Sie mit ihr leben und ob Sie auch mit allem zufrieden sind? Fedora ist mitunter etwas brummig, aber Sie müssen das nicht weiter beachten, Warinka. Gott mit ihr! Sie ist doch eine gute Seele.

Ich habe Ihnen schon früher von unserer Theresa geschrieben – sie ist gleichfalls eine gute und treue Person. Was hab' ich mir doch um unsere Briefe für Sorgen gemacht! Wie sollte man sie befördern? Da kam uns denn zu unserem Glück diese Theresa, kam wie von Gott gesandt. Sie ist eine gute, bescheidene, stille Person. Aber unsere Wirtin ist wahrhaft erbarmungslos, so versteht sie es, sie auszunutzen. Die Arme wird mit Arbeit ganz überhäuft.

Doch in was für eine Wildnis bin ich hier geraten, Warwara Alexejewna! Das ist mir mal eine Wohnung, das muß ich sagen! Früher lebte ich doch in einer solchen Einsamkeit, Sie wissen ja: friedlich, still, wenn einmal eine Fliege flog, hörte man es. Hier aber – Lärm, Geschrei, Gezeter! Aber Sie wissen ja noch gar nicht, wie das hier eigentlich alles ist. Denken Sie sich ungefähr einen langen Korridor, einen ganz dunklen und unsauberen. Rechts ist die Brandmauer, ohne Fenster, ohne Türen; links aber ist Tür an Tür, ganz wie in einem Hotel, so eine lange Reihe Türen. Und hinter jeder Tür ist nur ein Zimmer, Nummer Soundsoviel, und in jeder dieser Nummern wohnen zwei bis drei zusammen, je nachdem, und die zahlen gemeinsam die Miete. Ordnung dürfen Sie nicht verlangen – das ist hier wie in der Arche Noah! Doch sind es, glaube ich, trotzdem gute Menschen, alle sind sie so gebildet, sogar gelehrt. Unter anderen wohnt hier ein Beamter – ein sehr belesener Mann: er spricht von Homer, und noch von verschiedenen anderen Schriftstellern, von allem spricht er, – ein kluger Mensch! Dann wohnen hier noch zwei ehemalige Offiziere, die immer nur Karten spielen. Dann ein Seemann, der englische Stunden gibt. – Warten Sie mal, ich werde Sie einmal zum Lachen bringen, mein Kind: ich werde in meinem nächsten Brief alle die Leute satirisch beschreiben, das heißt, wie sie hier hausen, und zwar ganz ausführlich!

Unsere Wirtin ist ein sehr kleines und unsauberes altes Weib, geht den ganzen Tag in Pantoffeln und in einem Schlafrock umher und schimpft ununterbrochen die Theresa. Ich wohne in der Küche, oder richtiger gesagt – Sie müssen sich das so denken: hier neben der Küche ist noch ein Zimmer (unsere Küche ist, muß ich Ihnen sagen, rein und hell und sehr anständig), ein ganz kleines Zimmerchen, so ein bescheidenes Winkelchen eigentlich nur... oder noch richtiger wird es so sein: die Küche ist groß und hat drei Fenster, und bei mir ist nun parallel der Querwand eine Scheidewand angebracht, so daß es sozusagen noch ein Zimmerchen gibt, eine Nummer »über den Etat«, wie man sagt. Alles ist geräumig und bequem, und sogar ein Fenster habe ich und überhaupt alles, – mit einem Wort nochmals, es ist alles gut und bequem. Das ist also mein Winkelchen. Aber nun müssen Sie nicht etwa denken, Kind, daß irgend etwas dabei sei und ich einen Hintergedanken habe: weil das immerhin nur eine Küche ist! Das heißt, genau genommen lebe ich ja in demselben Raum, nur hinter einer Scheidewand, aber das hat nichts zu sagen! Ich lebe hier ganz heimlich und mäuschenstill, ganz bescheiden und ruhig. Habe hier mein Bett aufgestellt, einen Tisch, eine Kommode, zwei Stühle, jawohl, genau ein Paar, und habe das Heiligenbild aufgehängt. Es gibt gewiß bessere Wohnungen, sogar viel bessere, aber die Hauptsache ist doch die Bequemlichkeit; ich wohne ja hier nur deshalb, weil ich es so am bequemsten habe – Sie brauchen nicht zu denken, daß ich es aus irgendeinem anderen Grunde tue. Ihr Fensterchen liegt mir gerade gegenüber, über den Hof, und der Hof ist auch nur so ein kleines Höfchen, da sieht man Sie denn ganz deutlich hin und wieder im Vorübergehen, – das ist doch immer etwas geselliger für mich Armen, und auch billiger.

Bei uns hier kostet selbst das kleinste Zimmer mit der Beköstigung zusammen fünfunddreißig Rubel monatlich. Das ist nichts für meinen Beutel! Mein Winkelchen aber kostet nur sieben Rubel, und für die Beköstigung zahle ich fünf, während ich früher für alles in allem runde dreißig Rubel zahlte, dafür aber auf vieles verzichten mußte: so konnte ich nicht immer Tee trinken, jetzt dagegen, oh, da bleibt mir noch genug für Tee und Zucker. Es ist, wissen Sie, doch so – tatsächlich: man schämt sich irgendwie, wenn man keinen Tee trinken kann, Warinka. Hier wohnen nur Leute, die ihr Auskommen haben, und da geniert man sich eben. Und eigentlich: nur wegen der anderen trinkt man ihn, den Tee, Warinka, nur des Ansehens wegen, weil es hier zum guten Ton gehört. Mir wäre es ja sonst ganz gleich, ich bin nicht einer, der viel auf Genüsse gibt.

Und dann, was man so noch als Taschengeld braucht – denn irgend etwas hat man doch immer nötig – nun, sei es ein Paar Stiefel, ein Kleidungsstück – wieviel bleibt denn da übrig? So geht denn mein ganzes Gehalt auf. Ich klage ja nicht, ich bin ganz zufrieden. Für mich genügt es. Hat es doch schon viele Jahre genügt! Hin und wieder gibt es auch noch Gratifikationen.

Nun, leben Sie wohl, mein Engelchen. Ich habe da ein paar Blumen gekauft, zwei Töpfchen, eines mit Balsaminen und eines mit Geranium – nicht teuer. Vielleicht lieben Sie auch Reseda? Auch Reseda ist zu haben, schreiben Sie nur. Aber alles recht ausführlich, ja? Übrigens müssen Sie da nicht irgendwie etwas argwöhnen, Kind, ich meine – was mich betrifft, und daß ich jetzt so ein Zimmer gemietet habe. Nein, nur die Bequemlichkeit veranlaßte mich dazu, nur, daß es in allem so bequem war, das verleitete mich. – Ich habe doch, das muß ich Ihnen noch sagen, Kind, ich habe doch Geld gespart, ich habe etwas beiseite gelegt: oh ja: ich besitze schon etwas! Achten Sie nicht darauf, daß ich so still und zaghaft bin, daß es aussieht, als könne mich eine Fliege mit den Flügeln umstoßen. Nein, mein Kind, ich bin gar nicht so schwach und habe gerade den Charakter, den ein Mensch mit ruhigem Gewissen und in der Festigkeit, die uns unsere Anständigkeit gibt, haben muß. Leben Sie wohl, mein Engelchen. Da habe ich schon ganze zwei Bogen vollgeschrieben und es ist bereits höchste Zeit zum Dienst. Ich küsse Ihre Fingerchen, Warinka, und verbleibe

Ihr ergebenster Diener und treuester Freund

Makar Djewuschkin.

P. S. Um eines bitte ich Sie noch: antworten Sie mir recht ausführlich, mein Engelchen. Ich sende Ihnen hier eine Tüte Konfekt, Warinka; verschmausen Sie es mit Behagen und machen Sie sich um Gottes willen keine Sorgen um mich und nehmen Sie mir nur nicht irgend etwas übel. Und nun leben Sie wohl, mein Kind.

Sehr geehrter Makar Alexejewitsch!

Wissen Sie, daß man Ihnen endlich einmal die Freundschaft wird kündigen müssen? Ich schwöre Ihnen, guter Makar Alexejewitsch, es fällt mir furchtbar schwer, Ihre Geschenke anzunehmen. Ich weiß doch, wieviel sie kosten und was das für Ihren Beutel ausmacht, zu wieviel Entbehrungen Sie sich deshalb zwingen, wie Sie sich das Notwendigste selbst verweigern. Wie oft habe ich Ihnen schon gesagt, daß ich nichts nötig habe, ganz und gar nichts, daß es nicht in meinen Kräften steht, die Wohltaten, mit denen Sie mich überschütten, zu erwidern. Und wozu diese Blumen? Die Balsaminen, nun, das ginge noch an, aber wozu nun noch Geranium? Es braucht einem nur ein unbedachtes Wort zu entschlüpfen, wie zum Beispiel meine Bemerkung über Geranium, da müssen Sie auch schon sofort Geranium kaufen. So etwas ist doch bestimmt teuer? Wie wundervoll die Blüten sind! So leuchtend rot, und Stern steht an Stern. Wo haben Sie nur ein so schönes Exemplar aufgetrieben? Ich habe den Blumentopf auf das Fensterbrett gestellt, an die sichtbarste Stelle. Auf das Bänkchen vor dem Fenster werde ich noch andere Blumen stellen, lassen Sie mich nur erst reich werden! Fedora kann sich nicht genug freuen – unser Zimmer ist jetzt ein richtiges Paradies, so sauber und hell und freundlich. Aber wozu war denn das Konfekt nötig? Übrigens: ich erriet es sogleich aus Ihrem Brief, daß irgend etwas nicht richtig ist: Frühling und Wohlgerüche und Vogelgezwitscher – nein, dachte ich, sollte nicht gar noch ein Gedicht folgen? Denn wirklich, es fehlen nur noch Verse in Ihrem Brief, Makar Alexejewitsch. Und die Gefühle sind zärtlich und die Gedanken rosafarben – alles, wie es sich gehört! An den Vorhang habe ich überhaupt nicht gedacht. Der Zipfel muß an einem Zweige hängen geblieben sein, als ich die Blumentöpfe umstellte. Da haben Sie es!

Ach, Makar Alexejewitsch, was reden Sie da und rechnen mir Ihre Einnahmen und Ausgaben vor, um mich zu beruhigen und glauben zu machen, daß Sie alles nur für sich allein ausgeben! Mich können Sie damit doch nicht betrügen. Ich weiß doch, daß Sie sich des Notwendigsten um meinetwillen berauben. Was ist Ihnen denn eingefallen, daß Sie sich ein solches Zimmer gemietet haben, sagen Sie doch, bitte! Man beunruhigt Sie doch, man belästigt Sie dort, das Zimmer wird gewiß eng und unbequem und ungemütlich sein. Sie lieben Stille und Einsamkeit, hier aber – was wird denn das für ein Leben sein? Und bei Ihrem Gehalt könnten Sie doch viel besser wohnen. Fedora sagt, daß Sie früher unvergleichlich besser gelebt hätten als jetzt. Haben Sie wirklich Ihr ganzes Leben so verbracht, immer einsam, immer mit Entbehrungen, ohne Freude, ohne ein gutes, liebes Wort zu hören, immer in einem bei fremden Menschen gemieteten Winkel? Ach Sie, mein guter Freund, wie Sie mir leid tun! So schonen Sie doch wenigstens Ihre Gesundheit, Makar Alexejewitsch! Sie erwähnen, daß Ihre Augen angegriffen seien, – so schreiben Sie doch nicht bei Kerzenlicht! Was und wozu schreiben Sie denn noch? Ihr Diensteifer wird Ihren Vorgesetzten doch wohl ohnehin schon bekannt sein.

Ich bitte Sie nochmals inständig, verschwenden Sie nicht soviel Geld für mich. Ich weiß, daß Sie mich lieben, aber Sie sind doch selbst nicht reich… Heute war ich ebenso froh, wie Sie, als ich erwachte. Es war mir so leicht zumut. Fedora war schon lange an der Arbeit und hatte auch mir Arbeit verschafft. Darüber freute ich mich sehr. Ich ging nur noch aus, um Seide zu kaufen, und dann setzte ich mich gleichfalls an die Arbeit. Und den ganzen Morgen und Vormittag war ich so heiter! Jetzt aber – wieder trübe Gedanken, alles so traurig, das Herz tut mir weh.

Mein Gott, was wird aus mir werden, was wird mein Schicksal sein! Das Schwerste ist, daß man so nichts, nichts davon weiß, was einem bevorsteht, daß man so gar keine Zukunft hat, und daß man nicht einmal erraten kann, was aus einem werden wird. Und zurückzuschauen, davor graut mir einfach! Dort liegt soviel Leid und Qual, daß das Herz mir schon bei der bloßen Erinnerung brechen will. Mein Leben lang werde ich unter Tränen die Menschen anklagen, die mich zugrunde gerichtet haben. Diese schrecklichen Menschen!

Es dunkelt schon. Es ist Zeit, daß ich mich wieder an die Arbeit mache. Ich würde Ihnen gern noch vieles schreiben, doch diesmal geht es nicht: die Arbeit muß zu einem bestimmten Tage fertig werden. Da muß ich mich beeilen. Briefe zu erhalten ist natürlich immer angenehm: es ist dann doch nicht so langweilig. Aber weshalb kommen Sie nicht selbst zu uns? Wirklich, warum nicht, Makar Alexejewitsch? Wir wohnen ja jetzt so nahe, und soviel freie Zeit werden Sie doch wohl haben. Also bitte, besuchen Sie uns! Ich sah heute Ihre Theresa. Sie sieht ganz krank aus. Sie hat mir so leid getan, daß ich ihr zwanzig Kopeken gab.

Ja, fast hätte ich es vergessen: schreiben Sie mir unbedingt alles möglichst ausführlichst – wie Sie leben, was um Sie herum vorgeht – alles! – Was es für Leute sind, die dort wohnen, und ob Sie auch in Frieden mit ihnen auskommen? Ich möchte das alles sehr gern wissen. Also vergessen Sie es nicht, schreiben Sie es unbedingt! Heute werde ich unabsichtlich ganz gewiß keinen Zipfel des Vorhanges anstecken. Gehen Sie früher schlafen. Gestern sah ich noch um Mitternacht Licht bei Ihnen. Und nun leben Sie wohl. Heute ist wieder alles da: Trauer und Trübsal und Langeweile! Es ist nun einmal so ein Tag! Leben Sie wohl.

Ihre

Warwara Dobrosseloff.

Sehr geehrte Warwara Alexejewna!

Ja, mein Kind, ja, meine Liebe, es muß wohl wieder einmal
so ein Tag sein, wie er einem vom Schicksal öfter beschieden
ist! Da haben Sie sich nun über mich Alten lustig gemacht,
Warwara Alexejewna! Übrigens bin ich selbst daran schuld,
ich ganz allein! Wer hieß mich auch, in meinem Alter, mit
meinem spärlichen Haarrest auf dem Schädel, auf Abenteuer
ausgehen... Und noch eins muß ich sagen, mein Kind: der
Mensch ist bisweilen doch sonderbar, sehr sonderbar. Oh du
lieber Gott! auf was er mitunter nicht zu sprechen kommt!
Was aber folgt daraus, was kommt dabei schließlich heraus?
Ja, folgen tut daraus nichts, aber heraus kommt dabei ein solcher Unsinn, daß Gott uns behüte und bewahre! Ich, mein
Kind, ich ärgere mich ja nicht, aber es ist mir sehr unangenehm, jetzt daran zurückzudenken, was ich Ihnen da alles
so glücklich und dumm geschrieben habe. Und auch zum
Dienst ging ich heute so stolz und stutzerhaft: es war solch
ein Leuchten in meinem Herzen, war so wie ein Feiertag in
der Seele, und doch ganz ohne allen Grund, – so frohgemut
war ich! Mit förmlicher Schaffensgier machte ich mich an
die Arbeit, an die Papiere – und was wurde schließlich daraus? Als ich mich dann umsah, war wieder alles so wie früher – grau und nüchtern. Überall dieselben Tintenflecke,
wie immer dieselben Tische und Papiere, und auch ich ganz
derselbe: wie ich war, genau so bin ich auch geblieben, – was
war da für ein Grund vorhanden, den Pegasus zu reiten? Und
woher war denn alles gekommen? Daher, daß die Sonne einmal durch die Wolken geschaut und der Himmel sich heller
gefärbt hatte. Nur deshalb – dies alles? Und was können das
für Frühlingsdüfte sein, wenn man auf einen Hof hinaussieht,
auf dem aller Unrat der Welt zu finden ist! Da muß ich mir

also nur so aus Albernheit alles eingebildet haben. Aber es kommt doch bisweilen vor, daß ein Mensch sich in seinen eigenen Gefühlen verwirrt und in die Weite schweift und Unsinn redet. Das kommt von nichts anderem, als von alberner Hitzigkeit, in der das Herz eine Rolle spielt. Nach Hause kam ich nicht mehr wie andere Menschen, sondern schleppte mich heim: der Kopf schmerzte. Das kommt dann schon so: eins zum anderen. Ich muß wohl meinen Rücken erkältet haben. Ich hatte mich, recht wie ein alter Esel, über den Frühling gefreut und war im leichten Mantel ausgegangen. Auch das noch! In meinen Gefühlen aber haben Sie sich getäuscht, meine Liebe! Sie haben meine Äußerungen in einem ganz anderen Sinn aufgefaßt. Nur um väterliche Zuneigung handelt es sich, Warinka, denn ich nehme bei Ihnen, in Ihrer bitteren Verwaistheit, die Stelle Ihres Vaters ein, das sage ich aus reiner Seele und aus reinem Herzen. Wie es auch sei: ich bin doch immerhin Ihr Verwandter, wenn auch nur ein ganz entfernter Verwandter, vielleicht wie das Sprichwort sagt: das siebente Wasser in der Suppe, aber immerhin: Ihr Verwandter bleibe ich dennoch, und jetzt bin ich sogar Ihr bester Verwandter und einziger Beschützer. Denn dort, wo es am nächsten lag, daß Sie Schutz und Beistand suchten, dort fanden Sie nur Verrat und Schmach. Was aber die Gedichte betrifft, so muß ich Ihnen sagen, mein Kind, daß es sich für mich nicht schickt, mich auf meine alten Tage noch im Dichten zu üben. Gedichte sind Unsinn! Heute werden in den Schulen die Kinder geprügelt, wenn sie dichten... da sehen Sie, was Dichten ist, meine Liebe.

Was schreiben Sie mir da, Warwara Alexejewna, von Bequemlichkeit, Ruhe und was nicht noch alles? Mein Kind, ich bin nicht anspruchsvoll, ich habe niemals besser gelebt, als jetzt: weshalb sollte ich jetzt anfangen zu mäkeln? Ich habe zu essen, habe Kleider und Schuh – was will man mehr? Nicht uns steht es zu, Gott weiß was für Sprünge zu machen! – bin nicht von vornehmer Herkunft! Mein Vater war kein Adliger und bezog mit seiner ganzen Familie ein geringeres Gehalt, als ich. Ich bin nicht verwöhnt. Übrigens, wenn man ganz aufrichtig die Wahrheit sagen soll, so war ja wirklich in meiner früheren Wohnung alles unvergleichlich besser. Man war freier, unabhängiger, gewiß, mein Kind. Natürlich ist auch meine jetzige Wohnung gut, ja sie hat in gewisser Hinsicht sogar ihre Vorzüge: es ist hier lustiger, wenn Sie wollen, es gibt mehr Abwechslung und Zerstreuung. Dagegen will ich nichts sagen, aber es tut mir doch leid um die alte. So sind wir nun einmal, wir alten Leute, das heißt, wenn wir Menschen schon anfangen, älter zu werden. Die alten Sachen, an die wir uns gewöhnt haben, sind uns schließlich wie verwandt. Die Wohnung war, wissen Sie, ganz klein und gemütlich. Ich hatte ein Zimmerchen für mich. Die Wände waren... ach nun, was soll man da reden! – Die Wände waren wie alle Wände sind, nicht um die Wände handelt es sich, aber die Erinnerungen an all das Frühere, die machen mich etwas wehmütig... Sonderbar – sie bedrücken, aber dennoch ist es, als wären sie angenehm, als dächte man selbst doch gern an all das Alte zurück. Sogar das Unangenehme, worüber ich mich bisweilen geärgert habe, sogar das erscheint jetzt in der Erinnerung wie von allem Schlechten gesäubert und ich sehe es im Geiste nur noch als etwas Trautes, Gutes. Wir lebten ganz still und friedlich, Warinka, ich und meine Wirtin, die selige Alte. Ja, auch an die Gute denke ich jetzt mit traurigen Gefühlen zurück. Sie war eine brave Frau und nahm nicht viel für das Zimmerchen. Sie strickte immer aus alten Zeugstücken, die sie in schmale Bänder zerschnitt, mit ellenlangen Stricknadeln Bettdecken, damit allein beschäftigte sie sich. Das Licht benutzten wir gemeinschaftlich, deshalb arbeiteten wir abends an demselben Tisch. Ein Enkelkindchen lebte bei ihr, Mascha, ich erinnere mich ihrer noch, wie sie ganz klein war – jetzt wird sie dreizehn sein, schon ein großes Mädchen. Und so unartig war sie, so ausgelassen, immer brachte sie uns zum Lachen. So lebten wir denn zu dreien, saßen an langen Winterabenden am runden Tisch, tranken unseren Tee, und dann machten wir uns wieder an die Arbeit. Die Alte begann oft Märchen zu erzählen, damit Mascha sich nicht langweile oder auch, damit sie nicht unartig sei. Und was das für Märchen waren! Da konnte nicht nur ein Kind, nein, auch ein erwachsener, vernünftiger Mensch konnte da zuhören. Und wie! Ich selbst habe oft, wenn ich mein Pfeifchen angeraucht hatte, aufgehorcht, habe mit Spannung zugehört und die ganze Arbeit darüber vergessen. Das Kindchen aber, unser Wildfang, wurde ganz nachdenklich, stützte das rosige Bäckchen in die Hand, öffnete seinen kleinen Kindermund und horchte mit großen Augen; und wenn es ein Märchen zum Fürchten war, dann schmiegte es sich immer näher, immer angstvoller an die Alte an. Uns aber war es eine Lust, das Kindchen zu betrachten. Und so saß man oft und bemerkte gar nicht, wie die Zeit verging, und vergaß ganz, daß draußen der Schneesturm wütete.

Ja, das war ein gutes Leben, Warinka, und so haben wir fast ganze zwanzig Jahre gemeinsam verlebt. – Doch wovon rede ich da wieder! Ihnen werden solche Geschichten vielleicht gar nicht gefallen und mir sind diese Erinnerungen auch nicht so leicht, – namentlich jetzt in der Dämmerung. Theresa klappert dort mit dem Geschirr – ich habe Kopfschmerzen, auch mein Rücken schmerzt ein wenig, und die Gedanken sind alle so seltsam, als schmerzten sie gleichfalls: ich bin heute traurig gestimmt, Warinka!

Was schreiben Sie da von besuchen, meine Gute? Wie soll ich denn zu Ihnen kommen? Mein Täubchen, was werden die Leute dazu sagen? Da müßte ich doch über den Hof gehen, das würde man bemerken und dann fragen, – da gäbe es denn ein Gerede und daraus entstünden Klatschgeschichten und man würde die Sache anders deuten. Nein, mein Engelchen, es ist schon besser, wenn ich Sie morgen bei der Abendmesse sehe; das wird vernünftiger sein und für uns beide unschädlicher. Seien Sie mir nicht böse, mein Kind, weil ich Ihnen einen solchen Brief geschrieben habe. Beim Durchlesen sehe ich jetzt, daß alles ganz zusammenhanglos ist. Ich bin ein alter ungelehrter Mensch, Warinka; in der Jugend habe ich nichts zu Ende gelernt, jetzt aber würde nichts mehr in den Kopf gehen, wenn man von neuem mit dem Lernen anfangen wollte. Ich muß schon gestehen, mein Kind, ich bin kein Meister der Feder und weiß, auch ohne fremde Hinweise und spöttische Bemerkungen, daß ich, wenn ich einmal etwas Spaßigeres schreiben will, nur Unsinn zusammenschwatze. – Ich sah Sie heute am Fenster, ich sah, wie Sie den Vorhang herabließen. Leben Sie wohl, Gott schütze Sie! Leben Sie wohl, Warwara Alexejewna.

Ihr Freund, der ganz uneigennützig Ihr Freund sein will,

Makar Djewuschkin.

P. S. Ich werde, meine Liebe, über niemanden mehr Satiren schreiben. Ich bin zu alt geworden, Kind, um müßigerweise noch Scherze zu machen. Man würde dann auch über mich lachen, denn es ist schon so, wie unser Sprichwort sagt: Wer einem anderen eine Grube gräbt, der – fällt selbst hinein.

9. April.

Makar Alexejewitsch!

Schämen Sie sich denn nicht, mein Freund und Wohltäter, sich so etwas in den Kopf zu setzen! Haben Sie sich denn wirklich beleidigt gefühlt? Ach, ich bin oft so unvorsichtig in meinen Äußerungen, aber diesmal hätte ich doch nicht gedacht, daß Sie meinen harmlos scherzhaften Ton für Spott halten könnten. Seien Sie überzeugt, daß ich es niemals wagen werde, über Ihre Jahre oder Ihren Charakter zu scherzen. Ich habe es nur – wie soll ich sagen –: aus Leichtsinn geschrieben, aus Gedankenlosigkeit, oder vielleicht auch nur deshalb, weil es gerade furchtbar langweilig war… was aber tut man mitunter nicht alles aus Langeweile? Außerdem glaubte ich, daß Sie sich selbst in Ihrem Brief ein wenig lustig hätten machen wollen. Nun macht es mich sehr traurig, daß Sie unzufrieden mit mir sind. Nein, mein treuer Freund und Beschützer, Sie täuschen sich, wenn Sie mich der Gefühllosigkeit und Undankbarkeit verdächtigen. In meinem Herzen weiß ich alles, was Sie für mich taten, als sie mich gegen den Haß und die Verfolgungen schändlicher Menschen verteidigten, nach seinem wahren Wert zu schätzen. Ewig werde ich für Sie beten, und wenn mein Gebet bis hin zu Gott dringt und er mich erhört, dann werden Sie glücklich sein.

Ich fühle mich heute ganz krank. Schüttelfrost und Fieber wechseln ununterbrochen. Fedora beunruhigt sich sehr. Es ist übrigens ganz grundlos, was Sie da schreiben – und weswegen Sie sich fürchten, uns zu besuchen. Was geht das die Leute an? Sie sind mit uns bekannt und damit Basta!

Leben Sie wohl, Makar Alexejewitsch. Zu schreiben weiß ich nichts mehr, und ich kann auch nicht: fühle mich wirklich ganz krank. Ich bitte Sie nochmals, mir nicht zu zürnen und von meiner steten Verehrung und Anhänglichkeit überzeugt zu sein, womit ich die Ehre habe zu verbleiben

Ihre dankbare und ergebene

Warwara Dobrosseloff.

Sehr geehrte Warwara Alexejewna!

Ach, mein Liebes, was ist das nun wieder mit Ihnen! Jedesmal erschrecken Sie mich! Ich schreibe Ihnen in jedem Brief, daß Sie sich schonen sollen, sich warm ankleiden, nicht bei schlechtem Wetter ausgehen, daß Sie in allem vorsichtig sein sollen, – Sie aber, mein Engelchen, hören gar nicht darauf, was ich sage! Ach, mein Täubchen, Sie sind doch wirklich noch ganz wie ein kleines Kindchen! Sie sind so zart, wie so ein Strohhälmchen, das weiß ich doch. Es braucht nur ein Windchen zu wehen und gleich sind Sie krank. Deshalb müssen Sie sich auch in acht nehmen, müssen Sie selbst darauf bedacht sein, sich nicht der Gefahr auszusetzen und Ihren Freunden nicht Kummer, Sorge und Trübsal zu bereiten.

Sie äußerten im vorletzten Brief den Wunsch, mein Kind, über meine Lebensweise und alles, was mich umgibt und angeht, Genaueres zu erfahren. Gern will ich Ihren Wunsch erfüllen. Ich beginne also – beginne mit dem Anfang, mein Kind, dann ist gleich mehr Ordnung in der Sache.

Also erstens: die Treppen in unserem Hause sind ziemlich mittelmäßig; die Paradetreppe ist noch ganz gut, sogar sehr gut, wenn Sie wollen: rein, hell, breit, alles Gußeisen und wie Mahagoni poliertes Holzgeländer. Dafür ist aber die Hintertreppe so, daß ich lieber gar nicht von ihr reden will: feucht, schmutzig, mit zerbrochenen Stufen, und die Wände sind so fettig, daß die Hand kleben bleibt, wenn man sich an sie stützen will. Auf jedem Treppenabsatz stehen Kisten, alte Stühle und Schränke, alles schief und wackelig, Lappen sind zum Trocknen aufgehängt, die Fensterscheiben eingeschlagen; Waschkübel stehen da mit allem möglichen Schmutz, mit Unrat und Kehricht, mit Eierschalen und Tischresten; der Geruch ist schlecht… mit einem Wort, es ist nicht schön.

Die Lage der Zimmer habe ich Ihnen schon beschrieben; sie ist – dagegen läßt sich nichts sagen – wirklich bequem, das ist wahr, aber es ist auch in ihnen eine etwas dumpfe Luft, das heißt, ich will nicht geradezu sagen, daß es in den Zimmern schlecht riecht, aber so – es ist nur ein etwas fauliger Geruch, wenn man sich so ausdrücken darf, in den Zimmern, irgend so ein süßlich scharfer Modergeruch, oder so ungefähr. Der erste Eindruck ist zum mindesten nicht vorteilhaft, doch das hat nichts zu sagen, man braucht nur ein paar Minuten bei uns zu sein, so vergeht das, und man merkt nicht einmal, wie es vergeht, denn man fängt selbst an, so zu riechen, die Kleider und die Hände und alles riecht bald ebenso, – nun, und da gewöhnt man sich eben daran. Aber alle Zeisige krepieren bei uns. Der Seemann hat schon den fünften gekauft, aber sie können nun einmal nicht leben in unserer Luft, dagegen ist nichts zu machen. Unsere Küche ist groß, geräumig und hell. Morgens ist es allerdings etwas dunstig in ihr, wenn man Fisch oder Fleisch brät und es riecht dann nach Rauch und Fett, da immer etwas übergegossen wird, und auch der Fußboden ist morgens meist naß, aber abends ist man dafür wie im Paradies. In der Küche hängt bei uns gewöhnlich Wäsche zum Trocknen auf Schnüren, und da mein Zimmer nicht weit ist, das heißt, fast unmittelbar an die Küche stößt, so stört mich dieser Wäschegeruch zuweilen ein wenig. Aber das hat nichts zu sagen: hat man hier erst etwas länger gelebt, wird man sich auch daran gewöhnen.

Vom frühesten Morgen an, Warinka, beginnt bei uns das Leben, da steht man auf, geht, lärmt, poltert, – dann stehen nämlich alle auf, die einen, um in den Dienst zu gehen oder sonst wohin, manche nur so aus eigenem Antriebe: und dann beginnt das Teetrinken. Die Ssamoware gehören fast alle der Wirtin, es sind ihrer aber nur wenige, deshalb muß ein jeder aufpassen, wann die Reihe an ihn kommt; wer aus der Reihe fällt und mit seinem Teekännchen früher geht, als er darf, dem wird sogleich, und zwar tüchtig, der Kopf zurecht gerückt. Das geschah mit mir auch einmal, gleich am ersten Tage… doch was soll man davon reden! Bei der Gelegenheit wurde ich dann auch mit allen bekannt. Näher bekannt wurde ich zunächst mit dem Seemann. Der ist so ein Offenherziger, hat mir alles gleich erzählt: von seinem Vater und seiner Mutter, von der Schwester, die an einen Assessor in Tula verheiratet ist und von Kronstadt, wo er längere Zeit gelebt hat. Er versprach mir auch seinen Beistand, wenn ich seiner bedürfen sollte, und lud mich gleich zu sich zum Abendtee ein. Ich suchte ihn dann auch auf – er war in demselben Zimmer, in dem man bei uns gewöhnlich Karten spielt. Dort wurde ich mit Tee bewirtet und dann verlangte man von mir, daß ich an ihrem Hazardspiel teilnehmen sollte. Wollten sie sich nun über mich lustig machen oder was sonst, das weiß ich nicht, jedenfalls spielten sie selbst die ganze Nacht, auch als ich eintrat, spielten sie. Überall Kreide, Karten, und ein Rauch war im Zimmer, daß es einen förmlich in die Augen biß. Nun, spielen wollte ich natürlich nicht, und da sagten sie mir, ich sei wohl ein Philosoph. Darauf beachtete mich weiter niemand und man sprach auch die ganze Zeit kein Wort mehr mit mir. Doch darüber war ich, wenn ich aufrichtig sein soll, nur sehr froh. Jetzt gehe ich nicht mehr zu ihnen: bei denen ist nichts als Hazard, der reine Hazard! Aber bei dem Beamten, der nebenbei so etwas wie ein Literat ist, kommt man abends gleichfalls zusammen. Und bei dem geht es anders her, dort ist alles bescheiden, harmlos und anständig, – ein behaglich tüchtiges Leben.

Nun, Warinka, will ich Ihnen noch beiläufig anvertrauen, daß unsere Wirtin eine sehr schlechte Person ist, eine richtige Hexe. Sie haben doch Theresa gesehen, – also sagen Sie selbst: was ist denn an ihr noch dran? Mager ist sie wie eine Schwindsüchtige, wie ein gerupftes Hühnchen. Und dabei hält die Wirtin nur zwei Dienstboten: diese Theresa und den

Faldoni. Ich weiß nicht, wie er eigentlich heißt, vielleicht hat er auch noch einen anderen Namen, jedenfalls kommt er, wenn man ihn so ruft, und deshalb rufen ihn denn alle so. Er ist rothaarig, irgendein Finne, ein schielender Grobian mit einer aufgestülpten Nase: auf die Theresa schimpft er ununterbrochen, und viel fehlt nicht, so würde er sie einfach prügeln. Überhaupt muß ich sagen, daß das Leben hier nicht ganz so ist, daß man es gerade gut nennen könnte… Daß sich zum Beispiel abends alle zu gleicher Zeit hinlegen und einschlafen – das kommt hier überhaupt nicht vor. Ewig wird irgendwo noch gesessen und gespielt, manchmal wird aber sogar so etwas getrieben, daß man sich schämt, es auch nur anzudeuten. Jetzt habe ich mich schon eingelebt und an vieles gewöhnt, aber ich wundere mich doch, wie sogar verheiratete Leute in einem solchen Sodom leben können. Da ist eine ganze arme Familie, die hier in einem Zimmer wohnt, aber nicht in einer Reihe mit den anderen Nummern, sondern auf der anderen Seite in einem Eckzimmer, also etwas weiter ab. Stille Leutchen! Niemand hört von ihnen was. Und sie leben alle in dem einen Zimmerchen, in dem sie nur eine kleine Scheidewand haben. Er soll ein stellenloser Beamter sein – vor etwa sieben Jahren aus dem Dienst entlassen, man weiß nicht, weshalb. Sein Familienname ist Gorschkoff. Er ist ein kleines, graues Männchen, geht in alten, abgetragenen Kleidern, daß es ordentlich weh tut, ihn anzusehen – viel schlechter als ich! So ein armseliges, kränkliches Kerlchen – ich begegne ihm bisweilen auf dem Korridor. Die Kniee zittern ihm immer, auch die Hände zittern und der Kopf zittert, von einer Krankheit vielleicht, oder Gott mag wissen, wovon. Schüchtern ist er, alle fürchtet er, geht jedem scheu aus dem Wege und drückt sich ganz still und leise längs der Wand an den Menschen vorüber. Auch ich bin ja mitunter etwas schüchtern, aber mit dem ist das gar kein Vergleich! Seine Familie besteht aus seiner Frau und drei Kindern. Der älteste Knabe ist ganz nach dem Vater geraten, auch so ein kränkliches Kerlchen. Seine Frau muß einmal gut ausgesehen haben, das sieht man jetzt noch… sie geht aber in so alten, armseligen Kleidern – oh, so alten!! Wie ich hörte, schulden sie der Wirtin bereits die Miete; wenigstens behandelt sie sie nicht gar zu freundlich. Auch hörte ich, daß Gorschkoff selbst irgendwelche Unannehmlichkeiten gehabt haben soll, weshalb er verabschiedet worden sei, – war es nun ein Prozeß oder etwas anderes, vielleicht eine Anklage, oder ist eine Untersuchung eingeleitet worden, das weiß ich Ihnen nicht zu sagen. Arm sind sie, furchtbar arm, Gott im Himmel! Immer ist es still in ihrem Zimmer, so still, als wohnte dort keine Seele. Nicht einmal die Kinder hört man. Und daß sie mal unartig wären oder ein Spielchen spielten – das kommt gar nicht vor, und ein schlimmeres Zeichen gibt es nicht. Einmal kam ich abends an ihrer Tür vorüber – es war gerade ganz ungewöhnlich still bei uns – da hörte ich ganz leises Schluchzen, dann ein Flüstern, dann wieder Schluchzen, ganz als weine dort jemand, aber so still, so hoffnungslos verzweifelt, so traurig, daß es mir das Herz zerreißen wollte – und dann wurde ich die halbe Nacht die Gedanken an diese armen Menschen nicht los, so daß ich lange nicht einschlafen konnte.

Nun leben Sie wohl, Warinka, mein Freundchen! Da habe ich Ihnen jetzt alles beschrieben, so, wie ich es verstand. Heute habe ich den ganzen Tag nur an Sie gedacht. Mein Herz hat sich um Sie ganz müde grämt. Denn sehen Sie, mein Seelchen, ich weiß doch, daß Sie kein warmes Mäntelchen haben. Und ich kenne doch dieses Petersburger Frühlingswetter, diese Frühjahrswinde und den Regen, der dazwischen noch Schnee bringt, – das ist doch der Tod, Warinka! Da gibt es doch solche Wetterumschläge, daß Gott uns behüte und bewahre! Nehmen Sie mir, Herzchen, mein Geschreibsel nicht übel; ich habe keinen Stil, Warinka, ganz und gar keinen Stil. Wenn ich doch nur irgendeinen hätte! Ich schreibe, was mir gerade einfällt, damit Sie eine kleine Zerstreuung haben, also nur so, um Sie etwas zu erheitern. Ja, wenn ich was gelernt hätte, dann wäre es etwas anderes; aber so – was habe ich denn gelernt? Meine Erziehung hat wenig gekostet!

Ihr ewiger und treuer Freund

Makar Djewuschkin.

25. April.

Sehr geehrter Makar Alexejewitsch!

Heute bin ich meiner Kusine Ssascha begegnet! Entsetzlich! Auch sie wird zugrunde gehen, die Ärmste! Auch habe ich zufällig auf Umwegen erfahren, daß Anna Fedorowna sich überall nach mir erkundigt und natürlich alles ausforschen will. Sie wird wohl niemals aufhören, mich zu verfolgen. Sie soll gesagt haben, daß sie mir alles verzeihen wolle! Sie wolle alles Vorgefallene vergessen und werde mich unbedingt besuchen. Von Ihnen hat sie gesagt, Sie seien gar nicht mein Verwandter, nur sie selbst sei meine nächste und einzige Verwandte, und Sie hätten kein Recht, sich in unsere Angelegenheiten einzumischen. Es sei eine Schande für mich und ich müsse mich schämen, mich von Ihnen ernähren zu lassen und auf Ihre Kosten zu leben… Sie sagt, ich hätte das Gnadenbrot, das sie uns gegeben, vergessen – hätte vergessen, daß sie meine Mutter und mich vor dem Hungertode bewahrt, daß sie uns ernährt und gepflegt und fast zweieinhalb Jahre lang nur Unkosten durch uns gehabt, und daß sie uns außerdem eine alte Schuld geschenkt habe. Nicht einmal Mama will sie in ihrem Grabe in Ruhe lassen! Wenn meine Mutter wüßte, was sie mir angetan haben! Gott sieht es!…

Anna Fedorowna hat auch noch gesagt, daß ich nur aus Dummheit nicht verstanden habe, mein Glück festzuhalten, daß sie selbst mir das Glück zugeführt und sonst an nichts schuld sei, ich aber hätte es nur nicht verstanden – oder vielleicht auch nicht gewollt – für meine Ehre einzutreten. Aber wessen Schuld war es denn, großer Gott! Sie sagt, Herr Bükoff sei durchaus im Recht, man könne doch wirklich nicht eine jede heiraten, die …. doch wozu das alles schreiben!

Es ist zu grausam, solche Unwahrheiten hören zu müssen, Makar Alexejewitsch!

Ich weiß nicht, was es heute mit mir ist. Ich zittere, ich weine, ich schluchze. An diesem Brief schreibe ich schon seit zwei Stunden. Und ich war schon in dem Glauben, sie werde doch wenigstens ihre Schuld eingesehen haben, das Unrecht, das sie mir zugefügt hat, – und da redet sie so!

Bitte, regen Sie sich meinetwegen nicht auf, mein Freund, um Gottes willen nicht, mein einziger guter Freund! Fedora übertreibt ja doch immer: ich bin gar nicht krank. Ich habe mich nur gestern auf dem Wolkoff-Friedhof ein wenig erkältet, als ich die Seelenmesse für mein totes Mütterchen hörte. Warum kamen Sie nicht mit mir? – ich hatte Sie doch so darum gebeten. Ach, meine arme, arme Mutter, wenn du aus dem Grabe stiegest, wenn du wüßtest, wenn du wüßtest, was sie mit mir getan haben! …

W. D.

20. Mai.

Mein Täubchen Warinka!

Ich sende Ihnen ein paar Weintrauben, mein Herzchen, die sind gut für Genesende, sagt man, und auch der Arzt hat sie empfohlen, gegen den Durst, – also dann essen Sie mal die Träubchen, Warinka, wenn Sie durstig sind. Sie wollten auch gern ein Rosenstöckchen besitzen, Kind, da schicke ich Ihnen denn jetzt welche. Haben Sie aber auch Appetit, Herzchen? – Das ist doch die Hauptsache. Gott sei Dank, daß nun alles vorüber und überstanden ist, und daß auch unser Unglück bald ein Ende nehmen wird. Danken wir dafür dem Schöpfer! Was aber nun die Bücher betrifft, so kann ich vorläufig nirgendwo welche auftreiben. Es soll hier jemand ein sehr gutes Buch haben, hörte ich, eines, das in sehr hohem Stil geschrieben sei; man sagt, es sei wirklich ein gutes Buch, ich habe es selbst nicht gelesen, aber es wird hier sehr gelobt. Ich habe gebeten, man möge es mir geben, und man wollte es mir auch verschaffen. Nur – werden Sie es wirklich lesen? Sie sind ja so wählerisch in solchen Sachen, daß es schwer hält, für Ihren Geschmack gerade das Richtige zu finden, ich kenne Sie doch, mein Täubchen, ich weiß schon, wie Sie sind! Sie wollen wohl nur Poesie haben, die von Liebe und Sehnsucht handelt, – deshalb werde ich Ihnen auch Gedichte verschaffen, alles, alles, was Sie nur haben wollen. Hier gibt es ein ganzes Heft mit abgeschriebenen Gedichten.

Ich lebe sehr gut. Sie müssen sich über mich beruhigen, Kind. Was Ihnen die Fedora wieder erzählt hat, ist alles gar nicht wahr, sie soll nicht immer lügen, sagen Sie ihr das. Ja, sagen Sie es ihr wirklich, der Klatschbase!… Ich habe meinen neuen Uniformrock gar nicht verkauft, ist mir nicht eingefallen! Und weshalb sollte ich ihn verkaufen, sagen Sie doch selbst? Ich habe noch vor kurzem gehört, wie man davon sprach, daß man mir eine Gratifikation von vierzig Rubeln zusprechen werde, weshalb sollte ich da verkaufen? Nein, Kind, Sie sollen sich wirklich nicht beunruhigen. Sie ist argwöhnisch, die Fedora, und mißtrauisch, das ist gar nicht gut von ihr. Warten Sie nur, auch wir werden noch mal gut leben, mein Täubchen! Nur müssen Sie erst gesund werden, mein Engelchen, das müssen Sie um Christi willen: das ist doch mein größter Kummer, damit betrüben Sie mich Alten doch am meisten. Wer hat Ihnen gesagt, daß ich abgemagert sei? Das ist auch eine Verleumdung! Ich bin ganz gesund und munter und habe sogar so zugenommen, daß ich mich schon selbst zu schämen anfange. Bin satt und zufrieden und mir fehlt nichts, – wenn nur Sie wieder gesund wären! Nun, und jetzt leben Sie wohl, mein Engelchen; ich küsse alle Ihre Fingerchen und verbleibe

Ihr ewig treuer, unwandelbarer Freund

Makar Djewuschkin.

P. S. Ach, Herzchen, was haben Sie da nur wieder geschrieben! Daß Sie sich doch immer etwas ins Köpfchen setzen müssen! Wie soll ich denn so oft zu Ihnen kommen, Kind – das frage ich Sie, – wie? Etwa im Schutze der nächtlichen Dunkelheit? Aber wo die Nächte hernehmen, jetzt gibt es ja gar keine, in dieser Jahreszeit. Ich habe Sie aber auch so, Engelchen, während Ihrer Krankheit fast gar nicht verlassen, als Sie bewußtlos im Fieber lagen. Doch eigentlich weiß ich es selbst nicht mehr, wie ich meine Zeit einteilte und mit allem doch noch fertig wurde. Aber dann stellte ich meine Besuche ein, denn die Leute wurden neugierig und begannen zu fragen. Und es sind ohnehin schon Klatschgeschichten entstanden. Ich verlasse mich aber ganz auf Theresa, sie ist zum Glück nicht schwatzhaft. Aber immerhin müssen Sie es sich doch selbst sagen, Kind, wie wird denn das sein, wenn alle über uns schwatzen? Was werden sie denn von uns denken und was sagen? Deshalb beißen Sie mal die Zähnchen zusammen, Herzchen, und warten Sie, bis Sie ganz gesund geworden sind: dann werden wir uns schon irgendwo außerhalb des Hauses treffen können.

Bester Makar Alexejewitsch!

Ich möchte Ihnen so gern etwas zu Liebe tun, um Ihnen meinen Dank für Ihre Mühen und die Opfer, die Sie mir gebracht, zu bezeigen, darum habe ich mich entschlossen, aus meiner Kommode mein altes Heft hervorzusuchen, das ich Ihnen hiermit zusende. Ich begann diese Aufzeichnungen noch in der glücklichen Zeit meines Lebens. Sie haben mich so oft mit Anteil nach meinem früheren Leben gefragt und mich gebeten, Ihnen von meiner Mutter, von Pokrowskij, von meinem Aufenthalt bei Anna Fedorowna und schließlich von meinen letzten Erlebnissen zu erzählen, und Sie äußerten so lebhaft den Wunsch, dieses Heft einmal zu lesen, in dem ich – Gott weiß wozu – einiges aus meinem Leben erzählt habe, daß ich glaube, Ihnen mit der Zusendung dieses Heftes eine Freude zu bereiten. Mich aber hat es traurig gemacht, als ich es jetzt durchlas. Es scheint mir, daß ich seit dem Augenblick, in dem ich die letzte Zeile dieser Aufzeichnungen schrieb, noch einmal so alt geworden bin, als ich war, zweimal so alt! Ich habe das Ganze zu verschiedenen Zeiten niedergeschrieben. Leben Sie wohl, Makar Alexejewitsch! Ich habe jetzt oft schreckliche Langeweile und nachts quält mich meine Schlaflosigkeit. Ein höchst langweiliges Genesen!

W. D.

I.

Ich war erst vierzehn Jahre alt, als mein Vater starb. Meine Kindheit war die glücklichste Zeit meines Lebens. Ich verbrachte sie nicht hier, sondern fern in der Provinz, auf dem Lande. Mein Vater war der Verwalter eines großen Gutes, das dem Fürsten P. gehörte. Und dort lebten wir – still, einsam und glücklich... Ich war ein richtiger Wildfang: oft tat ich den ganzen Tag nichts anderes, als in Feld und Wald umherzustreifen, überall wo ich nur wollte, denn niemand kümmerte sich um mich. Mein Vater war immer beschäftigt und meine Mutter hatte in der Wirtschaft zu tun. Ich wurde nicht unterrichtet – und darüber war ich sehr froh. So lief ich schon frühmorgens zum großen Teich oder in den Wald, oder auf die Wiese zu den Schnittern – je nachdem –: was machte es mir aus, daß die Sonne brannte, daß ich selbst nicht mehr wußte, wo ich war und wie ich mich zurechtfinden sollte, daß das Gestrüpp mich kratzte und mein Kleid zerriß: zu Hause würde man schelten, aber was ging das mich an!

Und ich glaube, ich wäre ewig so glücklich geblieben, wenn wir auch das ganze Leben dort auf dem Lande verbracht hätten. Doch leider mußte ich schon als Kind von diesem freien Landleben Abschied nehmen und mich von all den trauten Stellen trennen. Ich war erst zwölf Jahre alt, als wir nach Petersburg übersiedelten. Ach, wie traurig war unser Aufbruch! Wie weinte ich, als ich alles, was ich so lieb hatte, verlassen mußte! Ich weiß noch, wie krampfhaft ich meinen Vater umarmte und ihn unter Tränen bat, er möge doch wenigstens noch ein Weilchen auf dem Gute bleiben, und wie mein Vater böse wurde und wie meine Mutter auch weinte. Sie sagte, es sei notwendig, es seien geschäftliche Angelegenheiten, die es verlangten. Der alte Fürst P. war nämlich gestorben und seine Erben hatten meinen Vater entlassen. So fuhren wir nach Petersburg, wo einige Privatleute lebten, denen mein Vater Geld geliehen hatte – und da wollte er denn persönlich seine Geldangelegenheiten regeln. Das erfuhr ich alles von meiner Mutter. Hier mieteten wir auf der Petersburger Seite[1] eine Wohnung, in der wir dann bis zum Tode des Vaters blieben.

---

1   Ein Stadtteil von Petersburg.

Wie schwer es mir war, mich an das neue Leben zu gewöhnen! Wir kamen im Herbst nach Petersburg. Als wir das Gut verließen, war es ein sonnig heller, klarer, warmer Tag. Auf den Feldern wurden die letzten Arbeiten beendet. Auf den Tennen lag schon das Getreide in hohen Haufen, um die ganze Scharen lebhaft zwitschernder Vögel flatterten. Alles war so hell und fröhlich!

Hier aber, als wir in der Stadt anlangten, war statt dessen nichts als Regen, Herbstkälte, Unwetter, Schmutz, und viele fremde Menschen, die alle unfreundlich, unzufrieden und böse aussahen! Wir richteten uns ein, so gut es eben ging. Wieviel Schererei das gab, bis man den Haushalt endlich eingerichtet hatte! Mein Vater war fast den ganzen Tag nicht zu Hause und meine Mutter war immer beschäftigt, – mich vergaß man ganz. Es war ein trauriges Aufstehen am nächsten Morgen – nach der ersten Nacht in der neuen Wohnung. Vor unseren Fenstern war ein gelber Zaun. Auf der Straße sah man nichts als Schmutz! Nur wenige Menschen gingen vorüber, und alle waren so vermummt in Kleider und Tücher, und alle schienen sie zu frieren.

Bei uns zu Hause herrschten ganze Tage lang nur Kummer und entsetzliche Langeweile. Verwandte oder nahe Bekannte hatten wir hier nicht. Mit Anna Fedorowna hatte sich der Vater entzweit. (Er schuldete ihr etwas.) Es kamen aber ziemlich oft Leute zu uns, die mit dem Vater Geschäftliches zu besprechen hatten. Gewöhnlich wurde dann gestritten, gelärmt und geschrien. Und wenn sie wieder fortgegangen waren, war Papa immer so unzufrieden und böse. Stundenlang ging er dann im Zimmer auf und ab, mit gerunzelter Stirn, ohne ein Wort zu sprechen. Auch Mama wagte dann nichts zu sagen und schwieg. Und ich zog mich mit einem Buch still in einen Winkel zurück und wagte mich nicht zu rühren.

Im dritten Monat nach unserer Ankunft in Petersburg wurde ich in eine Pension gegeben. War das eine traurige

Zeit, anfangs, unter den vielen fremden Menschen! Alles war so trocken, so kurz angebunden, so unfreundlich und so gar nicht anziehend: die Lehrerinnen schalten und die Mädchen spotteten, und ich war so verschüchtert – wie ein Wildling kam ich mir vor. Diese pedantische Strenge! Alles mußte pünktlich zur bestimmten Stunde geschehen. Die Mahlzeiten an der gemeinsamen Tafel, die langweiligen Lehrer – das machte mich anfangs haltlos! Ich konnte dort nicht einmal schlafen. So manche lange, langweilige, kalte Nacht habe ich bis zum Morgen geweint. Abends, wenn die anderen alle ihre Lektionen lernten oder wiederholten, saß ich über meinem Buch oder dem Vokabelheft und wagte nicht, mich zu rühren, doch mit meinen Gedanken war ich wieder zu Hause, dachte an den Vater und die Mutter und an meine alte gute Kinderfrau und an deren Märchen … ach, was für ein Heimweh mich da erfaßte! Jedes kleinsten Gegenstandes im Hause erinnert man sich, und selbst an den noch denkt man mit einem so eigentümlichen, wehmütigen Vergnügen. Und so denkt man und denkt man denn, – wie gut, wie schön es doch jetzt zu Hause wäre! Da würde ich in unserem kleinen Eßzimmer am Tisch sitzen, auf dem der Ssamowar summt, und mit am Tisch säßen die Eltern: wie warm wäre es, wie traut, wie behaglich. Wie würde ich, denkt man, jetzt Mütterchen umarmen, fest, ganz fest, o, so mit aller Inbrunst umarmen! – Und so denkt man weiter, bis man vor Heimweh leise zu weinen anfängt, und immer wieder die Tränen schluckt – die Vokabeln aber gehen einem nicht in den Kopf. Wieder kann man die Aufgabe für den nächsten Tag nicht: die ganze Nacht sieht man nichts anderes im Traum, als den Lehrer, die Madame und die Mitschülerinnen; die ganze Nacht träumt man, daß man die Aufgaben lerne, am nächsten Tage aber weiß man natürlich nichts. Da muß man wieder im Winkel knien und erhält nur eine Speise. Ich war so unlustig, so wortkarg. Die Mädchen lachten über mich, neckten mich und lenkten meine Aufmerksamkeit ab, wenn ich die Aufgabe hersagte, oder sie kniffen mich, wenn wir in langer Reihe paarweis zu Tisch gingen, oder sie beklagten sich bei der Lehrerin über mich. Doch welche Seligkeit, wenn dann am Sonnabendabend meine alte gute Wärterin kam, um mich abzuholen! Wie ich sie umarmte – ich wußte mich kaum zu lassen vor Freude – mein gutes Altchen! Und dann kleidete sie mich an, immer »hübsch warm«, wie sie sagte, wenn sie mir die Tücher um den Kopf band. Unterwegs aber konnte sie mir nie schnell genug folgen und ich – konnte doch nicht so langsam gehen wie sie! Und die ganze Zeit erzählte ich und schwatzte ich ohne Unterlaß. Ganz ausgelassen vor Freude, lief ich ins Haus und warf mich den Eltern um den Hals, als hätten wir uns seit neun Jahren nicht gesehen. Und dann begann das Erzählen und Fragen, und ich lachte und lief umher und feierte mit allem und allem Wiedersehen. Papa begann alsbald ernstere Gespräche: über die Lehrer, über Mathematik, über die französische Sprache und die Grammatik von L'Homond, – und alle waren wir so guter Dinge und zufrieden und gesprächig. Auch jetzt noch ist mir die bloße Erinnerung an jene Stunden ein Vergnügen.

Ich gab mir die größte Mühe, gut zu lernen, um meinen Vater damit zu erfreuen. Ich sah doch, daß er das Letzte für mich ausgab, während ihm selbst die Sorgen über den Kopf wuchsen. Mit jedem Tage wurde er finsterer, unzufriedener, jähzorniger; sein Charakter veränderte sich sehr zu seinem Nachteil. Nichts gelang ihm, alles schlug fehl und die Schulden wuchsen ins Ungeheuerliche.

Die Mutter fürchtete sich, zu weinen oder auch nur ein Wort der Klage zu sagen, da der Vater sich dann nur noch mehr ärgerte. Sie wurde kränklich und schwächlich und ein böser Husten stellte sich ein. Kam ich aus der Pension, so sah ich nur traurige Gesichter: die Mutter wischte sich heimlich die Tränen aus den Augen und der Vater ärgerte sich. Und dann kamen wieder Vorwürfe und Klagen: er erlebe an mir keine Freude, ich brächte ihm auch keinen Trost, und doch gebe er für mich das Letzte hin, ich aber verstände noch immer nicht, Französisch zu sprechen. Mit einem Wort, ich war an allem schuld; alles Unglück, alle Mißerfolge, alles hatten wir zu verantworten, ich und die arme Mama. Wie war es aber nur möglich, die arme Mama noch mehr zu quälen! Wenn man sie ansah, konnte einem das Herz brechen! Ihre Wangen waren eingefallen, die Augen lagen tief in den Höhlen – wie eine Schwindsüchtige sah sie aus.

Die größten Vorwürfe wurden mir gemacht. Gewöhnlich begann es mit irgendeiner kleinen Nebensächlichkeit und dann kam oft Gott weiß was alles zur Sprache, – oft begriff ich nicht einmal, wovon Papa sprach. Was er da nicht alles vorbrachte!... Zuerst die französische Sprache, daß ich ein großer Dummkopf und unsere Pensionsvorsteherin eine fahrlässige, dumme Person sei, sie sorge nicht im geringsten für unsere sittliche Entwickelung; dann – daß er noch immer keine Anstellung finden könne und daß die Grammatik von L'Homond nichts tauge, die von Sapolskij sei bedeutend besser; daß man für mich viel Geld verschwendet habe, ohne Sinn und Nutzen, daß ich ein gefühlloses, hartherziges Mädchen sei, – kurz, ich Arme, die ich mir die größte Mühe gab, französische Vokabeln und Gespräche auswendig zu lernen, war an allem schuld und mußte alle Vorwürfe hinnehmen. Aber er tat es ja nicht etwa deshalb, weil er uns nicht liebte: im Gegenteil, er liebte uns über alle Maßen! Es war nun einmal sein Charakter...

Oder nein: es waren die Sorgen, die Enttäuschungen und Mißerfolge, die seinen ursprünglich guten Charakter so verändert hatten: er wurde mißtrauisch, war oft ganz verbittert und der Verzweiflung nahe, begann seine Gesundheit zu vernachlässigen, erkältete sich und – starb dann auch nach kurzem Krankenlager, so plötzlich, so unerwartet, daß wir es noch tagelang nicht fassen konnten! Wir waren wie betäubt von diesem Schlage. Mama war wie erstarrt, ich fürchtete anfänglich für ihren Verstand. Kaum aber war er gestorben, da kamen schon die Gläubiger in Scharen zu uns. Alles, was wir hatten, gaben wir ihnen hin. Unser Häuschen auf der Petersburger Seite, das Papa ein halbes Jahr nach unserer Ankunft in Petersburg gekauft hatte, mußte gleichfalls verkauft werden. Ich weiß nicht, wie es mit dem Übrigen wurde, wir blieben jedenfalls ohne Obdach, ohne Geld, schutzlos, mittellos… Mama war krank – es war ein schleichendes Fieber, das nicht weichen wollte – verdienen konnten wir nichts, so waren wir dem Verderben preisgegeben. Ich war erst vierzehn Jahre alt.

Da besuchte uns zum erstenmal Anna Fedorowna. Sie gibt sich immer für eine Gutsbesitzerin aus und versichert, sie sei mit uns nahe verwandt. Mama aber sagte, sie sei allerdings verwandt mit uns, nur sei diese Verwandtschaft eine sehr weitläufige. Als Papa noch lebte, war sie nie zu uns gekommen. Sie erschien mit Tränen in den Augen und beteuerte, daß sie an unserem Unglück großen Anteil nehme. Sie bemitleidete uns lebhaft, äußerte sich dann aber dahin, daß Papa an unserem ganzen Mißgeschick schuld sei: er habe gar zu hoch hinaus gewollt und gar zu sehr auf seine eigene Kraft gebaut. Ferner äußerte sie als »einzige Verwandte« den Wunsch, uns näher zu treten, und machte den Vorschlag, Gewesenes zu vergessen. Als Mama darauf erwiderte, daß sie nie irgendwelchen Groll gegen sie gehegt habe, weinte sie sogar vor lauter Rührung, führte Mama in die Kirche und bestellte eine Seelenmesse für den »toten Liebling«, wie sie den Entschlafenen plötzlich nannte. Darauf versöhnte sie sich in aller Feierlichkeit mit Mama.

Dann, nach langen Vorreden und Randbemerkungen und nachdem sie uns in grellen Farben unsere ganze hoffnungslose Lage klargemacht, von unserer Mittel-, Schutz- und Hilflosigkeit gesprochen hatte, forderte sie uns auf, ihr Obdach mit ihr zu teilen, wie sie sich ausdrückte. Mama dankte für ihre Freundlichkeit, konnte sich aber lange nicht entschließen, der Aufforderung Folge zu leisten, doch da uns nichts anderes übrig blieb, so sah sie sich zu guter Letzt gezwungen, Anna Fedorowna mitzuteilen, daß sie ihr Anerbieten dankbar annehmen wolle.

Wie deutlich erinnere ich mich noch jenes Morgens, an dem wir von der Petersburger Seite nach dem anderen Stadtteil, dem Wassilij Ostroff, übersiedelten! Es war ein klarer, trockener, kalter Herbstmorgen. Mama weinte. Und ich war so traurig: es war mir, als schnüre mir eine unerklärliche Angst die Brust zusammen... Es war eine schwere Zeit...

II.

Anfangs, so lange wir uns noch nicht eingelebt hatten, empfanden wir beide, Mama und ich, eine gewisse Bangigkeit in der Wohnung Anna Fedorownas, wie man sie zu empfinden pflegt, wenn einem etwas nicht ganz geheuer erscheint. Anna Fedorowna lebte in ihrem eigenen Hause an der Sechsten Linie.[2] Im ganzen Hause waren nur fünf bewohnbare Zimmer. In dreien von ihnen wohnte Anna Fedorowna mit meiner Kusine Ssascha, die als armes Waisenkind von ihr angenommen war und erzogen wurde. Im vierten Zimmer wohnten wir, und im letzten Zimmer, das neben dem unsrigen lag, wohnte ein armer Student, Pokrowskij, der einzige Mieter im Hause.

Anna Fedorowna lebte sehr gut, viel besser, als man es für möglich gehalten hätte, doch ihre Geldquelle war ebenso rätselhaft wie ihre Beschäftigung. Und dabei hatte sie immer irgend etwas zu tun und lief besorgt umher, und jeden Tag fuhr und ging sie mehrmals aus. Doch wohin sie ging, mit was sie

---

2   Die Hauptstraßen auf Wassilij-Ostroff werden »Linien« genannt.

sich draußen beschäftigte und was sie zu tun hatte, das vermochte ich nicht zu erraten. Sie war mit sehr vielen und sehr verschiedenen Leuten bekannt. Ewig kamen welche zu ihr gefahren und immer in Geschäften und nur auf ein paar Minuten. Mama führte mich jedesmal in unser Zimmer, sobald es klingelte. Darüber ärgerte sich Anna Fedorowna sehr und machte meiner Mutter beständig den Vorwurf, daß wir gar zu stolz seien: sie wollte ja nichts sagen, wenn wir irgendeinen Grund, wenn wir wirklich Ursache hätten, stolz zu sein, aber so!... und stundenlang fuhr sie dann in diesem Tone fort. Damals begriff ich diese Vorwürfe nicht, und ebenso habe ich erst jetzt erfahren, oder richtiger, erraten, weshalb Mama sich anfangs nicht entschließen konnte, Anna Fedorownas Gastfreundschaft anzunehmen.

Sie ist ein schlechter Mensch, diese Anna Fedorowna. Ewig quälte sie uns. Aber eins ist mir auch jetzt noch ein Rätsel: wozu lud sie uns überhaupt zu sich ein? Anfangs war sie noch ganz freundlich zu uns, dann aber kam bald ihr wahrer Charakter zum Vorschein, als sie sah, daß wir vollständig hilflos und nur auf ihre Gnade angewiesen waren. Später wurde sie zu mir wieder freundlicher, vielleicht zu freundlich: sie sagte mir dann sogar plumpe Schmeicheleien, doch vorher hatte ich ebensoviel auszustehen wie Mama. Ewig machte sie uns Vorwürfe und sprach zu uns von nichts anderem, als von den Wohltaten, die sie uns erwies. Und allen fremden Leuten stellte sie uns als ihre armen Verwandten vor, als mittellose, schutzlose Witwe und Waise, die sie nur aus Mitleid und christlicher Nächstenliebe bei sich aufgenommen habe und nun ernähre. Bei Tisch verfolgte sie jeden Bissen, den wir zu nehmen wagten, mit den Augen, wenn wir aber nichts aßen, oder gar zu wenig, so war ihr das auch wieder nicht recht: dann hieß es, ihr Essen sei uns wohl nicht gut genug, wir mäkelten, sie gebe eben, was sie habe und begnüge sich selbst damit – vielleicht könnten wir uns selbst etwas Besseres leisten, das könne sie ja nicht wissen, usw., usw. Über Papa mußte sie jeden Augenblick etwas Schlechtes sagen, anders ging es nicht. Sie behauptete, er habe immer nobler sein wollen, als alle anderen, und das habe man nun davon: Frau und Tochter könnten nun zusehen, wo sie blieben, und wenn sich nicht unter ihren Verwandten eine christlich liebevolle Seele – das war sie selbst – gefunden hätte, so hätten wir gar noch auf der Straße Hungers sterben können. Und was sie da nicht noch alles vorbrachte! Es war nicht einmal so bitter, wie es widerlich war, sie anzuhören.

Mama weinte jeden Augenblick. Ihr Gesundheitszustand verschlimmerte sich mit jedem Tage, sie welkte sichtbar hin, doch trotzdem arbeiteten wir vom Morgen bis zum Abend. Wir nähten auf Bestellung, was Anna Fedorowna sehr mißfiel. Sie sagte, ihr Haus sei kein Putzgeschäft. Wir aber mußten uns doch Kleider anfertigen und mußten doch etwas verdienen, um auf alle Fälle wenigstens etwas eigenes Geld zu haben. Und so arbeiteten und sparten wir denn immer in der Hoffnung, uns bald irgendwo ein Zimmerchen mieten zu können. Doch die anstrengende Arbeit verschlimmerte den Zustand der Mutter sehr: mit jedem Tage wurde sie schwächer. Die Krankheit untergrub ihr Leben und brachte sie unaufhaltsam dem Grabe näher. Ich sah es, ich fühlte es und konnte doch nicht helfen!

Die Tage vergingen und jeder neue Tag glich dem vorhergegangenen. Wir lebten still für uns, als wären wir gar nicht in der Stadt. Anna Fedorowna beruhigte sich mit der Zeit – beruhigte sich, je mehr sie ihre unbegrenzte Übermacht einsah und nichts mehr für sie zu fürchten brauchte. Übrigens hatten wir ihr noch nie in irgend etwas widersprochen. Unser Zimmer war von den drei anderen, die sie bewohnte, durch einen Korridor getrennt, und neben unserem lag nur noch das Zimmer Pokrowskijs, wie ich schon erwähnte. Er unterrichtete Ssascha, lehrte sie Französisch und Deutsch,

Geschichte und Geographie – d. h. »alle Wissenschaften«, wie Anna Fedorowna zu sagen pflegte, und dafür brauchte er für Kost und Logis nichts zu zahlen.

Ssascha war ein sehr begabtes Mädchen, doch entsetzlich unartig und lebhaft. Sie war damals erst dreizehn Jahre alt. Schließlich sagte Anna Fedorowna zu Mama, daß es vielleicht ganz gut wäre, wenn ich mit ihr zusammen lernen würde, da ich ja in der Pension den Kursus sowieso nicht beendet hatte. Mama war natürlich sehr froh über diesen Vorschlag, und so wurden wir beide gemeinsam ein ganzes Jahr von Pokrowskij unterrichtet.

Pokrowskij war ein armer, sehr armer Mensch. Seine Gesundheit erlaubte es ihm nicht, regelmäßig die Universität zu besuchen, und so war er eigentlich gar kein richtiger »Student«, wie er aus Gewohnheit noch genannt wurde. Er lebte so still und ruhig in seinem Zimmer, daß wir im Nebenzimmer nichts von ihm hörten. Er sah auch recht eigentümlich aus, bewegte und verbeugte sich so linkisch und sprach so seltsam, daß ich ihn anfangs nicht einmal ansehen konnte, ohne über ihn lachen zu müssen. Ssascha machte immer ihre unartigen Streiche, und das besonders während des Unterrichts. Er aber war zum Überfluß auch noch heftig, ärgerte sich beständig, jede Kleinigkeit brachte ihn aus der Haut: er schalt uns, schrie uns an, und sehr oft stand er wütend auf und ging fort, noch bevor die Stunde zu Ende war, und schloß sich wieder in seinem Zimmer ein. Dort aber, in seinem Zimmer, saß er tagelang über den Büchern. Er hatte viele Bücher, und alles so schöne, seltene Exemplare. Er gab noch an ein paar anderen Stellen Stunden und erhielt dafür Geld, doch kaum hatte er welches erhalten, so ging er sogleich hin und kaufte sich wieder Bücher.

Mit der Zeit lernte ich ihn näher kennen. Er war der beste und ehrenwerteste Mensch, der beste von allen, die mir bis dahin im Leben begegnet waren. Mama achtete ihn ebenfalls sehr. Und dann wurde er auch mein treuer Freund und stand mir am nächsten von allen, – natürlich nach Mama.

In der ersten Zeit beteiligte ich mich – obwohl ich doch schon ein großes Mädchen war – an allen Streichen, die Ssascha gegen ihn aussheckte, und bisweilen überlegten wir stundenlang, wie wir ihn wieder necken und seine Geduld auf eine Probe stellen könnten. Es war furchtbar spaßig, wenn er sich ärgerte – und wir wollten unser Vergnügen haben. (Noch jetzt schäme ich mich, wenn ich daran zurückdenke.) Einmal hatten wir ihn so gereizt, daß ihm Tränen in die Augen traten, und da hörte ich deutlich, wie er zwischen den Zähnen halblaut hervorstieß: »Nichts grausamer als Kinder!« Das verwirrte mich: zum erstenmal regte sich in mir so etwas wie Scham und Reue und Mitleid. Ich errötete bis über die Ohren und bat ihn fast unter Tränen, sich zu beruhigen und sich durch unsere dummen Streiche nicht kränken zu lassen, doch er klappte das Buch zu und ging in sein Zimmer, ohne den Unterricht fortzusetzen.

Den ganzen Tag quälte mich die Reue. Der Gedanke, daß wir Kinder ihn durch unsere boshaften Dummheiten bis zu Tränen geärgert hatten, war mir unerträglich. So hatten wir es nur auf seine Tränen abgesehen! So verlangte es uns, uns an seiner sicher krankhaften Gereiztheit auch noch zu weiden! So war es uns nun also doch gelungen, ihn um den Rest von Geduld zu bringen! So hatten wir ihn, diesen unglücklichen, armen Menschen, gezwungen, unter seinem grausamen Los noch mehr zu leiden!

Die ganze Nacht konnte ich nicht schlafen – wie mich die Reue quälte! Man sagt, Reue erleichtere das Herz. Im Gegenteil! Ich weiß nicht, wie es kam, daß sich in meinen Kummer auch Ehrgeiz mischte. Ich wollte nicht, daß er mich für ein Kind halte. Ich war damals bereits fünfzehn Jahre alt.

Von diesem Tage an lebte ich beständig in Plänen, wie ich Pokrowskij veranlassen könnte, seine Meinung über mich zu ändern. Doch an der Ausführung dieser meiner tausend Pläne hinderte mich meine Schüchternheit: ich konnte mich zu nichts entschließen, und so blieb es denn bei den Plänen und Träumereien (und was man nicht alles so zusammenträumt, mein Gott!). Nur beteiligte ich mich hinfort nicht mehr an Ssaschas unartigen Späßen, und auch sie wurde langsam artiger. Das hatte zur Folge, daß er sich nicht mehr über uns ärgerte. Doch das war zu wenig für meinen Ehrgeiz.

Nun einige Worte über den seltsamsten und bemitleidenswertesten Menschen, den ich jemals im Leben kennen gelernt habe. Ich will es deshalb an dieser Stelle tun, weil ich mich mit ihm, den ich bis dahin so gut wie gar nicht beachtet hatte, von jenem Tage an aufs lebhafteste in meinen Gedanken zu beschäftigen begann.

Von Zeit zu Zeit erschien bei uns im Hause ein schlecht und unsauber gekleideter, kleiner, grauer Mann, der in seinen Bewegungen unsagbar plump und linkisch war und überhaupt sehr eigentümlich aussah. Auf den ersten Blick konnte man glauben, daß er sich gewissermaßen seiner selbst schäme, daß er für seine Existenz selbst um Entschuldigung bäte. Wenigstens duckte er sich immer irgendwie, oder er versuchte wenigstens immer irgendwie sich zu drücken, sich gleichsam in nichts zu verwandeln, und diese ängstlichen, verschämten, unsicheren Bewegungen und Gebärden erweckten in jedem den Verdacht, daß er nicht ganz bei vollem Verstande sei. Wenn er zu uns kam, blieb er gewöhnlich im Flur hinter der Glastür stehen und wagte nicht, einzutreten. Ging zufällig jemand von uns – ich oder Ssascha – oder jemand von den Dienstboten, die ihm freundlicher gesinnt waren – durch den Korridor und erblickte man ihn dort hinter der Tür, so begann er zu winken und mit Gesten zu sich zu rufen und verschiedene Zeichen zu machen: nickte man ihm dann zu – damit erteilte man ihm die Erlaubnis, und gab ihm zu verstehen, daß keine fremden Leute im Hause waren –

oder rief man ihn, dann erst wagte er endlich, leise die Tür zu öffnen und lächelnd einzutreten, worauf er sich froh die Hände rieb und sogleich auf den Zehenspitzen zum Zimmer Pokrowskijs schlich. Dieser Alte war sein Vater.

Später erfuhr ich die Lebensgeschichte dieses Armen. Er war einmal irgendwo Beamter gewesen, hatte aus Mangel an Fähigkeiten eine ganz untergeordnete Stellung bekleidet. Als seine erste Frau (die Mutter des Studenten Pokrowskij) gestorben war, hatte er zum zweitenmal geheiratet, und zwar eine halbe Bäuerin. Von dem Augenblick an war im Hause kein Friede mehr gewesen: die zweite Frau hatte das erste Wort geführt und war mit jedem womöglich handgemein geworden. Ihr Stiefsohn – der Student Pokrowskij, damals noch ein etwa zehnjähriger Knabe – hatte unter ihrem Haß viel zu leiden gehabt, doch zum Glück war es anders gekommen. Der Gutsbesitzer Bükoff, der den Vater, den Beamten Pokrowskij, früher gekannt und ihm einmal so etwas wie eine Wohltat erwiesen hatte, nahm sich des Jungen an und steckte ihn in irgendeine Schule. Er interessierte sich für den Knaben nur aus dem Grunde, weil er seine verstorbene Mutter gekannt hatte, als diese noch als Mädchen von Anna Fedorowna »Wohltaten« erfahren und von ihr an den Beamten Pokrowskij verheiratet worden war. Damals hatte Herr Bükoff, als guter Bekannter und Freund Anna Fedorownas, der Braut aus Großmut eine Mitgift von fünftausend Rubeln gegeben. Wo aber dieses Geld geblieben war – ist unbekannt. So erzählte es mir Anna Fedorowna. Der Student Pokrowskij selbst sprach nie von seinen Familienverhältnissen und liebte es nicht, wenn man ihn nach seinen Eltern fragte. Man sagt, seine Mutter sei sehr schön gewesen, deshalb wundert es mich, daß sie so unvorteilhaft und noch dazu einen so unansehnlichen Menschen geheiratet hat. – Sie ist schon früh gestorben, etwa im vierten Jahre nach der Heirat.

Von der Schule kam der junge Pokrowskij auf ein Gymnasium und von dort auf die Universität. Herr Bükoff, der sehr oft nach Petersburg zu kommen pflegte, ließ ihn auch dort nicht im Stich und unterstützte ihn. Leider konnte Pokrowskij wegen seiner angegriffenen Gesundheit sein Studium nicht fortsetzen, und da machte ihn Herr Bükoff mit Anna Fedorowna bekannt, stellte ihn ihr persönlich vor, und so zog denn Pokrowskij zu ihr, um für Kost und Logis Ssascha in »allen Wissenschaften« zu unterrichten.

Der alte Pokrowskij ergab sich aber aus Kummer über die rohe Behandlung, die ihm seine zweite Frau zuteil werden ließ, dem schlimmsten aller Laster: er begann zu trinken und war fast nie ganz nüchtern. Seine Frau prügelte ihn, ließ ihn in der Küche schlafen und brachte es mit der Zeit so weit, daß er sich alles widerspruchslos gefallen ließ und sich auch an die Schläge gewöhnte. Er war noch gar nicht so alt, aber infolge seiner schlechten Lebensweise war er, wie ich bereits erwähnte, tatsächlich nicht mehr ganz bei vollem Verstande.

Der einzige Rest edlerer Gefühle war in diesem Menschen seine grenzenlose Liebe zu seinem Sohne. Man sagte mir, der junge Pokrowskij sei seiner Mutter so ähnlich, wie ein Tropfen Wasser dem anderen. War es dann vielleicht die Erinnerung an die erste, gute Frau, die im Herzen dieses heruntergekommenen Alten eine so grenzenlose Liebe zu seinem Sohne erweckt hatte? Der Alte sprach überhaupt von nichts anderem, als von diesem Sohn. In jeder Woche besuchte er ihn zweimal. Öfter zu kommen, wagte er nicht, denn der Sohn selbst konnte diese väterlichen Besuche nicht ausstehen. Diese Nichtachtung des Vaters war gewiß sein größter Fehler. Übrigens konnte der Alte mitunter auch mehr als unerträglich sein. Erstens war er furchtbar neugierig, zweitens störte er den Sohn durch seine müßigen Gespräche und nichtigen, sinnlosen Fragen beim Arbeiten, und drittens erschien er nicht immer ganz nüchtern. Der Sohn gewöhnte dem Alten mit der Zeit seine schlechten Angewohnheiten, seine Neugier und seine Schwatzhaftigkeit ab, und zu guter Letzt gehorchte ihm der Vater wie einem Gott und wagte ohne seine Erlaubnis nicht einmal mehr, den Mund aufzutun.

Der arme Alte konnte sich über seinen Petinka[3] – so nannte er den Sohn – nicht genug wundern und freuen. Wenn er zu ihm kam, sah er immer bedrückt, besorgt, sogar ängstlich aus – wahrscheinlich deshalb, weil er noch nicht wußte, wie der Sohn ihn empfangen werde. Gewöhnlich konnte er sich lange nicht entschließen, einzutreten, und wenn er mich dann erblickte, winkte er mich schnell zu sich heran, um mich oft eine ganze halbe Stunde lang auszufragen, wie es dem Petinka gehe, was er mache, ob er gesund sei und in welcher Stimmung, und ob er sich nicht mit etwas Wichtigem beschäftige. Vielleicht schreibe er? oder studiere wieder ein philosophisches Werk? Und wenn ich ihn dann genügend beruhigt und ermutigt hatte, entschloß er sich endlich, ganz, ganz leise und vorsichtig die Tür zu öffnen und den Kopf ins Zimmer zu stecken: sah er, daß der Sohn nicht böse war, daß er ihm vielleicht sogar zum Gruß zunickte, dann trat er ganz behutsam ein, nahm den Mantel und den Hut ab – letzterer war ewig verbeult und durchlöchert, wenn nicht gar mit abgerissener Krempe – und hängte beides an einen Haken. Alles tat er so vorsichtig und lautlos wie nur möglich. Dann setzte er sich vorsichtig auf einen Stuhl und verwandte keinen Blick mehr von seinem Sohn, verfolgte jede seiner Bewegungen, jeden Blick, um nur ja die Stimmung seines Petinka zu erraten. Sah er, daß der Sohn verstimmt und schlechter Laune war, so erhob er sich sogleich wieder von seinem Platz und sagte, daß er eben »nur so, Petinka, nur auf ein Weilchen« zu ihm gekommen sei. »Ich bin, sieh mal, ja, ich bin weit gegangen, kam zufällig hier vorüber, und da trat ich eben

3   Diminutiv von Pjotr.

auf ein Weilchen ein, um mich etwas auszuruhen. Jetzt will ich wieder gehen.« Und dann nahm er still und ergeben seinen alten dünnen Mantel und den alten, abgetragenen Hut, klinkte vorsichtig wieder die Tür auf und ging – indem er sich noch zu einem Lächeln zwang, um das aufwallende Leid im Herzen zu unterdrücken und den Sohn nichts merken zu lassen.

Doch wenn der Sohn ihn freundlich empfing, dann wußte er sich vor Freude kaum zu lassen. Sein Gesicht, seine Bewegungen, seine Hände – alles sprach dann von seinem Glück. Und wenn der Sohn mit ihm gar zu sprechen begann, erhob sich der Alte stets ein wenig vom Stuhle, antwortete leise und gleichsam untertänig, fast sogar ehrfürchtig, und immer bestrebt, sich der gewähltesten Ausdrücke zu bedienen, die in diesem Fall natürlich nur komisch wirkten. Hinzu kam, daß er entschieden nicht zu sprechen verstand: nach jeden paar Worten verwickelte er sich im Satz, wurde verlegen, wußte nicht, wo er die Hände, wo er sich selbst lassen sollte – und nachher flüsterte er dann noch mehrmals die Antwort vor sich hin, wie um das Gesagte zu verbessern. War es ihm aber gelungen, gut zu antworten, so war er ganz stolz, zog die Weste glatt, rückte an der Krawatte, zupfte den Rock an den Aufschlägen, und seine Miene nahm sogar den Ausdruck eines gewissen Selbstbewußtseins an. Bisweilen aber fühlte er sich dermaßen ermutigt, daß er geradezu kühn wurde: er stand vom Stuhl auf, ging zum Bücherregal, nahm irgendein Buch und begann zu lesen, gleichviel was für ein Buch es war. Und alles das tat er mit einer Miene, die größte Gleichmut und Kaltblütigkeit vortäuschen sollte, als habe er von jeher das Recht, mit den Büchern des Sohnes nach Belieben umzugehen, und als sei ihm dessen Freundlichkeit nichts Ungewohntes. Einmal aber sah ich zufällig, wie der Alte erschrak, als der Sohn ihn bat, die Bücher nicht anzurühren: er verlor vollständig den Kopf, beeilte sich, sein Vergehen wieder gut zu machen, wollte das Buch zwischen die anderen wieder hineinzwängen, verdrehte es aber, schob es mit dem Kopf nach unten hinein, zog es dann schnell wieder hervor, drehte es um und dann nochmals um und schob es von neuem falsch hinein, diesmal mit dem Rücken voran und dem Schnitt nach außen, lächelte dabei hilflos, wurde rot und wußte entschieden nicht, wie er sein Verbrechen sühnen sollte.

Nach und nach gelang es dem Sohn, den Vater durch Vorhaltungen und gutes Zureden von seinen schlechten Gewohnheiten abzubringen, und wenn der Alte etwa dreimal nach der Reihe nüchtern erschienen war, gab er ihm das nächste Mal fünfundzwanzig oder fünfzig Kopeken, oder noch mehr. Bisweilen kaufte er ihm Stiefel, oder eine Weste, oder eine Krawatte, und wenn der Alte dann in seinem neuen Kleidungsstück erschien, war er stolz wie ein Hahn. Mitunter kam er auch zu uns und brachte Ssascha und mir Pfefferkuchen oder Äpfel und sprach dann natürlich nur von seinem Petinka. Er bat uns, während des Unterrichts aufmerksam und fleißig zu sein, und unserem Lehrer zu gehorchen, denn Petinka sei ein guter Sohn, sei der beste Sohn, den es überhaupt geben könnte, und obendrein, »ein so gelehrter Sohn«. Wenn er das sagte, zwinkerte er uns ganz komisch mit dem linken Auge zu, und sah uns so wichtig und bedeutsam an, daß wir uns gewöhnlich nicht bezwingen konnten und herzlich über ihn lachten. Mama hatte den Alten sehr gern. Anna Fedorowna wurde von ihm gehaßt, obschon er vor ihr »niedriger als Gras und stiller als Wasser« war.

Bald hörte ich auf, mich an dem Unterricht zu beteiligen. Pokrowskij hielt mich nach wie vor nur für ein Kind, für ein unartiges kleines Mädchen, wie Ssascha. Das kränkte mich sehr, denn ich hatte mich doch nach Kräften bemüht, mein früheres Benehmen wieder gut zu machen. Aber vergeblich: ich wurde überhaupt nicht beachtet. Das reizte und kränkte mich noch mehr. Ich sprach ja fast gar nicht mit ihm, außer während des Unterrichts, – ich konnte einfach nicht sprechen. Ich wurde rot und nachher weinte ich irgendwo in einem Winkel – vor Ärger über mich selbst.

Ich weiß nicht, zu was das noch geführt haben würde, wenn uns nicht ein Zufall einander näher gebracht hätte. Das geschah folgendermaßen:

Eines Abends, als Mama bei Anna Fedorowna saß, schlich ich mich heimlich in Pokrowskijs Zimmer. Ich wußte, daß er nicht zu Hause war, doch vermag ich wirklich nicht zu sagen, wie ich auf diesen Gedanken kam, in das Zimmer eines fremden Menschen zu gehen. Ich tat es zum erstenmal, obschon wir über ein Jahr Tür an Tür gewohnt hatten. Mein Herz klopfte so stark, als wollte es zerspringen. Ich sah mich mit einer eigentümlichen Neugier im Zimmer um: es war ganz einfach, sogar ärmlich eingerichtet, von Ordnung war nicht viel zu sehen. Auf dem Tisch und auf den Stühlen lagen Papiere, beschriebene Blätter. Überall nichts als Bücher und Papiere! Ein seltsamer Gedanke überkam mich plötzlich: es schien mir, daß meine Freundschaft, selbst meine Liebe wenig für ihn bedeuten könnten. Er war so gelehrt und ich so dumm, ich wußte nichts, las nichts, besaß kein einziges Buch… Mit einem gewissen Neid blickte ich nach den langen Bücherregalen, die fast zu brechen drohten unter der schweren Last. Ärger erfaßte mich, und Groll und Sehnsucht und Wut! – Ich wollte gleichfalls Bücher lesen, seine Bücher, und alle ausnahmslos, und das so schnell als möglich! Ich weiß nicht, vielleicht dachte ich, daß ich, wenn ich alles wüßte, was er wußte, eher seine Freundschaft erwerben könnte, als so, da ich nichts wußte. Ich ging entschlossen zum ersten Bücherregal und nahm, ohne zu zögern, ohne auch nur nachzudenken, den ersten besten Band heraus – zufällig ein ganz altes, bestaubtes Buch – und brachte es, zitternd vor Aufregung und Angst, in unser Zimmer, um es in der Nacht, wenn Mama schlief, beim Schein des Nachtlämpchens zu lesen.

Wie groß aber war mein Verdruß, als ich, in unserem Zimmer glücklich angelangt, das geraubte Buch aufschlug und sah, daß es ein uraltes, vergilbtes und von Würmern halb zerfressenes lateinisches Werk war. Ich besann mich nicht lange und kehrte schnell in sein Zimmer zurück. Doch gerade wie ich im Begriff war, das Buch wieder auf seinen alten Platz zurückzulegen, hörte ich plötzlich die Glastür zum Korridor öffnen und schließen und dann Schritte: jemand kam! Ich wollte mich beeilen, doch das abscheuliche Buch war so eng in der Reihe eingepreßt gewesen, daß die anderen Bücher, als ich dieses herausgenommen, unter dem verringerten Druck sogleich wieder dicker geworden waren, weshalb der frühere Schicksalsgenosse nicht mehr hineinpaßte. Mir fehlte die Kraft, um das Buch hineinzuzwängen. Die Schritte kamen näher: ich stieß mit aller Kraft die Bücher zur Seite, und – der verrostete Nagel, der das eine Ende des Bücherregals hielt und wohl nur auf diesen Augenblick gewartet hatte, um zu brechen, – brach. Das Brett stürzte krachend mit dem einen Ende zu Boden und die Bücher fielen mit Geräusch herab. Da ging die Tür auf und Pokrowskij trat ins Zimmer.

Ich muß vorausschicken, daß er es nicht ausstehen konnte, wenn jemand in seinem Zimmer sich zu tun machte. Wehe dem, der gar seine Bücher anzurühren wagte! Wie groß war daher mein Entsetzen, als alle die großen und kleinen Bücher, die dicken und dünnen, eingebundenen und uneingebundenen herabstürzten, übereinander kollerten und unter dem Tisch und unter Stühlen und an der Wand in einem ganzen Haufen lagen. Ich wollte fortlaufen, doch dazu war es zu spät. »Jetzt ist es aus«, dachte ich, »für immer aus! Ich bin verloren! Ich bin unartig, wie eine Zehnjährige, wie ein kleines dummes Mädchen! Ich bin kindisch und albern!«

Pokrowskij ärgerte sich entsetzlich.

»Das fehlte gerade noch!«, rief er zornig. »Schämen Sie sich denn nicht! Werden Sie denn niemals Vernunft annehmen und die Kindertollheiten lassen?« Und er machte sich daran, die Bücher aufzuheben.

Ich bückte mich gleichfalls, um ihm zu helfen, doch er verbot es mir barsch:

»Nicht nötig, nicht nötig, lassen Sie das jetzt! Sie täten besser, sich nicht da einzufinden, wohin man Sie nicht gerufen!«

Meine stille Hilfsbereitschaft, die vielleicht mein Schuldbewußtsein verriet, mochten ihn etwas besänftigen, wenigstens fuhr er in milderem, ermahnendem Tone fort, so wie er noch vor kurzer Zeit als Lehrer zu mir gesprochen:

»Wann werden Sie endlich Ihre Unbesonnenheiten aufgeben, wann endlich etwas vernünftiger werden? So sehen Sie sich doch selbst an, Sie sind doch kein Kind, kein kleines Mädchen mehr, – Sie sind doch schon fünfzehn Jahre alt!«

Und da – wahrscheinlich um sich zu überzeugen, ob ich auch wirklich nicht mehr ein kleines Mädchen sei – sah er mich an und plötzlich errötete er bis über die Ohren. Ich begriff nicht, weshalb er errötete: ich stand vor ihm und sah ihn mit großen Augen verwundert an. Er wußte nicht, was tun, trat verlegen ein paar Schritte auf mich zu, geriet in noch größere Verwirrung, murmelte irgend etwas, als wolle er sich entschuldigen – vielleicht deswegen, weil er es erst jetzt bemerkt hatte, daß ich schon ein so großes Mädchen sei! Endlich begriff ich. Ich weiß nicht, was dann in mir vorging: ich sah gleichfalls verwirrt zu Boden, errötete noch mehr als Pokrowskij, bedeckte das Gesicht mit den Händen und lief aus dem Zimmer.

Ich wußte nicht, was ich mit mir anfangen, wo ich mich vor Scham verstecken sollte. Schon das allein, daß er mich in seinem Zimmer vorgefunden hatte! Ganze drei Tage konnte ich ihn nicht ansehen. Ich errötete bis zu Tränen. Die schrecklichsten und lächerlichsten Gedanken jagten mir durch den Kopf. Einer der verrücktesten war wohl der, daß ich zu ihm gehen, ihm alles erklären, alles gestehen und offen alles erzählen wollte, um ihm dann zu versichern, daß ich nicht wie ein dummes Mädchen gehandelt habe, sondern in guter Absicht. Ich hatte mich sogar schon fest dazu entschlossen, doch zum Glück sank mein Mut und ich wagte es nicht, meinen Vorsatz auszuführen. Ich kann mir denken, was ich damit angestiftet hätte! Wirklich, ich schäme mich auch jetzt noch, überhaupt nur daran zu denken.

Einige Tage darauf erkrankte Mama – ganz plötzlich und sogar sehr gefährlich. In der dritten Nacht stieg das Fieber und sie phantasierte heftig. Ich hatte schon eine Nacht nicht geschlafen und saß wieder an ihrem Bett, gab ihr zu trinken und zu bestimmten Stunden die vom Doktor verschriebene Arznei. In der folgenden Nacht versagte meine Widerstandskraft, ich war vollständig erschöpft. Von Zeit zu Zeit fielen mir die Augen zu, ich sah grüne Punkte tanzen, im Kopf drehte sich alles und jeden Augenblick wollte mich die Bewußtlosigkeit überwältigen, doch dann weckte mich wieder ein leises Stöhnen der Kranken: ich fuhr auf und erwachte für einen Augenblick, um von neuem, übermannt von der Mattigkeit, einzuschlummern. Ich quälte mich. Ich kann mich des Traumes, den ich damals hatte, nicht mehr genau entsinnen, es war aber irgendein schrecklicher Spuk, der mich während meines Kampfes gegen die mich immer wieder überwältigende Müdigkeit mit wirren Traumbildern ängstigte. Entsetzt wachte ich auf. Das Zimmer war dunkel, das Nachtlicht im Erlöschen: bald schlug die Flamme flackernd auf und heller Lichtschein erfüllte das Zimmer, bald zuckte nur ein kleines blaues Flämmchen und an den Wänden zitterten Schatten, um für Augenblicke fast vollständiger Dunkelheit zu weichen. Ich begann mich zu fürchten, ein seltsames Entsetzen erfaßte mich: meine Empfindungen und meine Phantasie standen noch unter dem Eindruck des grauenvollen Traumes und die Angst schnürte mir das Herz zusammen…

Ich sprang taumelnd vom Stuhl und schrie leise auf, unter dem quälenden Druck des unbestimmten Angstgefühls. In demselben Augenblick ging die Tür auf und Pokrowskij trat zu uns ins Zimmer.

Ich weiß nur noch, daß ich in seinen Armen aus der Bewußtlosigkeit erwachte. Behutsam setzte er mich auf einen Stuhl, gab mir zu trinken und fragte mich besorgt irgend etwas, das ich nicht verstand. Ich erinnere mich nicht, was ich ihm antwortete.

»Sie sind krank, Sie sind selbst sehr krank«, sagte er, indem er meine Hand erfaßte. »Sie fiebern, Sie setzen Ihre eigene Gesundheit aufs Spiel, wenn Sie sich so wenig schonen. Beruhigen Sie sich, legen Sie sich hin, schlafen Sie. Ich werde Sie in zwei Stunden wecken, beruhigen Sie sich nur... Legen Sie sich hin, schlafen Sie ganz ruhig!«, redete er mir zu, ohne mich ein Wort des Widerspruchs sagen zu lassen. Die Erschöpfung hatte meine letzten Kräfte besiegt. Die Augen fielen mir vor Schwäche zu. Ich legte mich hin, um, wie ich mir fest vornahm, nur eine halbe Stunde zu schlafen, schlief aber bis zum Morgen: Pokrowskij weckte mich auf, als es Zeit war, Mama die Arznei einzugeben.

Als ich mich am nächsten Tage nach einer kurzen Erholung wieder zur Nachtwache anschickte, entschlossen, diesmal nicht wieder einzuschlafen, wurde etwa gegen elf Uhr an unsere Tür geklopft: ich öffnete – es war Pokrowskij.

»Es wird Sie langweilen, denke ich, so allein zu sitzen«, sagte er, »hier, nehmen Sie dieses Buch, es wird Sie immerhin etwas zerstreuen.«

Ich nahm das Buch – ich habe vergessen, was für eines es war –, doch obschon ich die ganze Nacht nicht schlief, sah ich kaum einmal hinein. Es war eine eigentümliche innere Aufregung, die mir keine Ruhe ließ: ich konnte nicht schlafen, ich konnte nicht einmal längere Zeit ruhig im Lehnstuhl sitzen, – mehrmals stand ich auf, um eine Weile im Zimmer umherzugehen. Eine gewisse innere Zufriedenheit durchströmte mein ganzes Wesen. Ich war so froh über die Aufmerksamkeit Pokrowskijs. Ich war stolz auf seine Sorge, auf seine Bemühungen um mich. Die ganze Nacht dachte ich nur daran und träumte mit offenen Augen. Er kam nicht wieder und ich wußte, daß er in dieser Nacht nicht wieder kommen würde, aber ich malte mir dafür die nächste Begegnung aus.

Am folgenden Abend, als die anderen alle schon zu Bett gegangen waren, öffnete Pokrowskij seine Tür und begann mit mir eine Unterhaltung, indem er auf der Schwelle seines Zimmers stehen blieb. Ich entsinne mich keines Wortes mehr von dem, was wir damals sprachen; ich weiß nur noch, daß ich schüchtern und verwirrt war, weshalb ich mich entsetzlich über mich ärgerte, und daß ich mit Ungeduld das Ende der Unterhaltung erwartete, obschon ich mit allen Fibern an ihr hing und den ganzen Tag an nichts anderes gedacht und mir sogar schon Fragen und Antworten zurecht gelegt hatte …

Mit diesem Gespräch begann unsere Freundschaft. Während der ganzen Dauer von Mamas Krankheit verbrachten wir jeden Abend einige Stunden zusammen. Allmählich überwand ich meine Schüchternheit, wenn ich auch nach jedem Gespräch immer noch Ursache hatte, über mich selbst ungehalten zu sein. Übrigens erfüllte es mich mit geheimer Freude und stolzer Genugtuung, als ich sah, daß er um meinetwillen seine unausstehlichen Bücher vergaß. Einmal kamen wir zufällig darauf zu sprechen, wie sie damals vom Bücherbrett gefallen waren – natürlich im Scherz. Es war ein seltsamer Augenblick: ich glaube, ich war gar zu aufrichtig und naiv. Eine seltsame Begeisterung riß mich mit sich fort und ich gestand ihm alles … gestand ihm, daß ich lernen wollte, um etwas zu wissen, wie es mich geärgert, daß man mich für ein kleines Mädchen gehalten … Wie gesagt, ich befand mich in einer sehr sonderbaren Stimmung: mein

Herz war weich und in meinen Augen standen Tränen, – ich verheimlichte ihm nichts, ich sagte ihm alles, alles, erzählte ihm von meiner Freundschaft zu ihm, von meinem Wunsch, ihn zu lieben, seinem Herzen nahe zu sein, ihn zu trösten, zu beruhigen...

Er sah mich eigentümlich an, er schien verwirrt und erstaunt zugleich zu sein und sagte kein Wort. Das tat mir plötzlich sehr weh und machte mich traurig. Ich glaubte, er verstehe mich nicht und mache sich in Gedanken vielleicht sogar über mich lustig. Und plötzlich brach ich in Tränen aus und weinte wie ein Kind: es war mir unmöglich, mich zu beherrschen, wie ein Krampf hatte es mich erfaßt. Er ergriff meine Hände, küßte sie, drückte sie an die Brust, redete mir zu, tröstete mich. Es mußte ihm sehr nahe gegangen sein, denn er war tief gerührt. Ich erinnere mich nicht mehr, was er zu mir sprach, ich weinte und lachte und errötete und weinte wieder vor lauter Seligkeit, und konnte selbst kein Wort hervorbringen. Dennoch entging mir nicht, daß in Pokrowskij eine gewisse Verwirrung und Gezwungenheit zurückblieb. Offenbar konnte er sich über meinen Gefühlsausbruch, über eine so plötzliche, glühende Freundschaft nicht genug wundern. Vielleicht war zu Anfang nur sein Interesse geweckt, doch späterhin verlor sich seine Zurückhaltung und er erwiderte meine Anhänglichkeit, meine freundlichen Worte, meine Aufmerksamkeit mit ebenso aufrichtigen, ehrlichen Gefühlen, wie ich sie ihm entgegenbrachte, und war so aufmerksam und freundlich zu mir, wie ein aufrichtiger Freund, wie mein leiblicher Bruder. In meinem Herzen war es so warm, so gut... Ich verheimlichte nichts und verstellte mich nicht: was ich fühlte, das sah er, und mit jedem Tage trat er mir näher, wurde seine Freundschaft zu mir größer.

Wirklich, ich vermag es nicht zu sagen, wovon wir in jenen qualvollen und doch süßen Stunden unseres nächtlichen Beisammenseins beim zitternden Licht des Lämpchens vor dem Heiligenbilde und fast dicht am Bett meiner armen, kranken Mutter sprachen... Wir sprachen von allem, was uns einfiel, wovon das Herz voll war – und wir waren fast glücklich... Ach, es war eine traurige und doch frohe Zeit, beides zugleich. Auch jetzt noch bin ich traurig und froh, wenn ich an sie zurückdenke. Erinnerungen sind immer quälend, gleichviel ob es traurige oder frohe sind. Wenigstens ist es bei mir so – freilich liegt in dieser Qual zugleich auch eine gewisse Süße. Aber wenn es einem schwer wird ums Herz und weh, und wenn man sich quält und traurig ist, dann sind Erinnerungen erfrischend und belebend wie nach einem heißen Tage kühler Tau, der am feuchten Abend die arme, in der Sonnenglut des Tages welk gewordene Blume erfrischt und wieder belebt.

Mama war bereits auf dem Wege der Besserung – trotzdem fuhr ich fort, die Nächte an ihrem Bett zu verbringen. Pokrowskij gab mir Bücher: anfangs las ich sie nur, um nicht einzuschlafen, dann aufmerksamer und zuletzt mit wahrer Gier. Es war mir, als täte sich eine ganze Welt neuer, mir bis dahin unbekannter, ungeahnter Dinge auf. Neue Gedanken, neue Eindrücke stürmten in Überfülle auf mich ein. Und je mehr Aufregung, je mehr Arbeit und Kampf mich die Aufnahme dieser neuen Eindrücke kostete, um so lieber waren sie mir, um so freudvoller erschütterten sie meine ganze Seele. Mit einem Schlage, ganz plötzlich drängten sie sich in mein Herz und ließen es keine Ruhe mehr finden. Es war ein eigentümliches Chaos, das mein ganzes Wesen aufzuregen begann. Nur konnte mich diese geistige Vergewaltigung doch nicht vernichten. Ich war gar zu verschwärmt und träumerisch, und das rettete mich.

Als meine Mutter die Krankheit glücklich überstanden hatte, hörten unsere abendlichen Zusammenkünfte und langen Gespräche auf. Nur hin und wieder fanden wir Gelegenheit, ein paar bedeutungslose, ganz gleichgültige Worte mit einander zu wechseln, doch tröstete ich mich damit, daß ich jedem nichtssagenden Wort eine besondere Bedeutung verlieh und ihm einen geheimen Sinn unterschob. Mein Leben war voll Inhalt, ich war glücklich, war still und ruhig glücklich. Und so vergingen mehrere Wochen…

Da trat einmal, wie zufällig, der alte Pokrowskij zu uns ins Zimmer. Er schwatzte wieder alles mögliche, war bei auffallend guter Laune, scherzte und war sogar witzig, so in seiner Art witzig, – bis er endlich mit der großen Neuigkeit, die zugleich die Lösung des Rätsels seiner guten Laune war, herauskam, und uns mitteilte, daß genau eine Woche später Petinkas Geburtstag sei und daß er an jenem Tage unbedingt zu seinem Sohne kommen werde. Er wolle dann die neue Weste anlegen, und seine Frau, sagte er, habe versprochen, ihm neue Stiefel zu kaufen. Kurz, der Alte war mehr als glücklich und schwatzte unermüdlich.

Sein Geburtstag also! Dieser Geburtstag ließ mir Tag und Nacht keine Ruhe. Ich beschloß sogleich, ihm zum Beweis meiner Freundschaft unbedingt etwas zu schenken. Aber was? Endlich kam mir ein guter Gedanke: ich wollte ihm Bücher schenken. Ich wußte, daß er gern die neueste Gesamtausgabe der Werke Puschkins besessen hätte und so beschloß ich, ihm dieselbe zu kaufen. Ich besaß an eigenem Gelde etwa dreißig Rubel, die ich mir mit Handarbeiten verdient hatte. Dieses Geld war eigentlich für ein neues Kleid bestimmt, das ich mir anschaffen sollte. Doch ich schickte sogleich unsere Küchenmagd, die alte Matrjona, zum nächsten Buchhändler, um sich zu erkundigen, wieviel die neueste Ausgabe der Werke Puschkins koste. O, das Unglück! Der Preis aller elf Bände war, wenn man sie in gebundenen Exemplaren wollte, etwa sechzig Rubel. Woher das Geld nehmen? Ich sann und grübelte und wußte nicht, was tun. Mama um Geld bitten, das wollte ich nicht. Sie würde es mir natürlich sofort gegeben haben, doch dann hätten alle erfahren, daß wir ihm ein Geschenk machten. Und außerdem wäre es dann kein Geschenk mehr gewesen, sondern gewissermaßen eine Entschädigung für seine Mühe, die er das ganze Jahr mit mir gehabt. Ich aber wollte ihm die Bücher ganz allein, ganz heimlich schenken. Für die Mühe aber, die er beim Unterricht mit mir gehabt, wollte ich ihm ewig zu Dank verpflichtet sein, ohne ein anderes Entgelt dafür, als meine Freundschaft. Endlich verfiel ich auf einen Ausweg.

Ich wußte, daß man bei den Antiquaren im Gostinnyj Dworr[4] die neuesten Bücher für den halben Preis erstehen konnte, wenn man nur zu handeln verstand. Oft waren es nur wenig mitgenommene, oft sogar fast ganz neue Bücher. Dabei blieb es: ich nahm mir vor, bei nächster Gelegenheit nach dem Gostinnyj Dworr zu gehen. Diese Gelegenheit fand sich schon am folgenden Tage: Mama hatte irgend etwas nötig, das aus einer Handlung besorgt werden sollte, und Anna Fedorowna gleichfalls, doch Mama fühlte sich nicht ganz wohl und Anna Fedorowna hatte zum Glück gerade keine Lust zum Ausgehen. So kam es, daß ich mit Matrjona alles besorgen mußte.

Ich fand sehr bald die betreffende Ausgabe, und zwar in einem hübschen und gut erhaltenen Einbande. Ich fragte nach dem Preise. Zuerst verlangte der Mann mehr, als die Ausgabe in der Buchhandlung kostete, doch nach und nach brachte ich ihn so weit – was übrigens gar nicht so leicht war – daß er, nachdem ich mehrmals fortgegangen und so getan hatte, als wolle ich mich an einen anderen wenden, nach und nach vom Preise abließ und seine Forderung schließlich auf fünfunddreißig Rubel festsetzte. Welch ein Vergnügen es mir war, zu handeln! Die arme Matrjona konnte gar nicht begreifen, was in mich gefahren war und wozu in aller Welt ich soviel Bücher kaufen wollte. Doch wer beschreibt schließlich mei-

---

4   Größte Kaufhalle in Petersburg.

nen Ärger: ich besaß im ganzen nur meine dreißig Rubel, und der Kaufmann wollte mir die Bücher unter keinen Umständen billiger abtreten. Ich bat aber und flehte und beredete ihn so lange, bis er sich zu guter Letzt doch erweichen ließ: er ließ noch etwas ab, aber nur zweieinhalb Rubel, mehr, sagte er, könne er bei allen Heiligen nicht ablassen, und er schwor und beteuerte immer wieder, daß er es nur für mich tue, weil ich ein so nettes Fräulein sei, und daß er einem anderen Käufer nie und nimmer so viel abgelassen hätte. Zweieinhalb Rubel fehlten mir! Ich war nahe daran, vor Verdruß in Tränen auszubrechen. Doch da rettete mich etwas ganz Unvorhergesehenes.

Nicht weit von mir erblickte ich plötzlich den alten Pokrowskij, der an einem der anderen Büchertische stand. Vier oder fünf der Antiquare umringten ihn und schienen ihn durch ihre lebhaften Anpreisungen bereits ganz eingeschüchtert zu haben. Ein jeder bot ihm einige seiner Bücher an, die verschiedensten, die man sich nur denken kann: mein Gott, was er nicht alles kaufen wollte! Der arme Alte war ganz hilf- und ratlos und wußte nicht, für welches der vielen Bücher, die ihm von allen Seiten empfohlen wurden, er sich nun eigentlich entscheiden sollte. Ich trat auf ihn zu und fragte, was er denn hier suche. Der Alte war sehr froh über mein Erscheinen; er liebte mich sehr, vielleicht gar nicht so viel weniger als seinen Petinka.

»Ja, eben, sehen Sie, ich kaufe da eben Büchelchen, Warwara Alexejewna«, antwortete er, »für Petinka kaufe ich ein paar Büchelchen. Sein Geburtstag ist bald und er liebt doch am meisten Bücher, und da kaufe ich sie denn eben für ihn…«

Der Alte drückte sich immer sehr sonderbar aus, diesmal aber war er noch dazu völlig verwirrt. Was er auch kaufen wollte, immer kostete es über einen Rubel, zwei oder gar drei Rubel. An die großen Bände wagte er sich schon gar nicht heran, blickte nur so von der Seite mit verlangendem Lächeln nach ihnen hin, blätterte etwas in ihnen – ganz zaghaft und ehrfurchtsvoll langsam – besah wohl auch das eine oder andere Buch von allen Seiten, drehte es in der Hand und stellte es wieder an seinen Platz zurück.

»Nein, nein, das ist zu teuer«, sagte er dann halblaut, »aber von hier vielleicht etwas…« Und er begann, unter den dünnen Broschüren und Heftchen, unter Liederbüchern und alten Kalendern zu suchen: die waren natürlich billig.

»Aber weshalb wollen Sie denn so etwas kaufen«, fragte ich ihn, »diese Heftchen sind doch nichts wert!«

»Ach nein«, versetzte er, »nein, sehen Sie nur, was für hübsche Büchelchen hier unter diesen sind, sehen Sie, wie hübsch!« – Die letzten Worte sprach er so wehmütig und gleichsam zögernd in stockendem Tone, daß ich schon befürchtete, er werde sogleich zu weinen anfangen – vor lauter Kummer darüber, daß die hübschen Bücher so teuer waren – und daß sogleich ein Tränlein über seine bleiche Wange an der roten Nase vorüberrollen werde.

Ich fragte ihn schnell, wieviel Geld er habe.

»Da, hier«, – damit zog der Arme sein ganzes Vermögen hervor, das in ein schmutziges Stückchen Zeitungspapier eingewickelt war – »hier, sehen Sie, ein halbes Rubelchen, ein Zwanzigkopekenstück, hier Kupfer, auch so zwanzig Kopeken…«

Ich zog ihn sogleich zu meinem Antiquar.

»Hier, sehen Sie, sind ganze elf Bände, die alle zusammen zweiunddreißig Rubel und fünfzig Kopeken kosten. Ich habe dreißig, legen Sie jetzt zweieinhalb hinzu und wir kaufen alle diese elf Bücher und schenken sie ihm gemeinsam!«

Der Alte verlor fast den Kopf vor Freude, schüttelte mit zitternden Händen all sein Geld aus der Tasche, worauf ihm dann der Antiquar unsere ganze neuerstandene Bibliothek auflud. Mein Alterchen steckte die Bücher in alle Taschen, belud mit dem Rest Arme und Hände, und trug sie dann alle zu sich nach Haus, nachdem er mir sein Wort gegeben, daß er sie am nächsten Tage ganz heimlich zu uns bringen werde.

Richtig, am nächsten Tage kam er zu dem Sohn, saß wie gewöhnlich ein Stündchen bei ihm, kam dann zu uns und setzte sich mit einer unsagbar komischen und geheimnisvollen Miene zu mir. Lächelnd und die Hände reibend, stolz im Bewußtsein, daß er ein Geheimnis besaß, teilte er mir heimlich mit, daß er die Bücher alle ganz unbemerkt zu uns gebracht und in der Küche versteckt habe, woselbst sie unter Matrjonas Schutz bis zum Geburtstage unbemerkt verbleiben konnten.

Dann kam das Gespräch natürlich auf das bevorstehende große »Fest«. Der Alte begann sehr weitschweifig darüber zu reden, wie die Überreichung des Geschenkes vor sich gehen sollte, und je mehr er sich in dieses Thema vertiefte, je mehr und je unklarer er darüber sprach, um so deutlicher merkte ich, daß er etwas auf dem Herzen hatte, was er nicht sagen wollte oder nicht zu sagen verstand, vielleicht aber auch nicht recht zu sagen wagte. Ich schwieg und wartete. Seine geheime Freude und seine groteske Vergnügtheit, die sich anfangs in seinen Gebärden, in seinem ganzen Mienenspiel, in seinem Schmunzeln und einem gewissen Zwinkern mit dem linken Auge verraten hatten, waren allmählich verschwunden. Er war sichtlich von innerer Unruhe geplagt und schaute immer bekümmerter drein. Endlich hielt er es nicht länger aus und begann zaghaft:

»Hören Sie, wie wäre es, sehen Sie mal, Warwara Alexejewna… wissen Sie was, Warwara Alexejewna?…« Der Alte war ganz konfus. »Ja, sehen Sie: wenn nun jetzt sein Geburtstag kommt, dann nehmen Sie zehn Bücher und schenken ihm diese selbst, das heißt also von sich aus, von Ihrer Seite sozusagen… ich aber werde dann den letzten Band nehmen und ihn ganz allein von mir aus überreichen, also sozusagen ausdrücklich von meiner Seite. Sehen Sie, dann haben Sie etwas zu schenken, und auch ich habe etwas zu schenken, wir werden dann eben sozusagen beide etwas zu schenken haben...«

Hier geriet der Alte ins Stocken und wußte nicht, wie er fortfahren sollte. Ich sah von meiner Arbeit auf: er saß ganz still und erwartete schüchtern, was ich wohl dazu sagen werde.

»Aber weshalb wollen Sie denn nicht gemeinsam mit mir schenken, Sachar Petrowitsch?«, fragte ich.

»Ja so, Warwara Alexejewna, das ist schon so, wie gesagt ... – ich meine ja nur eben sozusagen...«

Kurz, der Alte verstand sich nicht auszudrücken, blieb wieder stecken und kam nicht weiter.

»Sehen Sie«, hub er dann nach kurzem Schweigen von neuem an, »ich habe nämlich, müssen Sie wissen, den Fehler, daß ich mitunter nicht ganz so bin, wie man sein muß... das heißt, ich will Ihnen gestehen, Warwara Alexejewna, daß ich eigentlich immer dumme Streiche mache... das ist nun schon einmal so mit mir... und ist gewiß sehr schlecht von mir... Das kommt, sehen Sie, ganz verschiedentlich... es ist draußen mitunter so eine Kälte, auch gibt es da Unannehmlichkeiten, oder man ist eben einmal wehmütig gestimmt, oder es geschieht sonst irgend etwas nicht Gutes, und da halte ich es denn mitunter nicht aus und schlage eben über die Schnur und trinke ein überflüssiges Gläschen. Dem Petruscha aber ist das sehr unangenehm. Denn er, sehen Sie, er ärgert sich darüber und schilt mich und erklärt mir, was Moral ist. Also deshalb, sehen Sie, würde ich ihm jetzt gern mit meinem Geschenk beweisen, daß ich anfange, mich gut aufzuführen, seine Lehren zu beherzigen und überhaupt mich zu bessern. Daß ich also, mit anderen Worten, gespart habe, um das Buch zu kaufen, lange gespart, denn ich habe doch selbst gar kein Geld, sehen Sie, es sei denn, daß Petinka mir hin und wieder welches gibt. Das weiß er. Also wird er dann sehen, wozu ich sein Geld benutzt habe: daß ich alles nur für ihn tue.«

Er tat mir so leid, der Alte! Ich dachte nicht lange nach. Der Alte sah mich in erwartungsvoller Unruhe an.

»Hören Sie, Sachar Petrowitsch«, sagte ich, »schenken Sie sie ihm alle.«

»Wie alle? Alle Bände?«

»Nun ja, alle Bände.«

»Und das von mir, von meiner Seite?«

»Ja, von Ihrer Seite.«

»Ganz allein von mir? Das heißt, in meinem Namen?«

»Nun ja doch, versteht sich, in Ihrem Namen.«

Ich glaube, daß ich mich deutlich genug ausdrückte, doch es dauerte eine Zeitlang, bis der Alte mich begriff.

»Na ja«, sagte er schließlich nachdenklich, »ja! – das würde sehr gut sein, wirklich sehr gut, aber wie bleibt es dann mit Ihnen, Warwara Alexejewna?«

»Ich werde dann einfach nichts schenken.«

»Wie!«, rief der Alte fast erschrocken, »Sie werden Petinka nichts schenken? Sie wollen ihm kein Geschenk machen?«

Ich bin überzeugt, daß der Alte in diesem Augenblick im Begriff war, das Angebot zurückzuweisen, nur damit auch ich seinem Sohne etwas schenken könne. Er war doch ein herzensguter Mensch, dieser Alte!

Ich versicherte ihm zugleich, daß ich ja sehr gern schenken würde, nur wolle ich ihm die Freude nicht schmälern.

»Und wenn Ihr Sohn mit dem Geschenk zufrieden sein wird«, fuhr ich fort, »und Sie sich freuen werden, dann werde auch ich mich freuen.«

Damit gelang es mir, den Alten zu beruhigen. Er blieb noch ganze zwei Stunden bei uns, vermochte aber in dieser Zeit keine Minute lang ruhig zu sitzen: er erhob sich, ging umher, sprach lauter als je, tollte mit Ssascha umher, küßte heimlich meine Hand, und schnitt Gesichter hinter Anna Fedorownas Stuhl, bis diese ihn endlich nach Hause schickte. Kurz, der Alte war rein aus Rand und Band vor lauter Freude, wie er es bis dahin vielleicht in seinem ganzen Leben noch nicht gewesen war.

Am Morgen des feierlichen Tages erschien er pünktlich um elf Uhr, gleich von der Frühmesse aus, erschien in anständigem, ausgebessertem Rock und tatsächlich in neuen Stiefeln und mit neuer Weste. In jeder Hand trug er ein Bündel Bücher – Matrjona hatte ihm dazu zwei Servietten geliehen. Wir saßen gerade alle bei Anna Fedorowna und tranken Kaffee (es war ein Sonntag). Der Alte begann, glaube ich, damit, daß Puschkin ein sehr guter Dichter gewesen sei; davon ging er, übrigens nicht ohne gewisse Unsicherheit und Verlegenheit und mehr als einmal stockend, aber doch ziemlich plötzlich, auf ein anderes Thema über, nämlich darauf, daß man sich gut aufführen müsse: wenn der Mensch das nicht tue, so sei das ein Zeichen, daß er »dumme Streiche mache«. Schlechte Neigungen hätten eben von jeher den Menschen herabgezogen und verdorben. Ja, er zählte sogar mehrere abschreckende Beispiele von Unenthaltsamkeit auf, und schloß damit, daß er selbst sich seit einiger Zeit vollkommen gebessert habe und sich jetzt musterhaft aufführe. Er habe auch früher schon die Richtigkeit der Lehren seines Sohnes erkannt und sie schon lange innerlich beherzigt, jetzt aber habe er begonnen, sich auch in der Tat aller schlechten Dinge zu enthalten und so zu leben, wie er es seiner Erkenntnis gemäß für richtig halte. Zum Beweis aber schenke er hiermit die Bücher, für die er sich im Laufe einer langen Zeit das nötige Geld zusammengespart habe.

Ich hatte Mühe, mir die Tränen und das Lachen zu verbeißen, während der arme Alte redete. So hatte er es doch verstanden, zu lügen, sobald es nötig war!

Die Bücher wurden sogleich feierlich in Pokrowskijs Zimmer gebracht und auf dem Bücherbrett aufgestellt. Pokrowskij selbst hatte natürlich sofort die Wahrheit erraten.

Der Alte wurde aufgefordert, zum Mittagessen zu bleiben. Wir waren an diesem Tage alle recht lustig. Nach dem Essen spielten wir ein Pfänderspiel und dann Karten. Ssascha tollte und war so ausgelassen wie nur je, und ich stand ihr in nichts nach. Pokrowskij war sehr aufmerksam gegen mich und suchte immer nach einer Gelegenheit, mich unter vier Augen zu sprechen, doch ließ ich mich nicht einfangen. Das war der schönste Tag in diesen vier Jahren meines Lebens!

Jetzt, von ihm ab, kommen nur noch traurige, schwere Erinnerungen, jetzt beginnt die Geschichte meiner dunklen Tage. Wohl deshalb will es mir scheinen, als ob meine Feder langsamer schreibe, als beginne sie, müde zu werden und als wolle es nicht gut weiter gehen mit dem Erzählen. Deshalb habe ich wohl auch so ausführlich und mit so viel Liebe alle Einzelheiten meiner Erlebnisse in jenen glücklichen Tagen meines Lebens beschrieben. Sie waren ja so kurz, diese Tage. So bald wurden sie von Kummer, von schwerem Kummer verdrängt, und nur Gott allein mag wissen, wann der einmal ein Ende nehmen wird.

Mein Unglück begann mit der Krankheit und dem Tode Pokrowskijs.

Es waren etwa zwei Monate seit seinem Geburtstage vergangen, als er erkrankte. In diesen zwei Monaten hatte er sich unermüdlich um eine Anstellung, die ihm eine Existenzmöglichkeit gewährt hätte, bemüht, denn bis dahin hatte er ja noch nichts. Wie alle Schwindsüchtigen, gab auch er die Hoffnung, noch lange zu leben, bis zum letzten Augenblick nicht auf. Einmal sollte er irgendwo als Lehrer angestellt werden, doch hatte er einen unüberwindlichen Widerwillen gegen diesen Beruf. In den Staatsdienst zu treten, verbot ihm seine angegriffene Gesundheit. Außerdem hätte er dort lange auf das erste etatsmäßige Gehalt warten müssen. Kurz, Pokrowskij sah überall nichts als Mißerfolge. Das war natürlich von schlechtem Einfluß auf ihn. Er rieb sich auf. Er opferte seine Gesundheit. Freilich beachtete er es nicht. Der Herbst kam. Jeden Tag ging er in seinem leichten Mantel aus, um wieder irgendwo um eine Anstellung zu bitten, – was ihm dabei eine Qual war. Und so kam er dann immer müde, hungrig, vom Regen durchnäßt und mit nassen Füßen nach Haus, bis er endlich so weit war, daß er sich zu Bett legen mußte – um nicht wieder aufzustehen … Er starb im Spätherbst, Ende Oktober.

Ich pflegte ihn. Während der ganzen Dauer seiner Krankheit verließ ich nur selten sein Zimmer. Oft schlief ich ganze Nächte nicht. Meist lag er bewußtlos im Fieber und phantasierte; dann sprach er Gott weiß wovon, zuweilen auch von der Anstellung, die er in Aussicht hatte, von seinen Büchern, von mir, vom Vater … und da erst hörte ich vieles von seinen Verhältnissen, was ich noch gar nicht gewußt und nicht einmal geahnt hatte.

In der ersten Zeit seiner Krankheit und meiner Pflege sahen mich alle im Hause etwas sonderbar an, und Anna Fedorowna schüttelte den Kopf. Doch ich blickte allen offen in die Augen, und da hörte man denn auf, meine Teilnahme für den Kranken zu verurteilen – wenigstens Mama tat es nicht mehr.

Hin und wieder erkannte mich Pokrowskij, doch geschah das verhältnismäßig selten. Er war fast die ganze Zeit nicht bei Besinnung. Bisweilen sprach er lange, lange, oft ganze Nächte lang in unklaren, dunklen Worten zu irgend jemand, und seine heisere Stimme klang in dem engen Zimmer so dumpf wie in einem Sarge. Dann fürchtete ich mich. Namentlich in der letzten Nacht war er wie rasend: er litt entsetzlich und quälte sich, und sein Stöhnen zerriß mir das Herz. Alle im Hause waren erschüttert. Anna Fedorowna betete die ganze Zeit,

Gott möge ihn schneller erlösen. Der Arzt wurde gerufen. Er sagte, daß der Kranke wohl nur noch bis zum nächsten Morgen leben werde.

Der alte Pokrowskij verbrachte die ganze Nacht im Korridor, dicht an der Tür zum Zimmer seines Sohnes: dort hatte man ihm ein Lager zurecht gemacht, irgendeine Matte als Unterlage auf den Fußboden gelegt. Jeden Augenblick kam er ins Zimmer, – es war schrecklich, ihn anzusehen. Der Schmerz hatte ihn so gebrochen, daß er fast vollkommen teilnahmslos, ganz gefühllos und gedankenlos erschien. Sein Kopf zitterte. Sein ganzer Körper zitterte und sein Mund flüsterte mechanisch irgend etwas vor sich hin. Es schien mir, daß er vor Schmerz den Verstand verlieren werde.

Vor Tagesanbruch sank der Alte auf seiner Matte im Korridor endlich in Schlaf. Gegen acht Uhr begann der Sohn zu sterben. Ich weckte den Vater. Pokrowskij war bei vollem Bewußtsein und nahm von uns allen Abschied. Seltsam! Ich konnte nicht weinen, aber ich glaubte es körperlich zu fühlen, wie mein Herz in Stücke zerriß.

Doch das Qualvollste waren für mich seine letzten Augenblicke. Er bat lange, lange um irgend etwas, doch konnte ich seine Worte nicht mehr verstehen, da seine Zunge bereits steif war. Mein Herz krampfte sich zusammen. Eine ganze Stunde war er unruhig, und immer wieder bat er um irgend etwas, bemühte er sich, mit seiner bereits steif gewordenen Hand ein Zeichen zu machen, um dann wieder mit trauriger, dumpf-heiserer Stimme um etwas zu bitten – doch die Worte waren nur zusammenhanglose Laute, und wieder konnte ich nichts verstehen. Ich führte alle einzeln an sein Bett, reichte ihm zu trinken, er aber schüttelte immer nur langsam den Kopf und sah mich so traurig an. Endlich erriet ich, was er wollte: er bat, den Fenstervorhang aufzuziehen und die Läden zu öffnen. Er wollte wohl noch einmal den Tag sehen, das Gotteslicht, die Sonne.

Ich zog den Vorhang fort und stieß die Läden auf, doch der anbrechende Tag war trübe und traurig, wie das erlöschende arme Leben des Sterbenden. Von der Sonne war nichts zu sehen. Wolken verhüllten den Himmel mit einer dicken Nebelschicht, so regnerisch, düster und schwermütig war es. Ein feiner Regen schlug leise an die Fensterscheiben und rann in klaren, kalten Wasserstreifen an ihnen herab. Es war trüb und dunkel. Das bleiche Tageslicht drang nur spärlich ins Zimmer, wo es das zitternde Licht des Lämpchens vor dem Heiligenbilde kaum merklich verdrängte. Der Sterbende sah mich traurig, so traurig an und bewegte dann leise, wie zu einem müden Schütteln, den Kopf. Nach einer Minute starb er.

Für die Beerdigung sorgte Anna Fedorowna. Es wurde ein ganz, ganz einfacher Sarg gekauft und ein Lastwagen gemietet. Zur Deckung der Unkosten aber wurden alle Bücher und Sachen des Verstorbenen von Anna Fedorowna beschlagnahmt. Der Alte wollte ihr die Hinterlassenschaft seines Sohnes nicht abtreten, stritt mit ihr, lärmte, nahm ihr die Bücher fort, stopfte sie in alle Taschen, in den Hut, wo immer er sie nur unterbringen konnte, schleppte sie drei Tage mit sich herum und trennte sich auch dann nicht von ihnen, als wir zur Kirche gehen mußten. Alle diese Tage war er ganz wie ein Geistesgestörter. Mit einer seltsamen Geschäftigkeit machte er sich ewig etwas am Sarge zu schaffen: bald zupfte er ein wenig die grünen Blätter zurecht, bald zündete er die Kerzen an, um sie wieder auszulöschen und dann wieder anzuzünden. Man sah es, daß seine Gedanken nicht länger als einen Augenblick bei etwas Bestimmtem verweilen konnten.

Der Totenmesse in der Kirche wohnten weder Mama noch Anna Fedorowna bei. Mama war krank, Anna Fedorowna aber, die sich bereits angekleidet hatte, geriet wieder mit dem alten Pokrowskij in Streit, ärgerte sich und blieb zu Haus. So waren nur ich und der Alte in der Kirche. Während des Gottesdienstes ergriff mich plötzlich eine unsagbare

Angst – wie eine dunkle Ahnung dessen, was mir bevorstand. Ich konnte mich kaum auf den Füßen halten.

Endlich wurde der Sarg geschlossen, auf den Lastwagen gehoben und fortgeführt. Ich begleitete ihn nur bis zum Ende der Straße. Dann fuhr der Fuhrmann im Trab weiter. Der Alte lief hinter ihm her und weinte laut, und sein Weinen zitterte und brach oft ab, da das Laufen ihn erschütterte. Der Arme verlor seinen Hut, blieb aber nicht stehen, um ihn aufzuheben, sondern lief weiter. Sein Kopf wurde naß vom Regen. Ein scharfer, kalter Wind erhob sich und schnitt ins Gesicht. Doch der Alte schien nichts davon zu spüren und lief weinend weiter, bald an der einen, bald an der anderen Seite des Wagens. Die langen Schöße seines fadenscheinigen alten Überrocks flatterten wie Flügel im Winde. Aus allen Taschen sahen Bücher hervor und im Arm trug er irgendein großes schweres Buch, das er krampfhaft umklammerte und an die Brust drückte. Die Vorübergehenden nahmen die Mützen ab und bekreuzten sich. Einige blieben stehen und schauten verwundert dem armen Alten nach. Alle Augenblicke fiel ihm aus einer Tasche ein Buch in den Straßenschmutz. Dann rief man ihn an, hielt ihn zurück und machte ihn auf seinen Verlust aufmerksam. Und er hob das Buch auf und lief wieder weiter, dem Sarge nach. Kurz vor der Straßenecke schloß sich ihm eine alte Bettlerin an und folgte gleichfalls dem Sarge. Endlich bog der Wagen um die Straßenecke und verschwand.

Ich ging nach Hause. Zitternd vor Weh warf ich mich meiner Mutter an die Brust. Ich umschlang sie fest mit meinen Armen und küßte sie und plötzlich brach ich in Tränen aus. Und ich schmiegte mich angstvoll an die einzige, die mir als mein letzter Freund noch geblieben war, als hätte ich sie für immer festhalten wollen, damit der Tod mir nicht auch sie noch entreiße...

Doch der Tod schwebte damals schon über meiner armen Mutter...

Wie dankbar bin ich Ihnen, Makar Alexejewitsch, für den gestrigen Spaziergang nach den Inseln! Wie schön es dort war, wie wundervoll grün, und die Luft wie köstlich! – Ich hatte so lange keinen Rasen und keine Bäume gesehen, – als ich krank war, dachte ich doch, daß ich sterben müsse, daß ich bestimmt sterben werde – nun können Sie sich denken, was ich gestern fühlen mußte, und was empfinden!

Seien Sie mir nicht böse, daß ich so traurig war. Ich fühlte mich sehr wohl und leicht, aber gerade in meinen besten Stunden werde ich aus irgendeinem Grunde traurig; so geht es mir immer. Und daß ich weinte, das hatte auch nichts auf sich, ich weiß selbst nicht, weshalb ich immer weinen muß. Ich bin, das fühle ich, krankhaft überreizt, alle Eindrücke, die ich empfange, sind krankhaft – krankhaft heftig. Der wolkenlose blasse Himmel, der Sonnenuntergang, die Abendstille – alles das – ich weiß wirklich nicht, – ich war gestern jedenfalls in der Stimmung, alle Eindrücke schwer und qualvoll zu nehmen, so daß das Herz bald übervoll war und die Seele nach Tränen verlangte.

Doch wozu schreibe ich Ihnen das alles? Das Herz wird sich nur so schwer über alles dies klar, um wie viel schwerer ist es da noch, alles wiederzugeben! Aber vielleicht verstehen Sie mich doch.

Leid und Freude! Wie gut Sie doch sind, Makar Alexejewitsch! Gestern blickten Sie mir so in die Augen, als wollten Sie in ihnen lesen, was ich empfand, und Sie waren glücklich über meine Freude. War es ein Strauch, eine Allee oder ein Wasserstreifen – immer standen Sie da vor mir und fühlten sich ganz stolz und schauten mir immer wieder in die Augen, als wäre alles, was Sie mir da zeigten, Ihr Eigentum gewesen. Das beweist, daß Sie ein gutes Herz haben, Makar Alexejewitsch. Deshalb liebe ich Sie ja auch.

Nun leben Sie wohl. Ich bin heute wieder krank: gestern bekam ich nasse Füße und habe mich infolgedessen erkältet. Fedora ist noch nicht ganz gesund – ich weiß nicht, was ihr fehlt. So sind wir jetzt beide krank. Vergessen Sie mich nicht, kommen Sie öfter zu uns.

Ihre

W. D.

12. Juni.

Mein Täubchen Warwara Alexejewna!

Ich dachte, mein Kind, Sie würden mir den gestrigen Ausflug in lauter Gedichten beschreiben, und da erhalte ich nun von Ihnen so ein einziges kleines Blättchen! Doch will ich damit nicht tadeln, daß Sie mir nur wenig geschrieben haben: dafür haben Sie alles ungewöhnlich gut und schön beschrieben. Die Natur, die verschiedenen Landschaftsstimmungen, was Sie selber empfanden – das haben Sie mit einem Worte kurz, aber ganz wunderbar geschildert. Ich habe dagegen ganz und gar kein Talent, irgend etwas zu beschreiben: wenn ich auch zehn Seiten vollkritzele, es kommt dabei doch nichts heraus und nichts ist wirklich beschrieben. Das weiß ich selbst nur zu genau.

Sie schreiben mir, meine Liebe, daß ich ein guter Mensch sei, sanftmütig, voll Wohlwollen für alle, unfähig, dem Nächsten etwas Böses zuzufügen, und daß ich die Güte des himmlischen Schöpfers, wie sie in der Natur zum Ausdruck kommt, wohl verstehe, und Sie beehren mich noch mit verschiedenen anderen Lobsprüchen. – Das ist gewiß alles wahr, mein Kind, nichts als die reine Wahrheit, denn ich bin wirklich so, wie Sie sagen, ich weiß das selbst: und es freut einen auch, wenn man von anderen so etwas geschrieben sieht, wie das, was Sie mir da geschrieben haben: es wird einem unwillkürlich froh und leicht zumut – aber schließlich kommen einem doch wieder allerlei schwere Gedanken. Nun hören Sie mich mal an, mein Kind, ich will Ihnen jetzt mal etwas erzählen.

Ich beginne damit, daß ich auf die Zeit zurückgreife, als ich erst siebzehn Lenze zählte und in den Staatsdienst trat: nun werden es bald runde dreißig Jahre sein, daß ich als Beamter tätig bin! Ich habe in der Zeit, was soll ich sagen, genug Uniformröcke abgetragen, bin darüber Mann geworden, auch vernünftiger und klüger, habe Menschen gesehen und kennen gelernt, habe auch gelebt, ja, warum nicht – ich kann schon sagen, daß ich gelebt habe –, und einmal wollte man mich sogar zur Auszeichnung vorschlagen: man wollte mir nämlich für meine Dienste ein Kreuz verleihen. Sie werden mir das letztere vielleicht nicht glauben, aber es war wirklich so, ich lüge Ihnen nichts vor. Nun, was kam dabei heraus, mein Kind? Ja, sehen Sie, es finden sich immer und überall schlechte Menschen. Aber wissen Sie, was ich Ihnen sagen werde, meine Liebe: ich bin zwar ein ungebildeter Mensch, meinetwegen sogar ein dummer Mensch, aber das Herz, das in mir schlägt, ist genau so, wie das Herz anderer Menschen. Also wissen Sie, Warinka, was ein böser Mensch mir antat? Man schämt sich ordentlich, es zu sagen. Sie fragen, warum er es tat? Einfach darum, weil ich so ein Stiller bin, weil ich bescheiden bin, weil ich ein guter Kerl bin. Ich war ihnen nicht nach ihrem Geschmack, und so wurde denn alles mir, und immer mir, in die Schuhe geschoben. Anfangs hieß es, wenn jemand etwas schlecht gemacht hatte:

»Eh, Sie da, Makar Alexejewitsch, dies und das!« – Daraus wurde mit der Zeit:

»Ach, natürlich Makar Alexejewitsch, wer denn sonst!«

Jetzt aber heißt es ganz einfach:

»Na, selbstverständlich doch Makar Alexejewitsch, was fragen Sie noch!«

Sehen Sie, Kind, so kam die ganze Geschichte. An allem war Makar Alexejewitsch schuld. Sie verstanden weiter nichts, als »Makar Alexejewitsch« sozusagen zum Schlagwort im ganzen Departement zu machen. Und noch nicht genug damit, daß sie in dieser Weise aus mir ein geflügeltes Wort, fast sogar einen geflügelten Tadel, wenn nicht gar ein Schmähwort machten – nein, sie hatten auch noch an meinen Stiefeln, meinem Rock, meinen Haaren und Ohren, kurz, an allem, was an mir war, etwas auszusetzen: alles war ihnen nicht recht, alles mußte anders gemacht werden! Und das wiederholt sich nun schon seit undenklichen Zeiten jeden Tag! Ich habe mich daran gewöhnt, weil ich mich an alles gewöhne, weil ich ein stiller Mensch bin, weil ich ein kleiner Mensch bin. Aber, fragt man sich schließlich, womit habe ich denn das alles verdient? Wem habe ich je etwas Schlechtes getan? Habe ich etwa jemandem den Rang abgelaufen? Oder jemanden bei den Vorgesetzten angeschwärzt, um dafür belohnt zu werden? Oder habe ich sonst eine Kabale gegen jemanden angestiftet? Sie würden sündigen, Kind, wenn Sie so etwas auch nur denken wollten! Bin ich denn einer, der so etwas überhaupt fertig brächte? So betrachten Sie mich doch nur genauer, meine Liebe, und dann sagen Sie selbst, ob ich auch nur die Fähigkeit zu Intrigen und zum Strebertum habe? Also wofür treffen mich dann diese Heimsuchungen? Doch vergib, Herr! Sie, Warinka, halten mich für einen ehrenwerten Menschen, Sie aber sind auch unvergleichlich besser, als alle die anderen, jawohl Warinka!

Was ist die größte bürgerliche Tugend? Über diese Frage äußerte sich noch vor ein paar Tagen Jewstafij Iwanowitsch in einem Privatgespräch. Er sagte: Die größte bürgerliche Tugend sei – Geld zu schaffen. Er sagte es natürlich im Scherz (ich weiß, daß er es nur im Scherz sagte), was aber in dem Worte für eine Moral lag (die er eigentlich im Sinne hatte), das war, daß man mit seiner Person niemandem zur Last fallen solle. Ich aber falle niemandem zur Last! Ich habe mein eigenes Stück Brot. Es ist ja wohl nur ein einfaches Stück Brot, mitunter sogar altes, trockenes Brot, aber ich habe es doch, es ist mein Brot, durch meine Arbeit rechtlich und redlich erworben!

Nun ja, was ist da zu machen! Ich weiß es ja selbst, daß ich nichts sonderlich Großes vollbringe, wenn ich in meinem Bureau sitze und Schriftstücke abschreibe. Trotzdem bin ich stolz darauf: ich arbeite doch, leiste doch etwas, tue es durch meiner Hände Arbeit. Nun, und was ist denn dabei, daß ich nur abschreibe? Ist denn das etwa eine Sünde? »Na ja, doch eben immer nur ein Schreiber!« – Aber was ist denn dabei Unehrenhaftes? Meine Handschrift ist so eingeschrieben, so leserlich, jeder Buchstabe wie gestochen, daß es eine Freude ist, so einen ganzen Bogen zu sehen, und – Se. Exzellenz sind zufrieden mit mir. Ich muß die wichtigsten Papiere für Se. Exzellenz abschreiben. Ja, aber ich habe keinen Stil! Das weiß ich selbst, daß ich ihn nicht habe, den verwünschten Stil! Mir fehlen die Redewendungen! Ich weiß es, und deshalb habe ich es auch im Dienst zu nichts gebracht… Auch an Sie, mein Kind, schreibe ich jetzt, wie es gerade so kommt, ohne alle Kunst und Feinheit, wie es mir aus dem Herzen in den Sinn strömt… Das weiß ich selbst ganz genau: aber schließlich: wenn alle nur Selbstverfaßtes schreiben wollten, wer würde dann – abschreiben?

Das ist die Frage. Sehen Sie, und nun, bitte, beantworten Sie sie mir, meine Liebe.

So sehe ich denn jetzt selbst ein, daß man mich braucht, daß ich notwendig, daß ich unentbehrlich bin, und daß kein Grund vorliegt, sich durch müßiges Geschwätz irre machen zu lassen. Nun schön, meinetwegen bin ich eine Ratte, wenn sie glauben, eine Ähnlichkeit mit ihr herausfinden zu können. Aber diese Ratte ist nützlich, ohne diese Ratte käme man nicht aus, diese Ratte ist sogar ein Faktor, mit dem man rechnet, und dieser Ratte wird man bald sogar eine Gratifikation zusprechen, – da sehen Sie, was das für eine Ratte ist!

Doch jetzt habe ich genug davon geredet. Ich wollte ja eigentlich gar nicht davon sprechen, aber nun – es kam mal so zur Sprache, und da hat's mich denn hingerissen. Es ist doch immer ganz gut, von Zeit zu Zeit sich selbst etwas Gerechtigkeit widerfahren zu lassen.

Leben Sie wohl, mein Täubchen, meine gute kleine Trösterin! Ich werde schon kommen, gewiß werde ich kommen und Sie besuchen, mein Sternchen, um zu sehen, wie es Ihnen geht und was Sie machen. Grämen Sie sich bis dahin nicht gar zu sehr. Ich werde Ihnen ein Buch mitbringen. Also leben Sie wohl bis dahin, Warinka.

Wünsche Ihnen von Herzen alles Gute!

Ihr

Makar Djewuschkin.

20. Juni.

Sehr geehrter Makar Alexejewitsch!

Schreibe Ihnen in aller Eile, denn ich habe sehr wenig Zeit, – muß eine Arbeit zu einem bestimmten Termin beenden.

Hören Sie, um was es sich handelt: es bietet sich ein guter Gelegenheitskauf. Fedora sagt, ein Bekannter von ihr habe einen fast neuen Uniformrock, sowie Beinkleider, Weste und Mütze zu verkaufen, und alles, wie sie sagt, sehr billig. Wenn Sie sich das nun kaufen wollten! Sie haben doch jetzt Geld und sind nicht mehr in Verlegenheit, – Sie sagten mir ja selbst, daß Sie Geld haben. Also seien Sie vernünftig und schaffen Sie sich die Sachen an. Sie haben sie doch so nötig. Sehen Sie sich doch nur selbst an, in was für alten Kleidern Sie umhergehen. Eine wahre Schande! Alles ist geflickt. Und neue Kleider haben Sie nicht, das weiß ich, obschon Sie versichern, Sie hätten sie. Gott weiß, was Sie mit Ihrem neuen Anzug angefangen haben. So hören Sie doch diesmal auf mich und kaufen Sie die Kleider, bitte, tun Sie's! Tun Sie es für mich, wenn Sie mich lieb haben!

Sie haben mir Wäsche geschenkt. Hören Sie, Makar Alexejewitsch, das geht wirklich nicht so weiter! Sie richten sich zugrunde, denn das ist doch kein Spaß, was Sie schon für mich ausgegeben haben, – entsetzlich, wieviel Geld! Wie Sie verschwenden können! Ich habe ja nichts nötig, das war ja alles ganz, ganz überflüssig! Ich weiß, glauben Sie mir, ich weiß, daß Sie mich lieben, deshalb ist es ganz überflüssig von Ihnen, mich noch durch Geschenke immer wieder dieser Liebe vergewissern zu wollen. Wenn Sie wüßten, wie schwer es mir fällt, sie anzunehmen! Ich weiß doch, was sie Sie kosten. Deshalb ein für allemal: Lassen Sie es gut sein, schicken Sie mir nichts mehr! Hören Sie? Ich bitte Sie, ich flehe Sie an!

Sie bitten mich, Ihnen die Fortsetzung meiner Aufzeichnungen zuzusenden, Sie wollen, daß ich sie beende. Gott, ich weiß selbst nicht, wie ich das fertig gebracht habe, soviel zu schreiben, wie dort geschrieben ist! Nein, ich habe nicht die Kraft, jetzt von meiner Vergangenheit zu sprechen. Ich will an sie nicht einmal zurückdenken. Ich fürchte mich vor diesen Erinnerungen. Und gar von meiner armen Mutter zu sprechen, deren einziges Kind nach ihrem Tode diesen Ungeheuern preisgegeben war: das wäre mir ganz unmöglich! Mein Herz blutet, wenn meine Gedanken auch nur von ferne diese Erinnerungen streifen. Die Wunden sind noch zu frisch! Ich habe noch keine Ruhe, um zu denken, habe mich selbst noch lange nicht beruhigen können, obschon bereits ein ganzes Jahr vergangen ist. Doch Sie wissen das ja alles!

Ich habe Ihnen auch Anna Fedorownas jetzige Ansichten mitgeteilt. Sie wirft mir Undankbarkeit vor und leugnet es, mit Herrn Bükoff im Einverständnis gewesen zu sein! Sie for dert mich auf, zu ihr zurückzukehren. Sie sagt, ich lebe von Almosen und sei auf einen schlechten Weg geraten. Wenn ich zu ihr zurückkehren würde, so wolle sie es übernehmen, die ganze Geschichte mit Herrn Bükoff beizulegen und ihn zu veranlassen, seine Schuld mir gegenüber wieder gutzumachen. Sie hat sogar gesagt, daß Herr Bükoff mir eine Aussteuer geben wolle. Gott mit ihnen! Ich habe es auch hier gut, unter Ihrem Schutz und bei meiner guten Fedora, die mich mit ihrer Anhänglichkeit an meine alte selige Kinderfrau erinnert. Sie aber sind zwar nur ein entfernter Verwandter von mir, trotzdem beschützen Sie mich und treten mit Ihrem Namen und Ruf für mich ein. Ich kenne jene anderen nicht, ich werde sie vergessen! – wenn ich es nur vermag?! Was wollen sie denn noch von mir? Fedora sagt, das sei alles nur Klatsch und sie würden mich zu guter Letzt doch in Ruhe lassen. Gott gebe es!

W. D.

21. Juni.

Mein Täubchen, mein Liebling!

Ich will Ihnen schreiben, weiß aber nicht – womit beginnen?

Ist das nicht sonderbar, wie wir beide jetzt hier so miteinander leben! Ich sage das nur deshalb, müssen Sie wissen, weil ich meine Tage noch nie so froh verbracht habe. Ganz als hätte mich Gott der Herr mit einem Häuschen und einer Familie gesegnet! Mein Kindchen sind Sie, mein kleines reizendes!

Was reden Sie da von den vier Hemdchen, die ich Ihnen geschickt habe! Sie hatten sie doch nötig – Fedora sagte es mir. Und mich, liebes Kind, mich macht es doch glücklich, für Sie sorgen zu können: das ist nun einmal mein größtes Vergnügen – also lassen Sie mich nur gewähren, Kind, und widersprechen Sie mir nicht! Noch niemals habe ich so etwas erlebt. Jetzt lebe ich doch ein ganz anderes Leben. Erstens gewissermaßen zu zweien, wenn man so sagen darf, denn Sie leben doch jetzt in meiner nächsten Nähe, was mir ein großer Trost und eine große Freude ist. Und zweitens hat mich heute mein Zimmernachbar, Ratasäjeff – jener Beamte, wissen Sie, bei dem literarische Abende stattfinden –, also der hat mich heute zum Tee eingeladen. Heute findet bei ihm nämlich wieder so eine Versammlung statt: es soll etwas Literarisches vorgelesen werden. Da sehen Sie, wie wir jetzt leben, Kindchen – was?!

Nun, leben Sie wohl. Ich habe das alles ja nur so geschrieben, ohne besonderen Zweck, nur um Sie von meinem Wohlbefinden zu unterrichten. Sie haben mir durch Theresa sagen lassen, daß Sie farbige Nähseide zur Stickerei benötigen: ich werde sie kaufen, Kindchen, ich werde sie Ihnen besorgen, gleich morgen werde ich sie Ihnen besorgen. Ich weiß auch schon, wo ich sie am besten kaufen kann. Inzwischen verbleibe ich

Ihr aufrichtiger Freund

Makar Djewuschkin.

22. Juni.

Liebe Warwara Alexejewna!

Ich will Ihnen nur mitteilen, meine Gute, daß bei uns im Hause etwas sehr Trauriges geschehen ist, etwas, das jedes Menschen Mitleid erwecken muß. Heute um fünf Uhr morgens starb Gorschkoffs kleiner Sohn. Ich weiß nicht recht, woran, – an den Masern oder, Gott weiß, vielleicht war es auch Scharlach. Da besuchte ich sie denn heute, diese Gorschkoffs. Ach, Liebe, was das für eine Armut bei ihnen ist! Und was für eine Unordnung! Aber das ist ja schließlich kein Wunder: die ganze Familie lebt doch nur in diesem einen Zimmer, das sie nur anstandshalber durch einen Bettschirm so ein wenig abgeteilt haben.

Jetzt steht bei ihnen schon der kleine Sarg, – ein ganz einfacher, billiger, aber er sieht doch ganz nett aus, sie haben ihn gleich fertig gekauft. Der Knabe war neun Jahre alt und soll, wie man hört, zu schönen Hoffnungen berechtigt haben. Es tut weh, weh vor Mitleid, sie anzusehen, Warinka. Die Mutter weint nicht, aber sie ist so traurig, die Arme. Es ist für sie ja vielleicht eine Erleichterung, daß ihnen ein Kindchen abgenommen ist: es bleiben ihnen noch zwei, die sie zu ernähren haben: ein Brustkind und ein kleines Töchterchen so von etwa sechs Jahren, viel älter kann das zarte Ding noch nicht sein.

Wie muß einem doch zumute sein, wenn man sieht, wie ein Kindchen leidet, und noch dazu das eigene, leibliche Kindchen, und man hat nichts, womit man ihm helfen könnte! Der Vater sitzt dort in einem alten, schmutzigen und fadenscheinigen Rock auf einem halb zerbrochenen Stuhl. Die Tränen laufen ihm über die Wangen, aber vielleicht gar nicht vor Leid, sondern nur so, aus Gewohnheit – die Augen tränen eben. Er ist so ein Sonderling! Immer wird er rot, wenn man mit ihm spricht, und niemals weiß er, was er antworten soll. Das kleine Mädchen stand dort an den Sarg gelehnt, stand ganz still und ernst und ganz nachdenklich. Ich liebe es nicht, Warinka, wenn ein Kindchen nachdenklich ist: es beunruhigt einen. Eine Puppe aus alten Zeugstücken lag auf dem Fußboden, – sie spielte aber nicht mit ihr. Das Fingerchen im Mund: so stand sie, – stand und rührte sich nicht. Die Wirtin gab ihr ein Bonbonchen: sie nahm es, aß es aber nicht. Traurig das alles – nicht wahr, Warinka?

Ihr

Makar Djewuschkin.

Bester Makar Alexejewitsch!

Ich sende Ihnen Ihr Buch zurück. Das ist ja ein ganz elendes Ding! – man kann es überhaupt nicht in die Hand nehmen. Wo haben Sie denn diese Kostbarkeit aufgetrieben? Scherz beiseite – gefallen Ihnen denn wirklich solche Bücher, Makar Alexejewitsch? Sie versprachen mir doch vor ein paar Tagen, mir etwas zum Lesen zu verschaffen. Ich kann ja auch mit Ihnen teilen, wenn Sie wollen. Doch jetzt Schluß und auf Wiedersehen! Ich habe wirklich keine Zeit, weiter zu schreiben.

W. D.

26. Juni.

Liebe Warinka!

Die Sache ist nämlich die, Kind, daß ich das Büchlein selbst gar nicht gelesen habe. Es ist wahr, ich las ein wenig, sah, daß es irgendein Unsinn war, nur so zum Lachen geschrieben, und um die Leute zu unterhalten. Da dachte ich, nun, dann wird es was Lustiges sein und vielleicht auch Warinka gefallen. Und so nahm ich es und schickte es Ihnen.

Aber nun hat mir Ratasäjeff versprochen, mir etwas wirklich Literarisches zum Lesen zu verschaffen. Da werden Sie also wieder gute Bücher erhalten, mein Kind. Ratasäjeff – der versteht sich darauf! Er schreibt doch selbst, und wie er schreibt! Gewandt schreibt er, und einen Stil hat er, ich sage Ihnen: einfach großartig! In jedem Wort ist ein Etwas – sogar im allergewöhnlichsten, alltäglichsten Wort, in jedem einfachen Satz, in der Art, wie ich zum Beispiel manchmal Faldoni oder Theresa etwas sage, – selbst da versteht er noch, sich stilvoll auszudrücken. Ich wohne jetzt seinen literarischen Abenden regelmäßig bei. Wir rauchen Tabak und er liest uns vor, liest bis fünf Stunden in einem durch, wir aber hören zu, die ganze Zeit. Das sind nun einfach Perlen, nicht Literatur! Einfach Blumen, duftende Blumen – auf jeder Seite so viel Blumen, daß man einen Strauß draus winden kann! Und im Umgang ist er so freundlich, so liebenswürdig. Was bin ich im Vergleich mit ihm, nun was? – Nichts! Er ist ein angesehener Mann, ein Mann von Ruf – was aber bin ich? – Nichts! So gut wie nichts, bin neben ihm überhaupt nichts! Er aber beehrt auch mich mit seinem Wohlwollen. Ich habe für ihn mal das eine oder andere abgeschrieben. Nur denken Sie deshalb nicht, Warinka, daß das irgend etwas auf sich habe, ich meine, daß er mir deshalb wohlgesinnt sei, weil ich für ihn abschreibe! Hören Sie nicht auf solche Klatschgeschichten, Kind, glauben Sie ihnen nicht, beachten Sie sie gar nicht weiter! Nein, ich tue es ganz aus freien Stücken, um ihm damit etwas Angenehmes zu erweisen. Und daß er mir sein Wohlwollen schenkt, das tut er auch nur aus freien Stücken, tut's, um mir eine Freude zu bereiten. Ich bin gar nicht so dumm, um das nicht zu verstehen: man muß nur wissen, welch ein Zartgefühl sich dahinter birgt. Er ist ein guter, ein sehr guter Mensch und außerdem ein ganz unvergleichlicher Schriftsteller.

Es ist eine schöne Sache um die Literatur, Warinka, eine sehr schöne, das habe ich vorgestern bei ihnen erfahren. Und zugleich eine tiefe Sache! Sie stärkt und festigt und belehrt die Menschen – und noch verschiedenes andere tut sie, was alles in ihrem Buch aufgezeichnet steht. Es ist wirklich gut geschrieben! Die Literatur – das ist ein Bild, das heißt in gewissem Sinne, versteht sich; ein Bild und ein Spiegel; ein Spiegel der Leidenschaften und aller inneren Dinge; sie ist Belehrung und Erbauung zugleich, ist Kritik und ein großes menschliches Dokument. Das habe ich mir alles von ihnen sagen lassen und aus ihren Reden gemerkt. Ich will aufrichtig gestehen, mein Liebling, wenn man so unter ihnen sitzt und zuhört – und man raucht dabei sein Pfeifchen, ganz wie sie – und wenn sie dann anfangen, sich gegenseitig zu messen und über die verschiedensten Dinge zu disputieren, da muß ich denn einfach wie im Kartenspiel sagen: – ich passe. Denn wenn die erst mal loslegen, Kind, dann bleibt unsereinem nichts anderes übrig, dann müssen wir beide passen, Warinka. Ich sitze dann wie ein alter Erzschafskopf und schäme mich vor mir selber. Und wenn man sich auch den ganzen Abend die größte Mühe gibt, irgendwo ein halbes Wörtchen in das allgemeine Gespräch mit einzuflechten, so ist man doch nicht einmal dazu fähig. Man kann und kann dieses halbe Wörtchen nicht finden! Man verfällt aber auch auf rein gar nichts – man mag's anstellen wie man will! Das ist wie verhext, Warinka, und man tut sich schließlich selber leid, daß man so ist, wie man nun einmal ist, und daß man das Sprichwort auf sich anwenden kann: dumm geboren und im Leben nichts dazugelernt.

Was tue ich denn jetzt in meiner freien Zeit? – Schlafe, schlafe wie ein alter Esel. An Stelle dieses unnützen Schlafens aber könnte man sich doch auch mit etwas Angenehmem oder Nützlichem beschäftigen, so zum Beispiel sich hinsetzen und dies und jenes schreiben, so ganz frei von sich aus, – was? Sich selbst zu Nutz und Frommen und anderen zum Vergnügen. Und hören Sie nur, Kind, wieviel sie für ihre Sachen bekommen, Gott verzeihe ihnen! Da zum Beispiel gleich dieser Ratasäjeff, was der Mann einnimmt! Was ist es für ihn, einen Bogen vollzuschreiben? An manchen Tagen hat er sogar ganze fünf geschrieben, und dabei erhält er, wie er sagt, volle dreihundert Rubel für jeden Bogen! Da hat er irgend so eine kleine Geschichte oder Humoreske, oder auch nur irgendein Anekdotchen oder sonst etwas für die Leute – fünfhundert, gib oder gib nicht, aber darunter kriegst du es für keinen Preis. Häng dich auf, wenn du willst. Willst du nicht – nun gut, dann gibt ein anderer tausend! Was sagen Sie dazu, Warwara Alexejewna?

Aber was, das ist noch gar nichts! Da hat er zum Beispiel ein Heftchen Gedichte, alles solche kleinen Dingerchen – paar Zeilen nur, ganz kurz, – siebentausend, Kind, siebentausend will er dafür haben, denken Sie sich! Das ist doch ein Vermögen, groß wie ein ganzes Besitztum, das sind ja die Prozente eines Hauses von fünf Stockwerken! Fünftausend, sagt er, biete man ihm: er geht aber darauf nicht ein. Ich habe ihm zugeredet und vernünftig auf ihn eingesprochen, – nehmen Sie doch, Bester, die fünftausend, nehmen Sie sie nur, und dann können Sie ihnen ja den Rücken kehren und ausspeien, wenn Sie wollen, denn fünftausend – das ist doch Geld! Aber nein, er sagt, sie werden auch sieben geben, die Schufte. Solch ein Schlaukopf ist er, wirklich!

Ich werde Ihnen, mein Kind, da nun einmal davon die Rede ist, eine Stelle aus den »Italienischen Leidenschaften« abschreiben. So heißt nämlich eines seiner Werke. Nun lesen Sie, Warinka, und dann urteilen Sie selbst:

… Wladimir fuhr zusammen: die Leidenschaften brausten wild in ihm auf und sein Blut geriet in Wallung …

»Gräfin«, rief er, »Gräfin! Wissen Sie, wie schrecklich diese Leidenschaft, wie grenzenlos dieser Wahnsinn ist? Nein, meine Sinne täuschen mich nicht! Ich liebe, ich liebe mit aller Begeisterung, liebe rasend, wahnsinnig! Das ganze Blut deines Mannes würde nicht ausreichen, die wallende Leidenschaft meiner Seele zu ersticken! Diese kleinen Hindernisse sind unfähig, das allesvernichtende, höllische Feuer, das in meiner erschöpften Brust loht, in seinem Flammenstrom aufzuhalten. O Sinaida, Sinaida! … «

»Wladimir!«, flüsterte die Gräfin fassungslos und schmiegte ihr Haupt an seine Schulter.

»Sinaida!«, rief Ssmelskij berauscht.

Seiner Brust entrang sich ein Seufzer. Auf dem Altar der Liebe schlug die Lohe hellflammend auf und umfing mit ihrer Glut die Seelen der Liebenden.

»Wladimir!«, flüsterte die Gräfin trunken. Ihr Busen wogte, ihre Wangen röteten sich, ihre Augen glühten…

Der neue, schreckliche Bund ward geschlossen!

Nach einer halben Stunde trat der alte Graf in das Boudoir seiner Frau.

»Wie wäre es, mein Herzchen, soll man nicht für unseren teuren Gast den Samowar aufstellen lassen?«, fragte er, seiner Frau die Wange tätschelnd.

Nun sehen Sie, Kind, wie finden Sie das? Es ist ja wahr, – es ist ein wenig frei, das läßt sich nicht leugnen, aber dafür doch schwungvoll und gut geschrieben. Was gut ist, ist gut! Aber nein, ich muß Ihnen doch noch ein Stückchen aus der Novelle »Jermak und Suleika« abschreiben.

Stellen Sie sich vor, Kind, daß der Kosak Jermak, der tollkühne Eroberer Sibiriens, in Suleika, die Tochter des sibirischen Herrschers Kutschum, die er gefangen genommen, verliebt ist. Die Sache spielt also gerade in der Zeit, da Iwan der Schreckliche herrschte – wie Sie sehen. Hier schreibe ich Ihnen nun ein Gespräch zwischen Jermak und Suleika ab:

»Du liebst mich, Suleika? O, wiederhole, wiederhole es!…«

»Ich liebe dich, Jermak!«, flüsterte Suleika.

»Himmel und Erde, habt Dank! Ich bin glücklich! Ihr habt mir alles gegeben, alles, wonach mein wilder Geist seit meinen Jünglingsjahren strebte! Also hierher hast du mich geführt, mein Leitstern, über den steinernen Gürtel des Ural! Der ganzen Welt werde ich meine Suleika zeigen, und die Menschen, diese wilden Ungeheuer, werden es nicht wagen, mich zu beschuldigen! O, wenn sie doch diese geheimen Leiden ihrer zärtlichen Seele verständen, wenn sie, wie ich, in einer Träne meiner Suleika eine ganze Welt von Poesie zu erblicken wüßten! O, laß mich mit Küssen diese Träne trinken, diesen himmlischen Tautropfen… du himmlisches Wesen!«

»Jermak«, sagte Suleika, »die Welt ist böse, die Menschen sind ungerecht! Sie werden uns verfolgen und verurteilen, mein Liebster! Was soll das arme Mädchen, das auf den heimatlichen Schneefeldern Sibiriens in der Jurte des Vaters aufgewachsen ist, dort in eurer kalten, eisigen, seelenlosen, eigennützigen Welt anfangen? Die Menschen werden mich nicht verstehen, mein Geliebter, mein Ersehnter!«

»Dann sollen sie Kosakensäbel kennen lernen!«, rief Jermak, wild die Augen rollend. –

Und nun, Warinka, denken Sie sich diesen Jermak, wie er erfährt, daß seine Suleika ermordet ist. Der verblendete Greis Kutschum hat sich im Schutz der nächtlichen Dunkelheit während der Abwesenheit Jermaks in dessen Zelt geschlichen und seine Tochter Suleika ermordet, um sich an Jermak, der ihn um Zepter und Krone gebracht hat, zu rächen.

»Welch eine Lust, die Klinge zu schleifen!«, rief Jermak in wilder Rachgier, und er wetzte den Stahl am Schamanenstein. »Ich muß Blut sehen, Blut! Rächen, rächen, rächen muß ich sie!!!«

Aber nach alledem kann Jermak seine Suleika doch nicht überleben, er wirft sich in den Irtysch und ertrinkt, und damit ist dann alles zu Ende.

Jetzt noch ein kleiner Auszug, eine Probe: es ist humoristisch, was nun kommt, und nur so zum Lachen geschrieben:

»Kennen Sie denn nicht Iwan Prokofjewitsch Sheltopus? Na, das ist doch derselbe, der den Prokofj Iwanowitsch ins Bein gebissen hat! Iwan Prokofjewitsch ist ein schroffer Charakter, dafür aber ein selten tugendhafter Mensch. Prokofij Iwanowitsch dagegen liebt außerordentlich Rettich mit Honig. Als er aber noch mit Pelageja Antonowna bekannt war… Sie kennen doch Pelageja Antonowna? Na, das ist doch dieselbe, die ihren Rock immer mit dem Futter nach außen anzieht, um das Oberzeug zu schonen.«

Ist das nicht Humor, Warinka, einfach Humor! Wir wälzten uns vor Lachen, als er uns dies vorlas. Solch ein Mensch, wahrhaftig, Gott verzeihe ihm! Übrigens, Kind, ist das zwar recht originell und komisch, aber im Grunde doch ganz unschuldig, ganz ohne die geringste Freidenkerei und ohne alle liberalen Verirrungen. Ich muß Ihnen auch noch sagen, daß Ratasäjeff vortreffliche Umgangsformen besitzt, und vielleicht liegt hier mit ein Grund, warum er ein so ausgezeichneter Schriftsteller ist, und mehr als das, was die anderen sind.

Aber wie wär's – in der Tat, es kommt einem mitunter der Gedanke in den Kopf – wie wär's, wenn auch ich einmal etwas schriebe: was würde dann wohl geschehen? Nun, sagen wir zum Beispiel, und nehmen wir an, daß plötzlich mir nichts dir nichts ein Buch in der Welt erschiene und auf dem Deckel stände: »Gedichte von Makar Djewuschkin.« Was?! Ja, was würden Sie dann wohl sagen, mein Engelchen? Wie würde Ihnen das vorkommen, was würden Sie dabei denken? Von mir aus kann ich Ihnen freilich sagen, mein Kind, daß ich mich, sobald mein Buch erschienen wäre, entschieden nicht mehr auf dem Newskij zu zeigen wagte. Wie wäre denn das, wenn ein jeder sagen könnte: »Sieh, dort geht der Dichter Djewuschkin!« und ich selbst dieser Djewuschkin wäre!? Was würde ich dann zum Beispiel bloß mit meinen Stiefeln machen? Die sind ja doch bei mir, nebenbei bemerkt, Kind, fast immer geflickt, und auch die Sohlen sind, wenn man die Wahrheit sagen soll, oft recht weit vom wünschenswerten Zustande entfernt. Nun, wie wäre denn das, wenn alle wüßten, daß der Schriftsteller Djewuschkin geflickte Stiefel hat! Wenn das nun gar irgendeine Komtesse oder Duchesse erführe, was würde sie dazu sagen, mein Seelchen? Selbst würde sie es ja vielleicht nicht bemerken, denn Komtessen und Duchessen beschäftigen sich nicht mit Stiefeln, und nun gar mit Beamtenstiefeln (aber schließlich bleiben ja Stiefel immer Stiefel), – nur würde man ihr alles erzählen, meine eigenen Freunde würden es womöglich tun! Ratasäjeff zum Beispiel wäre der erste, der es fertig brächte! Er ist oft bei der Gräfin B., besucht sie, wie er sagt, sogar ohne besondere Einladung, wann es ihm gerade paßt. Eine gute Seele, sagt er, soll sie sein, so eine literarisch gebildete Dame. Ja, dieser Ratasäjeff ist ein Schlaukopf!

Doch übrigens – genug davon! Ich schreibe das ja alles nur so, mein Engelchen, um Sie zu zerstreuen, also nur zum Scherz. Leben Sie wohl, mein Täubchen. Viel habe ich Ihnen hier zusammengeschrieben, aber das eigentlich nur deshalb, weil ich heute ganz besonders froh gestimmt bin. Wir speisten nämlich heute alle bei Ratasäjeff, und da (es sind ja doch Schlingel, mein Kind!) holten sie schließlich solch einen besonderen Likör hervor… na – was soll man Ihnen noch viel davon schreiben! Nur sehen Sie zu, daß Sie jetzt nicht gleich etwas Schlechtes von mir denken, Warinka. Es war nicht so schlimm! Büchelchen werde ich Ihnen schicken. Hier geht ein Roman von Paul de Kock von Hand zu Hand, nur werden Sie diesen Paul de Kock nicht in die Fingerchen bekommen, mein Kind… Nein, nein, Gott behüte! Solch ein Paul de Kock ist nichts für Sie, Warinka. Man sagt von ihm, daß er bei allen anständigen Petersburger Kritikern ehrliche Entrüstung hervorgerufen habe.

Ich sende Ihnen noch ein Pfündchen Konfekt – habe es speziell für Sie gekauft. Und hören Sie, mein Herzchen, bei

jedem Konfektchen denken Sie an mich. Nur dürfen Sie die
Bonbons nicht gleich zerbeißen! Lutschen Sie sie nur so,
sonst könnten Ihnen noch die Zähnchen nachher wehtun.
Aber vielleicht lieben Sie auch Schokolade? Dann schreiben
Sie nur!

Nun, leben Sie wohl, leben Sie wohl. Christus sei mit Ihnen, mein Täubchen. Ich aber verbleibe nach wie vor

Ihr treuester Freund

Makar Djewuschkin.

27. Juni.

Lieber Makar Alexejewitsch!

Fedora sagt, sie kenne Leute, die mir in meiner Lage herzlich
gern helfen und, wenn ich nur wolle, eine sehr gute Stelle als
Gouvernante in einem Hause verschaffen würden. Was meinen Sie, mein Freund, soll ich darauf eingehen? Ich würde Ihnen dann nicht mehr zur Last fallen – und die Stelle scheint
gut zu sein. Aber anderseits – der Gedanke ist doch etwas
beängstigend, in einem fremden Hause dienen zu müssen. Es
soll eine Gutsbesitzersfamilie sein. Da werden sie über mich
Erkundigungen einziehen, werden mich ausfragen, was soll
ich ihnen dann sagen? Und überdies bin ich so menschenscheu und liebe die Einsamkeit. Am liebsten lebe ich dort,
wo ich mich einmal eingelebt habe. Es ist nun einmal gemüt-
licher und trauter in dem Winkel, an den man sich schon gewöhnt hat, – und wenn man vielleicht auch in Sorgen dort
lebt, es ist dennoch besser. Außerdem müßte ich da noch reisen, und Gott weiß, was sie alles von mir verlangen werden:
vielleicht lassen sie mich einfach die Kinder warten! Und was
mögen das für Leute sein, wenn sie jetzt binnen zwei Jahren
schon zum dritten Male die Gouvernante wechseln? Raten

Sie mir, Makar Alexejewitsch, um Gottes willen, soll ich darauf eingehen oder soll ich nicht?

Weshalb kommen Sie jetzt gar nicht mehr zu uns? Sie zeigen sich so selten! Außer Sonntags in der Kirche sehen wir uns ja fast überhaupt nicht mehr. Wie menschenscheu Sie doch sind! Sie sind ganz wie ich! Aber wir sind ja auch so gut wie verwandt. Oder lieben Sie mich nicht mehr, Makar Alexejewitsch? Ich bin, wenn ich mich allein weiß, oft sehr traurig. Zuweilen, namentlich in der Dämmerung, sitzt man ganz mutterseelenallein: Fedora ist fortgegangen, um irgend etwas zu besorgen, und da sitzt man denn und denkt und denkt – man erinnert sich an alles was einst gewesen ist, an Frohes und Trauriges, alles zieht wie ein Nebel an einem vorüber. Bekannte Gesichter tauchen wieder vor meinen Augen auf (ich glaube sie fast schon im Wachen zu sehen, wie man sonst nur im Traum etwas sieht), – doch am häufigsten sehe ich Mama… Und was für Träume ich habe! Ich fühle es, daß meine Gesundheit untergraben ist. Ich bin so schwach. Als ich heute morgen aufstand, wurde mir übel, und zum Überfluß habe ich auch noch diesen schlimmen Husten! Ich fühle, ich weiß, daß ich bald sterben werde. Wer wird mich wohl beerdigen? Wer wird wohl meinem Sarge folgen? Wer wird um mich trauern?… Und da müßte ich vielleicht an einem fremden Ort, in einem fremden Hause, bei fremden Menschen sterben!… Mein Gott, wie traurig ist es, zu leben, Makar Alexejewitsch!

Lieber Freund, warum schicken Sie mir immer Konfekt? Ich begreife wirklich nicht, woher Sie soviel Geld nehmen. Ach, mein guter Freund, sparen Sie doch das Geld, um Gottes willen, sparen Sie es! Fedora hat einen Käufer gefunden für den Teppich, den ich genäht habe. Man will für ihn fünfzehn Rubel geben. Das wäre sehr gut bezahlt: ich dachte, man würde weniger geben. Fedora wird drei Rubel bekommen, und für mich werde ich einen Stoff zu einem einfachen Kleide kaufen, irgendeinen billigeren und wärmeren Kleiderstoff. Für Sie aber werde ich eine Weste machen, ein schöne Weste: ich werde guten Stoff dazu aussuchen und sie selbst nähen.

Fedora hat mir ein Buch verschafft – Bjelkins Erzählungen –, das ich Ihnen hiermit zusende, damit auch Sie es lesen. Nur, bitte, schonen Sie es und behalten Sie es nicht zu lange: es gehört nicht mir. Es ist ein Werk von Puschkin. Vor zwei Jahren las ich es mit Mama – da hat es denn in mir traurige Erinnerungen wachgerufen, als ich es jetzt zum zweiten Male las. Sollten Sie irgendein Buch haben, so schicken Sie es mir, – aber nur in dem Fall, wenn Sie es nicht von Ratasäjeff erhalten haben. Er wird gewiß eines seiner eigenen Werke geben, wenn überhaupt schon etwas von ihm gedruckt sein sollte. Wie können Ihnen nur seine Romane gefallen, Makar Alexejewitsch? Solche Dummheiten!…

Nun, leben Sie wohl! Wie viel ich diesmal geschwätzt habe! Wenn ich mich bedrückt fühle, dann bin ich immer froh, sprechen zu können. Das ist die beste Arznei: ich fühle mich sogleich erleichtert, namentlich wenn ich alles sagen kann, was ich auf dem Herzen habe.

Leben Sie wohl, leben Sie wohl, mein Freund!
Ihre

W. D.

28. Juni.

Warwara Alexejewna, meine Liebe!

Nun ist's genug mit dem Grämen! Schämen Sie sich denn nicht? So machen Sie doch ein Ende, mein Kind! Wie können Sie sich nur mit solchen Gedanken abgeben? Sie sind ja gar nicht mehr krank, Herzchen, ganz und gar nicht! Sie blühen einfach, wirklich, glauben Sie mir: nur ein wenig bleich sind

Sie noch, aber trotzdem blühen Sie. Und was sind denn das für Träume und Gespenster, die Sie da sehen! Pfui, schämen Sie sich, mein Liebling, lassen Sie es sein, wie es ist! Kümmern Sie sich nicht weiter um diese dummen Träume – so etwas schüttelt man ab. Ganz einfach! Wie kommt es denn, daß ich gut schlafe? Warum fehlt mir denn nichts? Sehen Sie mich einmal an, mein Kind. Lebe froh und zufrieden, schlafe ruhig, bin gesund – mit einem Wort, ein Teufelskerl: und man hat seine wahre Freude daran, es zu sein! Also hören Sie auf, mein Seelchen, schämen Sie sich und bessern Sie sich. Ich kenne doch Ihr Köpfchen, Kind: kaum hat es etwas gefunden, da fängt es gleich wieder an mit dem Grübeln und Grämen, und Sie machen sich von neuem allerlei Gedanken. Schon allein mir zuliebe sollten Sie doch wirklich einmal damit aufhören, Warinka!

Bei fremden Menschen dienen? – Niemals! Nein und nein und nochmals nein! Was ist Ihnen eingefallen, daß Sie überhaupt auf solche Gedanken kommen? Und noch dazu wegreisen! Nein, Kind da kennen Sie mich schlecht: das lasse ich nie und nimmermehr zu, einen solchen Plan bekämpfe ich mit allen Kräften. Und wenn ich auch meinen letzten alten Rock vom Leibe verkaufen – wenn mir nur noch das Hemd bleiben würde, aber Not leiden, das sollen und werden Sie bei uns niemals. Nein, Warinka, nein, ich kenne Sie ja! Das sind Torheiten, nichts als Torheiten! Was aber wahr ist, das ist: daß an allem Fedora ganz allein die Schuld trägt – nur sie, dies dumme Frauenzimmer, hat Ihnen diese Gedanken in den Kopf gesetzt. Sie aber, Kind, müssen gar nicht darauf hören, was sie sagt. Sie wissen wahrscheinlich noch nicht alles, mein Seelchen? … Wissen nicht, daß sie eine dumme, schwatzhafte, unzurechnungsfähige Person ist, die auch ihrem verstorbenen Mann schon das Leben weidlich sauer gemacht hat. Überlegen Sie sich: hat sie Sie nicht geärgert, irgendwie gekränkt?

Nein, nein, mein Kind, aus all dem, was Sie da schrieben, wird nichts! Und was sollte denn aus mir werden, wo bliebe ich dann? Nein, Warinka, mein Herzchen, das müssen Sie sich aus dem Köpfchen schlagen. Was fehlt Ihnen denn bei uns? Wir können uns nicht genug über Sie freuen und auch Sie haben uns gern, also bleiben Sie und leben Sie hier friedlich weiter. Nähen Sie oder lesen Sie, oder nähen Sie auch nicht – ganz wie Sie wollen, nur bleiben Sie bei uns! Denn sonst, sagen Sie doch selbst: wie würde das denn aussehen? Ich werde Ihnen Bücher verschaffen – und dann können wir ja auch wieder einmal einen Spaziergang unternehmen. Nur müssen Sie, mein Kind, mit diesen Gedanken jetzt wirklich ein Ende machen und vernünftig werden und sich nicht grundlos um alles Alltägliche sorgen und grämen! Ich werde zu Ihnen kommen, und zwar sehr bald, inzwischen aber nehmen Sie es als mein gerades und offenes Bekenntnis: das war nicht schön von Ihnen, Herzchen, gar nicht schön!

Ich bin natürlich kein gelehrter Mensch und ich weiß es selbst, daß ich nichts gelernt habe, daß ich kaum unterrichtet worden bin, aber darum handelt es sich jetzt nicht und das war es auch nicht, was ich sagen wollte – doch für den Ratasäjeff stehe ich ein, da machen Sie, was Sie wollen! Er ist mein Freund, deshalb muß ich ihn verteidigen. Er schreibt gut, schreibt sehr, sehr und nochmals sehr gut. Ich kann Ihnen unter keinen Umständen beistimmen. Er schreibt farbenreich und gewählt, es sind auch Gedanken darin, kurz, es ist sehr schön! Sie haben es vielleicht ohne Anteil gelesen, Warinka, vielleicht waren Sie gerade nicht bei Laune, als Sie lasen, vielleicht hatten Sie sich gerade über Fedora wegen irgend etwas geärgert, oder es ist vielleicht sonst irgendwie ein Unglückstag für Sie gewesen.

Nein, Sie müssen das einmal mit Gefühl lesen und aufmerksam, wenn Sie froh und zufrieden und bei guter Laune sind, zum Beispiel wenn Sie gerade ein Konfektchen im Munde haben – dann lesen Sie es noch einmal. Ich will ja nicht sagen (wer hat denn das behauptet?), daß es nicht noch bessere Schriftsteller gibt, als Ratasäjeff, ganz gewiß, es gibt bessere, aber deshalb braucht doch Ratasäjeff noch lange nicht schlecht zu sein: sie sind eben alle gut; er schreibt gut und die anderen schreiben meinetwegen auch gut. Außerdem schreibt er, vergessen wir das nicht, nur für sich – tut es, sagen wir, bloß so in seinen Mußestunden – und das merkt man ihm dann an, daß er es tut, und zwar zu seinem Vorteil!

Nun leben Sie wohl, mein Kind, schreiben werde ich heute nicht mehr: ich habe da noch etwas abzuschreiben und muß mich beeilen. Also sehen Sie zu, mein Liebling, mein Herzchen, daß Sie sich beruhigen. Möge Gott der Herr Sie behüten, ich aber bin und bleibe

Ihr treuer Freund

Makar Djewuschkin.

P. S. Danke für das Buch, meine Gute, also lesen wir Puschkin. Heute aber komme ich gegen Abend ganz bestimmt zu Ihnen.

Mein teurer Makar Alexejewitsch!

Nein, mein Freund, nein, es geht nicht, daß ich noch länger hier lebe. Ich habe nachgedacht und eingesehen, daß es sehr falsch von mir ist, eine so vorteilhafte Stelle von der Hand zu weisen. Dort werde ich mir doch wenigstens mein sicheres Stück Brot verdienen. Ich werde mir Mühe geben, ich werde versuchen, mir die Neigung der fremden Menschen zu erwerben, und, wenn es nötig sein sollte, auch meinen Charakter zu ändern. Es ist natürlich schwer und bitter, bei fremden Menschen zu leben, sich ihnen in allem anzupassen, sich selbst zu verleugnen und von ihnen abhängig zu sein, aber Gott wird

mir sicher helfen. Man kann doch nicht sein Leben lang men-
schenfern bleiben! Und ich habe ja auch früher schon Ähnliches erlebt. Zum Beispiel als ich noch in der Pension war. Den
ganzen Sonntag spielte ich und sprang munter wie ein echter
Wildfang umher, und wenn Mama bisweilen auch schalt –
was tat das, ich war doch froh, und im Herzen war es so hell
und warm. Kam aber dann der Abend, da fühlte ich mich wieder über alle Maßen unglücklich: um neun Uhr hieß es – nach
der Pension zurückkehren! Dort war alles fremd, kalt, streng,
die Lehrerinnen waren Montags immer so mürrisch, und ich
fühlte mich so bedrückt, so elend, daß die Tränen sich nicht
mehr zurückdrängen ließen. Da schlich ich denn leise in einen
Winkel und weinte vor lauter Einsamkeit und Verlassenheit.
Natürlich hieß es dann, ich sei faul und wolle nicht lernen.
Und doch war das gar nicht der Grund, weshalb ich weinte.

Dann aber – womit endete es? Ich gewöhnte mich schließlich an alles, und als ich die Pension verlassen mußte, weinte
ich gar beim Abschied von den Freundinnen.

Nein, es ist nicht gut, daß ich Ihnen und Fedora hier zur
Last bin. Der Gedanke ist mir eine Qual. Ich sage Ihnen alles
ganz offen, weil ich gewohnt bin, Ihnen nichts zu verhehlen.
Sehe ich denn nicht, wie Fedora jeden Morgen schon in aller
Frühe aufsteht und sich ans Waschen macht, und dann bis in
die späte Nacht hinein arbeitet? – Alte Knochen aber bedürfen der Ruhe. Und sehe ich denn nicht, wie Sie alles für mich
opfern, wie Sie sich selbst das Notwendigste versagen, um Ihr
ganzes Geld nur für mich auszugeben? Ich weiß doch, daß das
über Ihre Verhältnisse geht, mein Freund. Sie schreiben mir,
daß Sie eher das Letzte verkaufen würden, als daß Sie mich
Not leiden ließen. Ich glaube es Ihnen, mein Freund, ich weiß,
daß Sie ein gutes Herz haben, – doch das sagen Sie jetzt nur
so. Jetzt haben Sie zufällig überflüssiges Geld, haben ganz unerwartet eine Gratifikation erhalten. Aber dann? Sie wissen
doch – ich bin immer krank. Ich kann nicht so arbeiten, wie

Sie, obschon ich froh wäre, wenn ich's könnte, und überdies habe ich auch nicht immer Arbeit. Was soll ich tun? Mich grämen und quälen, indem ich Sie und Fedora für mich sorgen lasse und selbst müßig zusehen muß? Wie könnte ich Ihnen jemals auch nur das Geringste entgelten, wie Ihnen auch nur im geringsten nützlich sein? Inwiefern bin ich Ihnen denn so unentbehrlich, mein Freund? Was habe ich Ihnen Gutes getan? Ich bin Ihnen nur von ganzem Herzen zugetan, ich liebe Sie aufrichtig und von ganzem Herzen, doch das ist auch alles, was ich tun kann. So ist es nun einmal mein bitteres Geschick! Zu lieben verstehe ich – aber Gutes tun, Ihre Wohltaten durch meine Taten erwidern, das kann ich nicht. Also halten Sie mich nicht mehr zurück, überlegen Sie sich meinen Plan nochmals gründlich und sagen Sie mir dann Ihre aufrichtige Meinung.

In Erwartung derselben verbleibe ich
Ihre

W. D.

1. Juli.

Unsinn, Warinka, das ist ja alles nichts als Unsinn, reiner Unsinn! Wollte man Sie so sich selbst überlassen, was würden Sie sich da nicht alles ins Köpfchen setzen! Bald bilden Sie sich dieses ein, bald jenes! Ich sehe doch, daß das nichts als Unsinn ist. Was fehlt Ihnen denn bei uns, so sagen Sie doch bloß? Wir lieben Sie und Sie lieben uns, wir sind alle zufrieden und glücklich, – was will man denn noch mehr? Was aber wollen Sie wohl unter fremden Menschen anfangen? Sie wissen noch nicht, was das heißt: fremde Menschen!… Nein, da müssen Sie mich fragen, denn ich – ich kenne den fremden Menschen und kann Ihnen sagen, wie er ist. Ich kenne ihn, Kind, kenne ihn nur zu gut. Ich habe sein Brot gegessen. Bös ist er, Warinka, sehr böse, so böse, daß das kleine Herz, das man hat, nicht mehr standhalten kann, so versteht er es, einen mit Vorwürfen und Zurechtweisungen und unzufriedenen Blicken zu martern. – Bei uns haben Sie es wenigstens warm und gut, wie in einem Nestchen haben Sie sich hier eingelebt. Wie können Sie uns nun mit einem Male so etwas antun wollen? Was werde ich denn ohne Sie anfangen? Sie sollten mir nicht unentbehrlich sein? Nicht nützlich? Wieso denn nicht nützlich? Nein, Kind, denken Sie mal selbst etwas nach und dann urteilen Sie, inwiefern Sie mir nicht nützlich sein sollten! Sie sind mir sehr, sogar sehr nützlich, Warinka. Sie haben, wissen Sie, solch einen wohltuenden Einfluß auf mich … Da denke ich jetzt zum Beispiel an Sie und bin ohne weiteres froh gestimmt … Ich schreibe Ihnen hin und wieder einen Brief, in dem ich alle meine Gefühle ausdrücke, und erhalte darauf eine ausführliche Antwort von Ihnen. Kleiderchen und ein Hütchen habe ich für Sie gekauft, manchmal haben Sie auch einen kleinen Auftrag für mich, na, und dann besorge ich Ihnen eben das Nötige … Nein, wie sollten Sie denn nicht nützlich sein? Und was soll ich wohl ohne Sie anfangen in meinen Jahren, wozu würde ich allein denn noch taugen? Sie haben vielleicht noch nicht darüber nachgedacht, Warinka, aber denken Sie mal wirklich darüber nach und fragen Sie sich, zu was ich denn noch taugen könnte ohne Sie. Ich habe mich an Sie gewöhnt, Warinka. Und was käme denn dabei heraus, was wäre das Ende vom Liede? – Ich würde in die Newa gehen und damit wäre die Geschichte erledigt. Nein, wirklich, Warinka, was bliebe mir denn ohne Sie noch zu tun übrig?!

Ach, Herzchen, Warinka! Da sieht man's, Sie wollen wohl, daß mich ein Lastwagen nach dem Wolkoff-Friedhof führt, daß irgendeine alte Herumtreiberin meinem Sarge folgt und daß man mich dort in der Gruft mit Erde zuschüttet und dann fortgeht und mich allein zurückläßt. Das ist sündhaft von Ihnen, sündhaft, mein Kind! Wirklich sündhaft, bei Gott, sündhaft!

Ich sende Ihnen Ihr Büchelchen zurück, meine kleine Freundin, und wenn Sie, Warinka, meine Meinung über dasselbe wissen wollen, so kann ich Ihnen nur sagen, daß ich mein Lebtag noch kein einziges so gutes Buch zu lesen bekommen habe. Ich frage mich jetzt selbst, mein Kind, wie ich denn bisher so habe leben können, ein wahrer Tölpel, Gott verzeihe mir! Was habe ich denn getan, mein Leben lang? Aus welchem Walde komme ich eigentlich? Ich weiß ja doch nichts, mein Kind, rein gar nichts! Ich gestehe es Ihnen ganz offen, Warinka: ich bin kein gelehrter Mensch. Ich habe bisher nur wenig gelesen, sehr wenig, fast nichts. »Das Bild des Menschen« – ein sehr kluges Buch, das habe ich gelesen, dann noch ein anderes: »Vom Knaben, der mit Glöckchen verschiedene Stücke spielt«, und dann »Die Kraniche des Ibykus«. Das ist alles, weiter habe ich nichts gelesen. Jetzt aber habe ich hier, in Ihrem Büchlein, den »Stationsaufseher« gelesen, und da kann ich Ihnen nur sagen, mein Kind, es kommt doch vor, daß man so lebt und nicht weiß, daß da neben einem ein Buch liegt, in dem ein ganzes Leben dargestellt ist, wie an den Fingern hergezählt, und noch mancherlei, worauf man früher selbst gar nicht verfallen ist. Das findet man nun hier, wenn man solch ein Büchlein zu lesen anfängt, und da fällt einem denn nach und nach vieles ein, und allmählich begreift man so manches und wird sich über die Dinge klar. Und dann, sehen Sie, warum ich Ihr Büchlein noch lieb gewonnen habe: manches Werk, was für eines es auch immer sein mag, das liest man und liest – aber lies meinetwegen, bis dein Schädel platzt, bloß das Verstehen, daran fehlt's leider! Es ist eben so vertrackt geschrieben und mit soviel Klugheit, daß man es nicht recht begreifen kann. Ich zum Beispiel, – ich bin dumm, ich bin von Natur stumpf, bin schon so geboren, also kann ich auch keine allzu hohen Werke lesen. Dies aber – ja dies liest man und es ist einem fast, als hätte man es selber geschrieben, ganz als stamme es aus dem eigenen Herzen… Ja, und so mag es auch sein: das Herz, das ist einfach festgenommen und vor allen Menschen umgekehrt, das Inwendige nach außen, und dann ausführlich beschrieben – sehen Sie, so ist es! Und dabei ist es doch so einfach, mein Gott! Ja was! Ich könnte das ja gleichfalls schreiben, wirklich, warum denn nicht? Fühle ich doch ganz dasselbe und genau so, wie es in diesem Büchelchen steht! Habe ich mich doch auch mitunter in ganz derselben Lage befunden, wie beispielsweise dieser Ssamsson Wyrin, dieser Arme! Und wie viele solcher Ssamsson Wyrins gibt es nicht unter uns, ganz genau so arme, herzensgute Menschen! Und wie richtig alles beschrieben ist! Mir kamen fast die Tränen, mein Kind, während ich das las: wie er sich bis zur Bewußtlosigkeit betrank, als das Unglück ihn heimgesucht hatte, und wie er dann den ganzen Tag unter seinem Schafspelz schlief und das Leid mit einem Pünschchen vertreiben wollte und doch herzbrechend weinen mußte, wobei er sich mit dem schmierigen Pelzaufschlag die Tränen von den Wangen wischte, wenn er an sein verirrtes Lämmlein dachte, an sein liebes Töchterchen Dunjäscha!

Nein, das ist naturgetreu! Lesen Sie es mal, dann werden Sie sehen: das ist so wahr wie das Leben selbst. Das lebt! Ich habe es selbst erfahren, – das lebt alles, lebt überall rings um mich herum! Da finden wir gleich die Theresa – wozu so weit suchen! – da ist auch unser armer Beamter, – denn der ist doch vielleicht ganz genau so ein Ssamsson Wyrin, nur daß er einen anderen Namen hat und eben zufällig Gorschkoff heißt. Das ist etwas, was ein jeder von uns erleben kann, ich ebenso gut wie Sie, mein Kind. Und selbst der Graf, der am Newskij oder am Newakai wohnt, selbst der kann dasselbe erleben, nur daß er sich äußerlich anders verhalten wird – denn dort bei ihm ist nun einmal äußerlich alles anders, aber auch ihm kann es ebenso gut widerfahren, wie mir.

Da sehen Sie, mein Kind, was das heißt, Leben. Sie aber wollen noch wegreisen und uns im Stich lassen! Sie wissen ja gar nicht, was Sie mir damit antun würden, Warinka! Sie würden doch nur sich und mich damit zugrunde richten. Ach, mein Sternchen, so treiben Sie doch um Gottes willen diese wilden Gedanken aus Ihrem Köpfchen und ängstigen Sie mich nicht unnütz! Und wie überhaupt – sagen Sie doch selbst, Sie mein kleines, schwaches Vögelchen, das noch nicht einmal flügge geworden ist –: wie könnten Sie sich denn selbst ernähren, sich vor dem Verderben bewahren und gegen jeden ersten besten Bösewicht verteidigen! Nein, lassen Sie es jetzt gut und genug sein, Warinka, und bessern Sie sich! Hören Sie nicht auf die dummen Ratschläge der anderen und lesen Sie Ihr Büchlein noch einmal durch: das wird Ihnen Nutzen bringen.

Ich habe auch mit Ratasäjeff über den »Stationsaufseher« gesprochen. Der sagte, das sei alles altes Zeug und jetzt erschienen nur Bücher mit Bildern und solche mit Beschreibungen – oder was er da sagte, ich habe es nicht ganz begriffen, wie er es eigentlich meinte. Er schloß aber doch damit, daß Puschkin gut sei und daß er das heilige Rußland besungen habe, und noch verschiedenes andere sagte er mir über ihn. Ja, es ist gut, Warinka, sehr gut: lesen Sie es noch einmal aufmerksam, folgen Sie meinem Rat und machen Sie mich alten Knaben durch Ihren Gehorsam glücklich. Gott der Herr wird Sie dafür belohnen, meine Gute, wird Sie bestimmt belohnen!

Ihr treuer Freund

Makar Djewuschkin.

Mein lieber Makar Alexejewitsch!

Fedora hat mir heute die fünfzehn Rubel für den Teppich gebracht. Wie froh sie war, die Arme, als ich ihr drei Rubel gab! Ich schreibe Ihnen in größter Eile. Ich habe soeben die Weste für Sie zugeschnitten, – der Stoff ist entzückend – gelb, mit Blümchen.

Ich sende Ihnen ein Buch: es sind darin verschiedene Geschichten, von denen ich einige schon gelesen habe. Lesen Sie unbedingt die mit dem Titel »Der Mantel«.[5]

Sie reden mir zu, mit Ihnen ins Theater zu gehen. Wird es aber nicht zu teuer sein? Vielleicht auf die Galerie, das ginge noch. Ich bin schon lange nicht mehr im Theater gewesen, wann zuletzt? Ich fürchte immer nur eines: wird uns der Spaß nicht zu viel kosten? Fedora schüttelt den Kopf und meint, daß Sie anfangen, über Ihre Verhältnisse zu leben. Das sehe auch ich ein. Wieviel haben Sie nicht allein schon für mich ausgegeben! Nehmen Sie sich in acht, mein Freund, daß es kein Unglück gibt. Fedora hat mir da etwas gesagt: daß Sie, wenn ich nicht irre, mit Ihrer Wirtin in Streit geraten seien, weil Sie irgend etwas nicht bezahlt hätten. Ich sorge mich sehr um Sie.

Nun, leben Sie wohl. Ich habe eine kleine Arbeit: ich garniere nämlich meinen Hut mit Band.

P. S. Wissen Sie, wenn wir ins Theater gehen, werde ich meinen neuen Hut aufsetzen und die schwarze Mantille umnehmen. Werde ich Ihnen so gefallen?

7. Juli.

Meine liebe Warwara Alexejewna!

Ich komme wieder auf unser gestriges Gespräch zurück. – Ja, mein Kind, auch wir haben seinerzeit dumme Streiche gemacht! So hatte ich mich einstmals wirklich und wahrhaftig in eine Schauspielerin verliebt, sterblich verliebt, jawohl!

---

5   Eine der Meistererzählungen Gogols.

Und das wäre noch nichts gewesen, das Wunderliche aber war dabei, daß ich sie im Leben überhaupt nicht gesehen und auch im Theater nur ein einziges Mal gewesen war – dennoch verliebte ich mich in sie.

Damals wohnten wir, fünf junge, übermütige Leute, alle Wand an Wand und Tür an Tür. Ich geriet in ihren Kreis, geriet ganz von selbst hinein, obschon ich mich zunächst zurückhaltend zu ihnen gestellt hatte. Dann aber, verstehen Sie, um ihnen nicht nachzustehen, ging ich auf alles ein. Und was sie mir nicht von dieser Schauspielerin erzählten! Jeden Abend, so oft Theater gespielt wurde, schob die ganze Kumpanei – für Notwendiges hatten sie nie einen Heller – schob die ganze Kumpanei ins Theater auf die Galerie und klatschte und klatschte und rief immer nur diese eine Schauspielerin hervor – einfach wie die Besessenen gebärdeten sie sich! Und dann ließen sie einen natürlich nicht einschlafen: die ganze Nacht wurde nur von ihr gesprochen, ein jeder nannte sie seine Glascha[6], alle waren sie in sie verliebt, alle hatten sie nur den einen Kanarienvogel im Herzen: Sie! Da regten sie denn schließlich auch mich auf. Ich war ja damals noch ganz jung!

Ich weiß selbst nicht mehr, wie es kam, daß ich mit ihnen im Theater saß, oben auf der Galerie. Sehen konnte ich nur ein Eckchen vom Vorhang, dafür aber hörte ich alles. Sie hatte solch ein hübsches Stimmchen – hell, süß, wie eine Nachtigall. Wir klatschten uns die Hände rot und blau, schrien, schrien – mit einem Wort, man hätte uns beinahe am Kragen genommen, ja, einer wurde wirklich hinausgeführt.

Ich kam nach Hause, – wie im Nebel ging ich! In der Tasche hatte ich nur noch einen Rubel, bis zum Ersten aber waren es noch gute zehn Tage. Ja, und was glauben Sie, Kind?

---

6   Abkürzung von Glafira.

Am nächsten Tage, auf dem Wege zum Dienst, trat ich in einen Parfümerieladen ein und kaufte für mein ganzes Kapital Parfüm und wohlriechende Seifen – ich vermag selbst nicht mehr zu sagen, wozu ich dies alles damals kaufte. Und dann speiste ich nicht einmal zu Mittag, sondern ging vor ihren Fenstern auf und ab. Sie wohnte am Newskij, im vierten Stock. Ich kam nach Haus, saß ein Weilchen, erholte mich, und dann ging ich wieder auf den Newskij, um ihr von neuem Fensterpromenaden zu machen.

So trieb ich's anderthalb Monate; jeden Augenblick nahm ich Droschken, immer Lichatschi[7], und fuhr hin und her vor ihren Fenstern: kurz, ich brachte all mein Geld durch, geriet obendrein in Schulden, bis ich dann schließlich und von selbst aufhörte, sie zu lieben, und das Ganze mir langweilig wurde.

Da sehen Sie, was eine Schauspielerin aus einem ordentlichen Menschen zu machen imstande ist! Doch ich war damals wirklich noch jung, Warinka, noch ganz, ganz jung!...

M. D.

8. Juli.

Meine liebe Warwara Alexejewna!

Ihr Büchlein, das ich am 6. dieses Monats erhalten habe, beeile ich mich, Ihnen zurückzusenden. Gleichzeitig will ich versuchen, mich mit Ihnen in diesem Briefe zu verständigen. Es ist nicht gut, mein Kind, wirklich nicht gut, daß Sie mich in solch eine Zwangslage gebracht haben.

Erlauben Sie, mein Kind: jedem Menschen ist sein Stand von dem Höchsten zugeteilt. Dem einen ist es bestimmt,

---

7   Die beste und teuerste Art Droschken in den größeren Städten.

Generalsepauletten zu tragen, dem anderen, als Schreiber sein Leben zuzubringen – jenem, zu befehlen, diesem, widerspruchslos und in Furcht zu gehorchen. Das ist nun einmal so, ist genau nach den menschlichen Fähigkeiten so eingerichtet: der eine hat die Fähigkeit zu diesem, der andere zu jenem, die Fähigkeiten selbst aber, die stammen von Gott.

Ich bin schon an die dreißig Jahre im Dienst. Ich erfülle meine Pflicht mit Peinlichkeit, pflege stets nüchtern zu sein, und habe mir noch nie etwas zuschulden kommen lassen. Als Bürger und Mensch halte ich mich nach eigener Erkenntnis für einen Mann, der sowohl seine Fehler, wie auch seine Tugenden besitzt. Die Vorgesetzten achten mich und selbst Seine Exzellenz sind mit mir zufrieden – wenn sie mir bisher auch noch keinen Beweis ihrer Zufriedenheit gegeben haben, so weiß ich doch auch so, daß sie mit mir zufrieden sind. Meine Handschrift ist gefällig, nicht allzu groß, aber auch nicht allzu klein, läßt sich am besten mit Kursivschrift bezeichnen, jedenfalls aber befriedigt sie! Bei uns kann allerhöchstens Iwan Prokofjewitsch so gut schreiben wie ich, das heißt, auch der nur annähernd so gut. Mein Haar ist im Dienst allgemach grau geworden. Eine große Sünde wüßte ich nicht begangen zu haben. Natürlich, wer sündigt denn nicht im kleinen? Ein jeder sündigt, und sogar Sie sündigen, mein Kind! Doch ein großes Vergehen oder auch nur eine bewußte Unbotmäßigkeit habe ich nicht auf dem Gewissen – etwa daß ich die öffentliche Ruhe gestört hätte oder so etwas – nein, so etwas habe ich mir nicht vorzuwerfen, nie hat man mich bei so etwas betroffen. Sogar ein Kreuzchen habe ich erhalten – doch was soll man davon reden! Das müßten Sie ja alles wissen, und auch er hätte es wissen müssen, denn wenn er sich schon einmal an das Beschreiben machte, dann hätte er sich eben vorher nach allem erkundigen sollen!

Nein, das hätte ich nicht von Ihnen erwartet, mein Kind! Nein, gerade von Ihnen nicht, Warinka![8]

Wie! So kann man denn nicht mehr ruhig in seinem Winkelchen leben – gleichviel wie und wo es auch sein möge – ganz still für sich, ohne ein Wässerchen zu trüben, ohne jemanden anzurühren, gottesfürchtig und zurückgezogen, damit auch die anderen einen nicht anrühren, ihre Nasen nicht in deine Hütte stecken und alles durchschnüffeln: wie sieht es denn bei dir aus, hast du zum Beispiel auch eine gute Weste, hast du auch alles Nötige an Leibwäsche, hast du auch Stiefel und wie sind sie besohlt, was ißt du, was trinkst du, was schreibst du ab? Was ist denn dabei, mein Kind, daß ich, wo das Pflaster schlecht ist, mitunter auf den Fußspitzen gehe, um die Stiefel zu schonen? Warum muß man gleich von einem anderen geschwätzig schreiben, daß er mitunter in Geldverlegenheit sei und dann keinen Tee trinke? Ganz als ob alle Menschen unbedingt Tee trinken müßten! Sehe ich denn einem jeden in den Mund, um nachzusehen, was für ein Stück der Betreffende gerade kaut? Wen habe ich denn schon so beleidigt? Nein, mein Kind, weshalb andere beleidigen, die einem nichts Böses getan haben?

Nun, und da haben Sie jetzt ein Beispiel, Warwara Alexejewna, da sehen Sie, was das heißt: dienen, dienen, gewissenhaft und mit Eifer seine Pflicht erfüllen – ja, und sogar die Vorgesetzten achten dich (was man da auch immer reden wird, aber sie achten dich doch), – und da setzt sich nun plötzlich jemand dicht vor deine Nase hin und macht

---

8   Der Vorwurf bezieht sich auf die Erzählung »Der Mantel«, die Warwara Alexejewna ihm gesandt und auf die sie ihn noch ausdrücklich aufmerksam gemacht hatte. Der Held der Erzählung – gleichfalls ein kleiner Beamter – gleicht Makar Alexejewitsch so auffallend, daß dieser glaubt, Gogol habe ihn, Makar Alexejewitsch, geschildert und damit bloßgestellt. – Fedor Fedorowitsch ist der Name eines der Vorgesetzten jenes kleinen Helden der Erzählung.

sich ohne alle Veranlassung mir nichts dir nichts daran, eine Schmähschrift über dich zu verfassen, ein Pasquill, so eines, wie es dort in dem Buche steht!

Es ist ja wahr, hat man sich einmal etwas Neues angeschafft, so freut man sich darüber, schläft womöglich vor lauter Freude nicht, wie sonst: hat man zum Beispiel neue Stiefel – mit welch einer Wonne zieht man sie an. Das ist wahr, das habe auch ich schon empfunden, denn es ist angenehm, seinen Fuß in einem feinen Stiefel zu sehen: es ist ganz richtig beschrieben! Aber trotzdem wundert es mich aufrichtig, daß Fedor Fedorowitsch das Buch so hat durchgehen lassen und nicht für sich selbst eingetreten ist.

Freilich, er ist noch ein junger Vorgesetzter und schreit manchmal ganz gern seine Untergebenen an. Aber weshalb soll er denn das nicht dürfen? Warum soll er ihnen nicht die Leviten lesen, da man mit unsereinem anders doch nicht auskommt? Nun ja, sagen wir, er tut es nur um des Tones willen, – nun, aber auch das ist nötig. Man muß die Zügel stramm halten, muß Strenge zeigen, denn sonst – unter uns gesagt, Warinka – ohne Strenge, ohne Zwang tut unsereiner nichts, ein jeder will doch nur seine Stelle haben, um sagen zu können: »Ich diene dort und dort«, doch um die Arbeit sucht sich ein jeder, so gut es eben geht, herumzudrücken. Da es aber verschiedene Ränge gibt und jeder Rang den verdienten Rüffel in einer seiner Höhe entsprechend abgestuften Tonart verlangt, so ergibt das naturgemäß verschiedene Tonarten, wenn der Vorgesetzte mal alle durchnimmt, – das liegt nun schon in der Ordnung der Dinge! Darauf ruht doch die Welt, mein Kind, daß immer einer den anderen beherrscht und im Zaum hält, – ohne diese Vorsichtsmaßregel könnte ja die Welt gar nicht bestehen, wo bliebe denn sonst die Ordnung? Nein, ich wundere mich wirklich, wie Fedor Fedorowitsch eine solche Beleidigung unbeachtet hat durchlassen können!

Und wozu so etwas schreiben? Zu was ist das nötig? Wird denn jemand von den Lesern auch nur einen Mantel dafür kaufen? Oder ein neues Paar Stiefel? – Nein, Warinka, der Leser liest es und verlangt noch obendrein eine Fortsetzung!

Man versteckt sich ja schon sowieso, versteckt sich und verkriecht sich, man fürchtet sich, auch nur seine Nase zu zeigen, weil man davor zittert, bespöttelt zu werden, weil man weiß, daß alles, was es in der Welt gibt, zu einem Pasquill verarbeitet wird. Jetzt, siehst du, zieht dein ganzes bürgerliches wie häusliches Leben durch die Literatur, alles ist gedruckt, gelesen, belacht, verspottet! Man kann sich ja nicht einmal mehr auf der Straße zeigen! Hier ist doch nun alles so genau beschrieben, daß man allein schon am Gange erkannt werden muß! Wenn er sich doch wenigstens zum Schluß geändert und, sagen wir, irgend etwas wieder gemildert hätte, wenn er zum Beispiel nach jener Stelle, an der man seinem Helden die Papierschnitzel auf den Kopf streut, gesagt hätte, daß er bei alledem ein tugendhafter und ehrenhafter Bürger gewesen und eine solche Behandlung von seinen Kollegen nicht verdient hätte, daß er den Vorgesetzten gehorchte und gewissenhaft seine Pflicht erfüllt (hier hätte er dann noch ein Beispielchen hineinflechten können), daß er niemandem Böses gewünscht, daß er an Gott geglaubt und, als er gestorben (wenn er ihn nun einmal unbedingt sterben lassen wollte), von allen beweint worden sei.

Am besten aber wäre es gewesen, wenn er ihn, den Armen, gar nicht hätte sterben lassen, sondern wenn er es so gemacht hätte, daß sein Mantel wieder aufgefunden worden wäre, und daß Fedor Fedorowitsch – nein, was sage ich! – daß jener hohe Vorgesetzte Näheres über seine Tugenden erfahren und ihn in seine Kanzlei aufgenommen, ihn auf einen höheren Posten gestellt und ihm noch eine gute Zulage zu seiner bisherigen gegeben hätte, so daß es dann, sehen Sie, so herausgekommen wäre, daß das Böse bestraft wird und die

Tugend triumphiert – die anderen Kanzleibeamten dagegen, seine Kollegen, hätten dann alle das Nachsehen gehabt!

Ja, ich zum Beispiel hätte es so gemacht: denn so wie er es geschrieben hat – was ist denn dabei Besonderes, was ist dabei Schönes? Das ist ja doch einfach nur irgend so ein Beispiel aus dem alltäglichen niedrigen Leben! Und wie haben Sie sich nur entschließen können, mir ein solches Buch zu senden, meine Gute? Das ist doch ein böswilliges, ein vorsätzlich Schaden bringendes Buch, Warinka. Das ist doch einfach nicht wahrheitsgetreu, denn es ist doch ganz ausgeschlossen, daß es einen solchen Beamten irgendwo geben könnte! Nein, ich werde mich beklagen, Warinka, werde mich ganz einfach und ausdrücklich beklagen!

Ihr gehorsamster Diener

Makar Djewuschkin.

27. Juli.

Mein lieber Makar Alexejewitsch!

Ihre Briefe und die letzten Ereignisse haben mich recht erschreckt, und zwar um so mehr, als ich mir anfangs nichts zu erklären wußte – bis Fedora mir dann alles erzählte. Aber weshalb mußten Sie denn gleich so verzweifeln und in einen solchen Abgrund stürzen, Makar Alexejewitsch? Ihre Erklärungen haben mich durchaus nicht befriedigt. Sehen Sie jetzt, daß ich recht hatte, als ich darauf bestand, jene vorteilhafte Stelle anzunehmen? Überdies ängstigt mich mein letztes Abenteuer sehr.

Sie sagen, Ihre Liebe zu mir habe Sie veranlaßt, mir manches zu verheimlichen. Ich habe es ja schon damals gewußt, wie sehr ich Ihnen zu Dank verpflichtet war, als Sie mir noch versicherten, daß Sie für mich nur Ihr erspartes Geld ausgäben, welches Sie, wie Sie sagten, auf der Kasse liegen hätten. Jetzt aber, nachdem ich erfahren habe, daß Sie überhaupt kein erspartes Geld besitzen, daß Sie, als Sie zufällig von meiner traurigen Lage erfuhren, nur aus Mitleid beschlossen, Ihr Gehalt, das Sie sich noch dazu vorauszahlen ließen, für mich auszugeben, und daß Sie während meiner Krankheit sogar Ihre Kleider verkauft haben – jetzt sehe ich mich in eine so qualvolle Lage versetzt, daß ich gar nicht weiß, wie ich alles das auffassen und was ich überhaupt denken soll!

Ach, Makar Alexejewitsch! Sie hätten es bei der notwendigsten Hilfe, die Sie mir aus Mitleid und verwandtschaftlicher Liebe leisteten, bewenden lassen und nicht unausgesetzt soviel Geld für ganz Unnötiges verschwenden sollen! Sie haben mich hintergangen, Makar Alexejewitsch, Sie haben mein Vertrauen mißbraucht, und jetzt, wo ich hören muß, daß Sie Ihr letztes Geld für meine Kleider, für Konfekt, Ausflüge, Theaterbesuch und Bücher hingegeben haben – jetzt bezahle ich das teuer mit Selbstvorwürfen und der bitteren Reue ob meines unverzeihlichen Leichtsinns, denn ich habe doch alles von Ihnen angenommen, ohne nach Ihrem Auskommen zu fragen. Auf diese Weise verwandelt sich jetzt alles, womit Sie mir einst Freude machen wollten, in eine drückende Last, und alles Gute wird in der Erinnerung von Bedauern verdrängt.

Es ist mir in der letzten Zeit natürlich nicht entgangen, daß Sie bedrückt waren, aber obschon ich selbst ahnungsvoll irgendein Unheil erwartete, konnte ich doch das, was jetzt geschehen ist, einfach nicht fassen. Wie! So haben Sie schon in einem solchen Maße den Mut verlieren können, Makar Alexejewitsch! Was werden jetzt diejenigen, die Sie kennen, von Ihnen sagen? Sie, den ich wie alle anderen wegen Ihrer Herzensgüte, Anspruchslosigkeit und Anständigkeit geachtet habe, Sie haben sich plötzlich einem so widerlichen Laster ergeben können, dem Sie doch, soviel mir scheint, früher noch nie gefrönt haben.

Ich weiß nicht mehr, was mit mir geschah, als Fedora mir erzählte, daß man Sie in berauschtem Zustande auf der Straße gefunden und die Polizei Sie nach Haus geschafft habe! Ich erstarrte, – obschon ich mich auf etwas Außergewöhnliches gefaßt gemacht hatte, da Sie ja doch schon seit ganzen vier Tagen verschwunden waren. Haben Sie denn nicht daran gedacht, Makar Alexejewitsch, was Ihre Vorgesetzten dazu sagen werden, wenn sie die wirkliche Ursache Ihres Ausbleibens vernehmen? Sie sagen, daß alle über Sie lachen und von unseren Beziehungen erfahren haben, und daß Ihre Nachbarn in ihren Spottreden auch meiner Erwähnung tun. Beachten Sie das nicht, Makar Alexejewitsch und beruhigen Sie sich um Gottes willen!

Ferner beunruhigt mich auch noch Ihre Geschichte mit jenen Offizieren, – ich habe nichts Genaueres erfahren können, nur so ein Gerücht. Erklären Sie mir, bitte, was für eine Bewandtnis es damit hat.

Sie schreiben, daß Sie sich gefürchtet, mir die Wahrheit mitzuteilen, weil Sie dann vielleicht meine Freundschaft verloren haben würden, daß Sie während meiner Krankheit in der Verzweiflung nur deshalb alles verkauft hätten, um die Kosten bestreiten und somit verhindern zu können, daß man mich ins Hospital brachte, daß Sie soviel Schulden gemacht, wie es Ihnen gerade noch möglich war, und Ihre Wirtin Ihnen jetzt täglich unangenehme Szenen bereite, – aber indem Sie mir alles dies verheimlichten, wählten Sie das Schlechtere. Jetzt habe ich ja doch alles erfahren! Sie wollten mir die Erkenntnis ersparen, daß ich die Ursache Ihrer unglücklichen Lage war, haben mir aber nun durch Ihre Aufführung doppelten Kummer bereitet. Alles das hat mich fast gebrochen, Makar Alexejewitsch. Ach, mein Freund! Unglück ist eine ansteckende Krankheit. Arme und Unglückliche müßten sich fernhalten voneinander, um sich gegenseitig nicht noch mehr ins Elend zu bringen. Ich habe Ihnen solches

Unglück gebracht, wie Sie es früher in Ihrem bescheidenen stillen Leben gewiß noch nie erfahren haben. Das quält mich entsetzlich und nimmt mir jede Kraft.

Schreiben Sie mir jetzt alles aufrichtig, was dort mit Ihnen geschehen ist und wie Sie sich so weit haben vergessen können. Beruhigen Sie mich, wenn es Ihnen möglich ist. Ich sage das nicht aus Egoismus, sondern nur aus Freundschaft und Liebe zu Ihnen, die nichts aus meinem Herzen tilgen könnte.

Leben Sie wohl. Ich erwarte Ihre Antwort mit Ungeduld. Sie haben schlecht von mir gedacht, Makar Alexejewitsch.

Ihre Sie von Herzen liebende

Warwara Dobrosseloff.

28. Juli.

Meine unschätzbare Warwara Alexejewna!

Ja: jetzt, wo alles schon vorüber und überstanden ist und alles allmählich wieder ins alte Geleise kommt, kann ich ja zu Ihnen ganz aufrichtig sein, mein Kind. Also: es beunruhigt Sie, was man von mir denken und was man von mir sagen wird. Darauf beeile ich mich, Ihnen mitzuteilen, daß mein Ansehen im Amte mir höher steht, als alles andere. Und da kann ich Ihnen denn, nachdem ich Ihnen von diesen meinen Unglücksfällen und Mißgeschicken berichtet habe, nunmehr mitteilen, daß von meinen Vorgesetzten noch niemand etwas erfahren hat, so daß sie mich alle nach wie vor achten werden. Nur eines fürchte ich: nämlich Klatschgeschichten. Hier zu Haus schrie die Wirtin, aber nachdem ich ihr jetzt mittels Ihrer zehn Rubel einen Teil meiner Schuld bezahlt habe, brummt sie nur noch. Und was die anderen betrifft, so ist es nicht so schlimm: man muß sie nur nicht um Geld bitten,

dann sind sie ganz gut. Zum Schluß aber dieser meiner Erklärungen sage ich Ihnen noch, mein Kind, daß Ihre Achtung
mir über alles geht, über alles und jedes in der Welt, und damit, daß ich diese nicht eingebüßt habe, tröste ich mich nun
in der Zeit meiner Bedrängnis. Gott sei Dank, daß der erste
Schlag und die ersten Unannehmlichkeiten vorüber sind,
und daß Sie es so milde auffassen, daß Sie mich deshalb nicht
für einen treulosen Freund und selbstsüchtigen Menschen
halten, weil ich Sie hier bei uns zurückhielt und Sie betrog,
Sie liebte und doch nicht die Kraft hatte, mich von Ihnen zu
trennen, mein Engel. Ich habe mich mit Eifer von neuem an
meine Arbeit gemacht und bin bemüht, durch treue Pflicht-
erfüllung im Dienst mein Vergehen wieder gut zu machen.
Jewstafij Iwanowitsch sagte kein Wort, als ich gestern an ihm
vorüberging.

Ich will Ihnen auch nicht verheimlichen, mein Kind, daß
meine Schulden und der schlechte Zustand meiner Kleidung
schwer auf mir lasten, aber darauf kommt es ja wieder gar
nicht an, und ich bitte Sie nur inständig, sich wegen dieser
Nebensachen keine Sorgen zu machen. Sie senden mir noch
ein halbes Rubelchen. Warinka, dieses halbe Rubelchen hat
mir mein Herz durchbohrt. Also so steht es jetzt, so hat sich
das Blatt gewandt! Nicht ich, der alte Dummkopf, helfe Ihnen, mein Engelchen, sondern Sie, mein armes Waisenkindchen, helfen noch mir! Das war sehr gut von Fedora, daß sie
Geld verschafft hat. Ich habe vorläufig gar keine Aussichten,
irgendwo welches auftreiben zu können, mein Kind, doch sobald sich irgendeine Aussicht auf eine Möglichkeit einstellen
sollte, werde ich Ihnen darüber ausführlich näheres schreiben. Nur der Klatsch, der Klatsch beunruhigt mich!

Leben Sie wohl, mein Engelchen. Ich küsse Ihr Händchen
und bitte Sie flehentlich, nur ja wieder gesund zu werden.
Ich schreibe deshalb so kurz, weil ich zum Dienst eilen muß,
denn durch Eifer und Fleiß will ich alle meine Versäumnisse

nachholen und so mein Gewissen langsam beruhigen. Die ausführlichere Wiedergabe meiner Erlebnisse sowie jener Geschichte mit den Offizieren verschiebe ich auf den Abend. Dann habe ich mehr Zeit.

Ihr Sie hoch verehrender und herzlich liebender

Makar Djewuschkin.

28. Juli.

Warinka, mein Liebes!

Ach, Warinka, Warinka! Jetzt ist aber die Schuld auf Ihrer Seite und wird auf Ihrem Gewissen lasten bleiben. Mit Ihrem Brief hatten Sie mich um den Rest von Überlegungskraft gebracht, den ich noch besaß, und mich ganz und gar vor den Kopf gestoßen: erst jetzt, nachdem ich in Muße nachgedacht und mir bis ins innerste Herz hineingeblickt habe, sehe ich und weiß ich wieder, daß ich doch im Recht war, vollkommen im Recht. Ich rede jetzt nicht von meinen drei wüsten Tagen (lassen wir das gut sein, Kind, reden wir nicht mehr davon!), sondern sage nur immer wieder, daß ich Sie liebe und daß es keineswegs unvernünftig von mir war, Sie zu lieben, nein, durchaus nicht unvernünftig! Sie, mein Kind, wissen ja doch noch nichts: aber wenn Sie wüßten, wie das alles kam, warum ich Sie lieben muß, so würden Sie ganz anders reden. Sie sagen ja dies alles nur so, und ich bin überzeugt, daß Sie in Ihrem Herzen ganz anders denken.

Mein Kind, ich weiß es ja selbst nicht mehr ganz genau, was ich mit jenen Offizieren eigentlich hatte. Ich muß Ihnen nämlich gestehen, mein Engelchen, daß ich mich bis dahin in der schrecklichsten Lage befand. Stellen Sie sich vor, mein Kind, daß ich mich schon einen ganzen Monat sozusagen nur noch an einem Fädchen hielt. Meine Bedrängnis war so groß, daß ich gar nicht mehr wußte, wo ich mich lassen sollte. Vor Ihnen versteckte ich mich, und hier zu Haus versteckte ich mich gleichfalls, aber meine Wirtin schrie trotzdem allen Menschen die Ohren voll. Ich hätte mir nicht viel daraus gemacht, ich hätte sie ja schreien lassen, die schändliche Person, so viel sie wollte, aber erstens war es doch eine Schande, und zweitens kam hinzu, daß sie Gott weiß woher von unserer Freundschaft erfahren hatte, und da schrie sie denn im ganzen Hause solche Sachen über uns aus, daß mir Hören und Sehen verging und ich mir die Ohren zuhielt. Die anderen aber hielten sich ihre Ohren nicht zu, sondern rissen sie ganz im Gegenteil sperrangelweit auf. Auch jetzt noch weiß ich nicht, mein Kind, wo ich mich vor ihnen verbergen soll...

Und nun, sehen Sie mein Engelchen, diesem Ansturm von Unglück in allen seinen Arten war ich eben nicht gewachsen. Und da hörte ich nun plötzlich von Fedora, daß ein Nichtswürdiger zu Ihnen gekommen sei und Sie mit unverschämten Anträgen beleidigt habe. Daß er Sie tief und grausam beleidigt haben mußte, das konnte ich schon nach mir selbst beurteilen, mein Kind, denn auch ich fühlte mich dadurch tief beleidigt. Ja – und da, mein Engelchen, da verlor ich eben den Verstand, verlor den Kopf und verlor mich selbst vollständig dazu. Ich lief in einer solchen Wut fort, Warinka, wie ich sie mein Lebtag noch nicht empfunden. Ich wollte sogleich zu ihm, zu diesem Verführer, dem nichts mehr heilig war! Doch ich weiß selbst nicht, was ich wollte. Ich wollte jedenfalls, mein Engelchen, daß man Sie nicht beleidigte! Nun, traurig war es! Regen und Schmutz draußen und Weh und Kummer im Herzen!... Ich gedachte schon zurückzukehren... Aber da kam das Verhängnis, mein Kind. Ich begegnete dem Jemeljä, dem Jemeljan Iljitsch, – er ist ein Beamter, d. h. er war Beamter, jetzt aber ist er es nicht mehr, denn er wurde aus irgendeinem Grunde davongejagt. – Ich weiß eigentlich nicht, womit er sich jetzt beschäftigt – irgendwie wird er sich wohl schon durchzuschlagen wissen und so gingen wir denn beide. Gingen. – Und dann, – ja, was soll man da reden, Warinka, es ist für Sie doch keine Freude, von den Verirrungen und Prüfungen Ihres Freundes zu lesen – und den Bericht von all dem Unglück mit anzuhören, das er gehabt hat. Am dritten Tage, gegen Abend – der Jemeljä, Gott verzeih ihm, hatte mich aufgehetzt – ging ich schließlich hin zu dem Leutnant. Seine Adresse hatte ich von unserem Hausknecht erfahren. Ich hatte ja doch – da nun einmal die Rede davon ist – schon lange diesen jungen Helden ins Auge gefaßt, hatte ihn schon lange beobachtet, als er noch in unserem Hause wohnte. Jetzt sehe ich ja ein, daß ich mich nicht richtig benommen habe, denn ich war nicht in einem klaren Zustande, als ich mich bei ihm melden ließ, Warinka. Und dann mein Kind, ja dann, offengestanden, davon weiß ich nichts mehr, was dann noch geschah. Ich erinnere mich nur noch, daß sehr viele Offiziere bei ihm waren, oder vielleicht auch, Gott weiß es, sahen meine Augen alles doppelt. Auch weiß ich nicht mehr, was ich dort eigentlich tat, ich weiß nur, daß ich viel sprach, und zwar in ehrlicher Entrüstung. Nun und da wurde ich denn schließlich hinausbefördert und die Treppe hinabgeworfen, d. h. nicht gerade, daß sie mich wortwörtlich hinabgeworfen hätten, aber immerhin: ich wurde hinausbefördert. Wie ich wieder nach Hause kam, das wissen Sie ja schon. Nun und das ist alles, Warinka. Ich habe mir natürlich viel vergeben und meine Ehre hat darunter gelitten, aber von dem ganzen weiß ja doch niemand, von fremden Menschen niemand, außer Ihnen kein Mensch, nun und das ist doch ebenso gut, als wäre überhaupt nichts gewesen. Ja, vielleicht ist es auch wirklich so, Warinka, was meinen Sie? Was ich nämlich ganz genau weiß, das ist, daß im vorigen Jahr Akssentij Ossipowitsch sich bei uns ganz ebenso an Pjotr Petrowitsch vergriff, aber er tat es nicht öffentlich, tat es unter vier Augen. Er ließ ihn in die Wachtstube bitten, ich aber sah alles zufällig mit an: dort nun verfuhr er dann mit ihm, wie er es für richtig befand, jedoch unter voller Wahrung von Ehre und Haltung: denn wie gesagt, es sah niemand etwas davon – außer mir. Ich aber – nun, ich bin doch nichts, d. h. ich will damit nur sagen, daß ich nichts davon habe verlauten lassen, es ist also ganz so, als hätte auch ich nichts gewußt. Nun und nachher haben Pjotr Petrowitsch und Akssentij Ossipowitsch immer so zueinander gestanden, als wäre nie etwas zwischen ihnen vorgefallen. Pjotr Petrowitsch ist, wissen Sie, solch ein Ehrgeiziger, daher hat er denn auch niemand etwas gesagt, und jetzt grüßen sie sich, als ob nichts vorgefallen wäre, und reichen sich sogar die Hand.

Ich widerspreche ja nicht, Warinka, ich wage ja gar nicht, Ihnen zu widersprechen, ich sehe es selbst ein, daß ich tief gesunken bin und ich habe sogar, was am schrecklichsten ist, an Selbstachtung viel, ach, sehr viel verloren. Doch das wird mir wahrscheinlich schon von Geburt an so bestimmt gewesen sein: das war eben mein Schicksal, – dem Schicksal aber entgeht man nicht, wie Sie wissen.

So, das wäre jetzt die ausführliche Erzählung alles dessen, was mich in meiner Not und meinem Elend noch heimgesucht hat, Warinka. Wie Sie sehen, ist es von der Art, daß es besser wäre, gar nicht daran zu denken. Ich bin krank, mein Kind, und da sind mir alle bessern Gefühle abhanden gekommen. Ich schließe, indem ich Sie, verehrte Warwara Alexejewna, meiner Anhänglichkeit, Liebe und Hochachtung versichere, und verbleibe

Ihr ergebenster Diener

Makar Djewuschkin.

29. Juni.

Mein lieber Makar Alexejewitsch!

Ich habe Ihre beiden Briefe gelesen und die Hände zusammengeschlagen! Mein Gott, mein Gott! Hören Sie, mein Freund, entweder verheimlichen Sie mir etwas oder Sie haben mir überhaupt nur einen Teil Ihrer Unannehmlichkeiten geschrieben, oder… wirklich, Makar Alexejewitsch, aus Ihren Briefen lese ich noch immer eine gewisse Verstörtheit heraus… Kommen Sie heute zu mir, um Gottes willen kommen Sie! Und hören Sie: kommen Sie einfach zum Mittagessen zu uns. Ich weiß nicht, wie Sie dort leben und wie Sie jetzt mit Ihrer Wirtin stehen. Sie schreiben davon nichts, und zwar scheinbar absichtlich, als wollten Sie wieder etwas verschweigen.

Also auf Wiedersehen, mein Freund, kommen Sie unbedingt heute zu uns. Überhaupt wäre es besser, wenn Sie immer bei uns essen würden. Fedora kocht sehr gut. Leben Sie wohl.

Ihre

Warwara Dobrosseloff.

1. August.

Warwara Alexejewna, meine Liebe!

Sie freuen sich, mein Kind, daß Gott der Herr Ihnen jetzt Gelegenheit gegeben hat, Gutes mit Gutem zu vergelten und mir Ihre Dankbarkeit zu beweisen. Ich glaube daran, Warinka, und glaube an die Engelsgüte Ihres Herzchens, und will Ihnen keinen Vorwurf machen, nur müssen auch Sie mir nicht wie damals vorwerfen, daß ich auf meine alten Tage ein

Verschwender geworden sei. Nun, ich habe eben mal gesündigt, was ist da zu machen! – wenn Sie durchaus wollen, daß es eine Sünde sei. Nur sehen Sie, Warinka, gerade von Ihnen das zu hören, das tut weh!

Aber seien Sie mir deshalb nicht böse, daß ich Ihnen das sage. In meinem Herzen ist alles krank, mein Kind. Arme sind eigensinnig: – das ist von der Natur selbst so eingerichtet. Ich habe es auch früher schon beobachtet und selbst gefühlt. Der arme Mensch ist empfindlich: Gottes Welt sieht er anders an, auf jeden Vorübergehenden sieht er mißtrauisch von der Seite, und schaut sich überall argwöhnisch und verwirrt um, und horcht auf jedes Wort – ob da nicht etwa von ihm gesprochen wird? Ob man sich nicht gerade zuflüstert, wie unansehnlich und abgerissen er ausschaue? Ob man sich nicht frage, was er gerade in diesem Augenblick wohl empfinde? Vielleicht auch, wie er denn eigentlich von dieser, und wie er wohl von jener Seite sich ausnehme? Das weiß doch ein jeder, Warinka, daß ein armer Mensch schlechter als ein alter Lappen ist und keinerlei Achtung von anderen Menschen verlangen kann, was man da auch immer schreiben mag! Denn was diese Buchmenschen da schreiben: es bleibt am armen Menschen doch alles so, wie es war. Und weshalb bleibt es so, wie es war? Nun, weil bei einem armen Menschen alles sozusagen mit der linken Seite nach außen sein muß, er darf da nichts tiefinnerlich Verborgenes besitzen, keinen Ehrgeiz beispielsweise oder sonst sowas, das duldet man einfach nicht. Noch neulich sagte mir der Jemeljä, daß man einmal irgendwo eine Kollekte für ihn gemacht habe, und daß er dabei für jeden Heller gewissermaßen einer Besichtigung unterzogen worden sei. Die Menschen waren der Meinung, daß sie ihm ihre Almosen nicht umsonst geben müßten – oh nein: sie zahlten dafür, daß man ihnen einen armen Menschen zeigte. Heutzutage, Kind, werden auch die Wohltaten ganz eigenartig erwiesen… vielleicht auch, daß sie immer so erwiesen worden sind, wer kann das wissen! Entweder verstehen es die Leute nicht oder sie sind schon gar zu große Meister darin – eins von beiden.

Sie haben das vielleicht noch nicht gewußt? Dann merken Sie es sich! Glauben Sie mir, Warinka, wenn ich auch über manches nicht mitreden kann – hierüber weiß ich besser Bescheid, als so mancher andere! Woher aber weiß ein armer Mensch alles dies? Und warum denkt er überhaupt so etwas? Ja, woher weiß er es? – Nun, eben so – aus Erfahrung! Ebensogut wie er weiß, daß dort der feine Herr, der neben ihm geht und sogleich in ein Restaurant treten wird, bei sich selbst denkt: »Was wird wohl dieser arme Beamte da heute zu Mittag speisen? Ich werde mir jedenfalls sauté aux papillotes bestellen, er aber wird vielleicht einen Brei ohne Butter essen!« – Aber was geht es denn ihn an, daß ich Brei ohne Butter essen werde? Ja, es gibt nun einmal solche Menschen, Warinka, es gibt wirklich solche Menschen, die nur an so etwas denken. Und die gehen dann noch umher, diese nichtsnutzigen Pasquillanten, und schnüffeln überall und sehen nach, ob einer mit dem ganzen Fuß auftritt, oder nur mit der Fußspitze, und notieren es sich noch, daß der und der Beamte in dem und dem Ressort Stiefel trägt, aus denen die nackten Zehen hervorgucken, daß die Ärmel seiner Uniform an den Ellenbogen durchgescheuert sind und Löcher aufweisen – und das beschreiben sie dann alles ganz genau, und obendrein wird's gedruckt... Was geht das dich an, daß meine Ellenbogen zerrissen sind? Ja, wenn Sie mir das grobe Wort verzeihen, Warinka, so sage ich Ihnen, daß ein armer Mensch in dieser Beziehung ganz dieselbe Scham empfindet, wie Sie beispielsweise Ihre Mädchenscham empfinden. Sie werden sich doch auch nicht vor allen Leuten – verzeihen Sie mir das grobe Beispiel – auskleiden. Nun, und sehen Sie, genau so ungern sieht es der arme Mensch, daß man in seine Hundehütte hineinblickt, etwa um zu sehen, wie denn da seine Familienverhältnisse sind. Was lag aber für ein Grund vor, mich, Warinka, zusammen mit meinen Feinden, die es auf die Ehre und den guten Ruf eines ehrlichen Menschen abgesehen haben, so zu beleidigen?

Nun, und heute saß ich in meinem Bureau ganz mäuschenstill und geduckt, und kam mir selbst wie ein gerupfter Sperling vor, so daß ich vor Scham fast vergehen wollte. Ich schämte mich, Warinka! Man verliert ja unwillkürlich den Mut, wenn man weiß, daß durch das durchgescheuerte Ärmelzeug die Ellenbogen schimmern und die Knöpfe nur noch an einem Fädchen baumeln. Und bei mir war doch alles wie behext, alles buchstäblich wie behext, und in der größten Verwahrlosung! Da verliert man denn ganz unwillkürlich seinen Mut. Ja, wie auch nicht! Selbst Stepan Karlowitsch sagte, als er heute über Dienstliches mit mir zu sprechen begann: er sprach nämlich und sprach, und dann plötzlich entfuhr es ihm ganz unversehens: »Ach ja, Makar Alexejewitsch!«, sprach aber das andere nicht aus, nicht das, was er dachte, nur erriet ich es durch alle seine Gedanken hindurch und errötete so, daß sogar meine Glatze rot wurde. Es hat ja im Grunde nichts zu bedeuten, aber es ist doch immer irgendwie beunruhigend und bringt einen auf ganz schwermütige Gedanken. Sollten Sie vielleicht schon etwas erfahren haben? Gott behüte, wenn Sie nun doch etwas erfahren haben sollten! Ja, wirklich, aufrichtig gesagt, ich habe einen gewissen Menschen stark im Verdacht. Diesen Räubern macht es doch nichts aus! Die verraten einen ohne weiteres! Sie sind fähig, dein ganzes Privatleben für nichts und wieder nichts zu verkaufen! Denen ist gar nichts mehr heilig!

Ich weiß jetzt, wessen Streich das ist: Ratasäjeff hat's getan! Er muß mit jemandem aus unserem Ressort bekannt sein, und da hat er dem Betreffenden so gesprächsweise etwas gesagt, vielleicht auch noch seine Erzählung ganz besonders ausgeschmückt. Oder er hat's vielleicht in seinem

Bureau erzählt, und von dort ist es dann hinausgetragen worden und auch zu uns gekommen. Bei uns zu Hause sind alle ganz genau unterrichtet: sie weisen gar mit dem Finger nach Ihrem Fenster. Ich weiß schon, daß sie's tun. Und als ich gestern zum Mittagessen zu Ihnen ging, steckten sie aus allen Fenstern die Köpfe hinaus, und die Wirtin sagte, da habe nun der Teufel mit einem Säugling einen Bund geschlossen, und dann drückte sie sich außerdem noch unanständig über Sie aus.

Aber alles dies ist noch nichts gegen die schändliche Absicht Ratasäjeffs, uns beide in seine Schriften hineinzubringen und uns in einer pikanten Satire zu schildern. Das hat er selbst gesagt, und mir deuteten es einige gute Freunde im Bureau an. Ich kann jetzt an nichts mehr denken, mein Kind, und weiß nicht einmal, wozu ich mich entschließen muß. Ja, – soll man da noch länger seine Sünde in Abrede stellen, wir haben doch wohl beide Gott den Herrn erzürnt, mein Engelchen!

Sie wollten mir, mein Kind, ein Buch schicken, damit ich mich nicht langweile. Lassen Sie es gut sein, Liebling, was mach ich damit! Und was ist denn solch ein Buch? Das ist doch alles nichts Wirkliches! Und auch Satiren und Romane sind Unsinn, nur so um des Unsinns willen geschrieben, nur so, damit müßige Leute etwas zu lesen haben. Glauben Sie mir, mein Kind, was ich Ihnen sage, glauben Sie meiner langjährigen Erfahrung. Und wenn sie Ihnen da von Shakespeare anfangen – in der Literatur, siehst du, gibt es einen Shakespeare! – so ist ja doch auch ihr ganzer Shakespeare Unsinn, nichts als barer Unsinn, und nichts weiter als ein Spott- und Schmähgeschreibe und nur zu solchem Zweck von diesem Pasquillanten verfaßt!

Ihr

Makar Djewuschkin.

2. August.

Mein lieber Makar Alexejewitsch!

Ich bitte Sie, beunruhigen Sie sich jetzt nicht mehr! Gott wird uns schon helfen und alles wird wieder gut werden. Fedora hat für sich und mich eine Menge Arbeit verschafft und wir haben uns sehr vergnügt sogleich daran gemacht. Vielleicht werden wir dadurch alles wieder gutmachen können.

Fedora sagte mir, sie glaube, daß Anna Fedorowna über alle meine Unannehmlichkeiten in der letzten Zeit genau unterrichtet sei, doch mir ist jetzt alles gleichgültig. Ich bin heute ganz besonders froh gestimmt.

Sie wollen Geld borgen – Gott bewahre Sie davor! Damit würden Sie sich noch mehr Unglück auf den Hals laden, denn Sie müssen es zurückzahlen, und Sie wissen doch wohl, wie schwer das ist. Leben Sie jetzt lieber noch etwas sparsamer, kommen Sie öfter zu uns und achten Sie nicht darauf, was Ihre Wirtin da schreit. Was aber Ihre übrigen Feinde und alle Ihnen mißgünstig Gesinnten betrifft, so bin ich überzeugt, daß Sie sich mit ganz grundlosen Befürchtungen quälen, Makar Alexejewitsch!

Sie könnten auch etwas mehr auf Ihren Stil achten, ich habe Ihnen schon das vorige Mal gesagt, daß Sie sehr unausgeglichen schreiben. Nun, also leben Sie wohl bis zum Wiedersehen. Ich erwarte Sie unter allen Umständen.

Ihre

W. D.

Mein Engelchen Warwara Alexejewna!

Ich beeile mich, Ihnen mitzuteilen, mein Seelchen, daß ich jetzt doch wieder eine kleine Aussicht habe und damit auch wieder Hoffnung. Aber zunächst erlauben Sie mir eines, mein Kind: Sie schreiben, ich solle keine Anleihe machen? Mein Täubchen, es geht nicht ohne sie. Mir geht es schon schlecht, aber wie wird das erst mit Ihnen sein, es kann Ihnen doch plötzlich etwas zustoßen! Sie sind doch solch ein schwächliches Dingelchen. Also sehen Sie, deshalb sage ich denn auch, daß man sich unbedingt Geld verschaffen muß. Und nun hören Sie weiter.

Also zunächst muß ich vorausschicken, daß ich im Bureau neben Jemeljan Iwanowitsch sitze. Das ist nicht jener Jemeljan, von dem ich Ihnen schon erzählt habe. Er ist vielmehr, ganz wie ich, ein Staatsschreiber. Wir beide sind so ziemlich die Ältesten im ganzen Departement, die Alteingesessenen, wie man uns zu nennen pflegt. Er ist ein guter Mensch, ein uneigennütziger Mensch, aber nicht gerade sehr gesprächig, wissen Sie, und eigentlich sieht er immer wie so ein richtiger Brummbär aus. Dafür arbeitet er gut, hat eine sogenannte englische Handschrift, und wenn man die Wahrheit sagen soll, schreibt er nicht schlechter als ich. Er ist dabei ein wirklich ehrenwerter Mensch! Sehr intim sind wir beide nie gewesen, nur so auf »Guten Tag!« und »Leben Sie wohl!« haben wir gestanden, doch, was mitunter vorkam, wenn ich sein Federmesser nötig hatte, nun, dann sagte ich eben: »Bitte, Jemeljan Iwanowitsch, Ihr Messerchen, auf einen Augenblick!« Also eine richtige Unterhaltung gab's zwischen uns nicht, aber es wurde doch das gesprochen, was man sich so gelegentlich zu sagen hat, wenn man nebeneinander sitzt. Nun aber, sehen Sie, da sagte dieser Mensch heute ganz plötzlich zu mir: »Makar Alexejewitsch, warum sind Sie denn jetzt so nachdenklich?«

Ich sah, der Mensch meinte es gut mit mir – und da vertraute ich mich ihm denn an. So und so, sagte ich, Jemeljan Iwanowitsch, d. h. alles erzählte ich ihm nicht – und natürlich, Gott behüte, werde ich das auch nie tun, denn dazu fehlt mir der Mut, Warinka, aber so dies und jenes habe ich ihm doch anvertraut, mit anderen Worten: ich gestand ihm, daß ich »etwas in Geldverlegenheit« sei, nun, und so weiter.

»Aber Sie könnten doch, Väterchen«, sagte darauf Jemeljan Iwanowitsch, »könnten sich doch von jemandem Geld leihen, sagen wir zum Beispiel von Pjotr Petrowitsch, der leiht auf Prozente. Ich habe auch von ihm geliehen. Und er nimmt nicht einmal gar so hohe Prozente, wirklich, nicht gar so hohe.«

Nun, Warinka, mein Herz schlug gleich ganz anders vor lauter Freude – es hüpfte nur so! Ich dachte und dachte hin und her und setzte mein Vertrauen auf Gott, der, was kann man wissen, dem Pjotr Petrowitsch vielleicht doch eingibt, daß er mir Geld leiht. Und ich begann schon, alles auszurechnen: wie ich dann meine Wirtin bezahlen und Ihnen helfen und auch mir selbst ein einigermaßen menschliches Aussehen verleihen würde – denn so ist es doch eine wahre Schande, man schämt sich ordentlich, auf seinem Platz zu sitzen, ganz abgesehen davon, daß die Jungen ewig über einen lachen – nun, Gott verzeih' ihnen! Aber auch Seine Exzellenz gehen mitunter an unserem Tisch vorüber: nun, sagen wir, wenn sie einmal – wovor Gott uns behüte und bewahre! – wenn sie einmal im Vorübergehen einen Blick auf mich zu werfen geruhten und bemerken sollten, daß ich, sagen wir, ungehörig gekleidet bin! Bei Seiner Exzellenz aber sind Sauberkeit und Ordnung die Hauptsache. Sie würden ja wahrscheinlich nichts sagen, aber ich, Warinka, ich würde auf der Stelle sterben vor Scham, – sehen Sie, so würde es sein.

Daher nahm ich denn all meinen Mut zusammen, verbarg meine Scheu so gut es ging, und begab mich zu Pjotr Petrowitsch, einerseits voll Hoffnung und andererseits weder tot noch lebendig vor Erwartung – beides zugleich.

Nun, was soll ich Ihnen denn sagen, Warinka, es endete mit – nichts. Er war da sehr beschäftigt und sprach gerade mit Fedossei Iwanowitsch. Ich trat von der Seite an ihn heran und zupfte ihn ein wenig am Ärmel: bedeutete ihm, daß ich mit ihm sprechen wolle, mit Pjotr Petrowitsch. Er sah sich nach mir um – und da begann ich denn und sagte ungefähr: »So und so, Pjotr Petrowitsch, wenn möglich, sagen wir etwa dreißig Rubel usw.« – Er schien mich zuerst nicht ganz zu verstehen, als ich ihm aber dann nochmals alles erklärt hatte, da begann er zu lachen, sagte aber nichts und schwieg wieder. Ich begann von neuem, er aber fragte plötzlich: »Haben Sie ein Pfand?« – selbst jedoch vertiefte er sich wieder ganz in seine Papiere und schrieb weiter, ohne sich nach mir umzusehen. Das machte mich ein wenig befangen.

»Nein«, sagte ich, »ein Pfand habe ich nicht, Pjotr Petrowitsch« – und ich erklärte ihm: »So und so, ich werde Ihnen das Geld zurückzahlen, sobald ich meine Monatsgage erhalte, werde es unbedingt tun, werde es für meine erste Pflicht erachten.« In diesem Augenblick rief ihn jemand und er ging fort, ich blieb aber und erwartete ihn. Er kam denn auch bald wieder zurück, setzte sich, spitzte seine Feder – mich aber bemerkte er gleichsam überhaupt nicht. Ich kam jedoch wieder darauf zu sprechen, »also so und so, Pjotr Petrowitsch, ginge es denn nicht doch irgendwie?«

Er schwieg und schien mich wieder gar nicht zu hören, ich aber stand, stand. – Nun, dachte ich, ich will es doch noch einmal, zum letztenmal, versuchen, und zupfte ihn wieder ein wenig am Ärmel. Er sagte aber keinen Ton, Warinka, entfernte nur ein Härchen von seiner Federspitze und schrieb weiter. Da ging ich denn.

Sehen Sie, mein Kind, es sind das ja vielleicht sehr ehrenwerte Menschen, nur stolz sind sie, sehr stolz, – nichts für unsereinen! Wo reichen wir an diese hinan, Warinka! Deshalb, damit Sie es wissen, habe ich Ihnen auch alles das geschrieben.

Jemeljan Iwanowitsch begann gleichfalls zu lachen und schüttelte den Kopf, aber er machte mir doch wieder Hoffnung, der Gute. Jemeljan Iwanowitsch ist wirklich ein edler Mensch. Er versprach mir, mich einem gewissen Mann zu empfehlen, und dieser Mann, Warinka, der auf der Wiborger Seite[9] wohnt, leiht gleichfalls Geld auf Prozente. Jemeljan Iwanowitsch sagt, der werde zweifellos geben, dieser ganz bestimmt. Ich werde morgen, mein Engelchen, gleich morgen werde ich zu ihm gehen. Was meinen Sie dazu? Es geht doch nicht ohne Geld! Meine Wirtin droht schon, mich hinauszujagen, und will mir nichts mehr zu essen geben. Und meine Stiefel sind schrecklich schlecht, mein Kind, und Knöpfe fehlen mir überall, und was mir nicht sonst noch alles fehlt! Wenn nun einer der Vorgesetzten eine Bemerkung darüber macht? Es ist ein Unglück, Warinka, wirklich ein Unglück!

Makar Djewuschkin.

4. August.

Lieber Makar Alexejewitsch!

Um Gottes willen, Makar Alexejewitsch, verschaffen Sie so bald als möglich Geld! Ich würde Sie unter den jetzigen Umständen natürlich für keinen Preis um Hilfe bitten, aber wenn Sie wüßten, in welcher Lage ich mich befinde! Ich

---

9   Ein Stadtteil von St. Petersburg.

kann nicht mehr in dieser Wohnung bleiben, ich muß fort! Ich habe die schrecklichsten Unannehmlichkeiten gehabt, Sie können es sich nicht vorstellen, wie aufgeregt und verzweifelt ich bin!

Stellen Sie sich vor, mein Freund: heute morgen erscheint bei uns plötzlich ein fremder Herr, ein schon bejahrter Mann, nahezu ein Greis, mit Orden auf der Brust. Ich wunderte mich und begriff nicht, was er von uns wollte. Fedora war gerade ausgegangen, um noch etwas zu kaufen. Er begann mich auszufragen: wie ich lebe, womit ich mich beschäftige, und darauf erklärte er mir – ohne meine Antwort abzuwarten, – er sei der Onkel jenes Offiziers und habe sich über das flegelhafte Betragen seines Neffen sehr geärgert: er sei sehr aufgebracht darüber, daß jener mich in einen schlechten Ruf gebracht habe – sein Neffe sei ein leichtsinniger Bengel, der zu nichts tauge, er aber fühle sich als Onkel verpflichtet, die Schuld seines Neffen zu sühnen und mich unter seinen Schutz zu nehmen. Ferner riet er mir noch, nicht auf die jungen Leute zu hören, er dagegen habe wie ein Vater Mitleid mit mir, empfinde überhaupt väterliche Liebe für mich und sei bereit, mir in jeder Beziehung zu helfen.

Ich errötete, wußte aber noch immer nicht, was ich denken sollte, weshalb ich ihm natürlich auch nicht dankte. Er nahm meine Hand und hielt sie fest, obschon ich sie ihm zu entziehen suchte, tätschelte meine Wange, sagte mir, ich sei gar zu reizend, und ganz besonders gefalle es ihm, daß ich in den Wangen Grübchen habe. – Gott weiß, was er da noch sprach! – und zu guter Letzt wollte er mich auch noch küssen: er sei ja schon ein Greis, wie er sagte. Er war so ekelhaft! – Da trat Fedora ins Zimmer. Er wurde ein wenig verlegen und begann wieder damit, daß er mich wegen meiner Bescheidenheit und Wohlerzogenheit überaus achte: er würde es sehr gern sehen, daß ich meine Scheu vor ihm verlöre. Dann rief er Fedora beiseite und wollte ihr unter einem seltsamen Vorwand Geld in die Hand drücken. Doch Fedora nahm es natürlich nicht an. Da brach er denn endlich auf, wiederholte nochmals alle seine Beteuerungen, versprach, mich nächstens wieder zu besuchen und mir dann Ohrringe mitzubringen (ich glaube, er war zum Schluß selbst etwas verlegen). Er riet mir außerdem, in eine andere Wohnung überzusiedeln, und empfahl mir sogar eine, die sehr schön sei und mich nichts kosten würde. Er sagte, daß er mich namentlich deshalb sehr liebgewonnen habe, weil ich ein ehrenwertes und vernünftiges Mädchen sei. Darauf riet er mir nochmals, mich vor der verderbten Jugend in acht zu nehmen, und zum Schluß erklärte er, daß er mit Anna Fedorowna bekannt sei und sie ihn beauftragt habe, mir zu sagen, daß sie mich besuchen werde. Da begriff ich denn alles! Ich weiß nicht mehr, was mit mir geschah – ich habe das zum erstenmal gefühlt und mich zum erstenmal in einer solchen Lage befunden: ich war außer mir! Ich beschämte ihn tüchtig – und Fedora stand mir bei und jagte ihn förmlich aus dem Zimmer. Das ist natürlich Anna Fedorownas Machwerk – woher hätte er sonst etwas von uns erfahren können?

Ich aber wende mich an Sie, Makar Alexejewitsch, und flehe Sie an, mir beizustehen. Helfen Sie mir, um Gottes willen, lassen Sie mich jetzt nicht im Stich! Bitte, bitte, verschaffen Sie uns Geld, wenn auch nur ein wenig, wir haben nichts, womit wir die Kosten eines Umzuges bestreiten könnten, hierbleiben aber können wir unter keinen Umständen, das ist ganz ausgeschlossen. Auch Fedora ist der Meinung. Wir brauchen wenigstens fünfundzwanzig Rubel. Ich werde Ihnen dieses Geld zurückgeben, ich werde es mir schon verdienen! Fedora wird mir in den nächsten Tagen noch Arbeit verschaffen, lassen Sie sich daher nicht durch hohe Prozente abschrecken, sehen Sie nicht darauf, gehen Sie auf jede Bedingung ein! Ich werde Ihnen alles zurückzahlen, nur verlassen Sie mich jetzt nicht, um Gottes willen! Es kostet mich viel, Ihnen unter den jetzigen Umständen mit einer solchen Bitte zu kommen, aber Sie sind doch meine einzige Stütze, meine einzige Hoffnung!

Leben Sie wohl, Makar Alexejewitsch, denken Sie an mich, und Gott gebe Ihnen Erfolg!

W. D.

4. August.

Mein Täubchen Warwara Alexejewna!

Sehen Sie, gerade alle diese unerwarteten Schläge sind es, die mich erschüttern! Gerade diese schrecklichen Heimsuchungen schlagen mich zu Boden! Dieses Lumpenpack von faden Schmarotzern und nichtswürdigen Greisen will nicht nur Sie, mein Engelchen, auf das Krankenlager bringen, durch alle die Aufregungen, die sie Ihnen bereiten, sondern auch mir wollen sie, diese Schurken, den Garaus machen. Und das werden sie, ich schwöre es, das werden sie! Ich wäre doch jetzt eher zu sterben bereit, als Ihnen nicht zu helfen! Und wenn ich Ihnen nicht helfen könnte, so wäre das mein Tod, Warinka, wirklich mein Tod. Helfe ich Ihnen aber, so fliegen Sie mir schließlich wie ein Vöglein fort, und dann werden Sie von diesen Nachteulen, diesen Raubvögeln, die Sie jetzt aus dem Nestchen locken wollen, einfach umgebracht. Das jedoch ist es, was mich am meisten quält, mein Kind. Aber auch Ihnen, Warinka, trage ich eines nach: warum müssen Sie denn gleich so grausam sein? Wie können Sie nur! Sie werden gequält, Sie werden beleidigt, Sie, mein Vögelchen, mein kleines, armes Herzchen, haben nur zu leiden, und da – da machen Sie sich noch deshalb Sorgen, daß Sie mich beunruhigen müssen, und versprechen, das Geld zurückzuzahlen, und es zu erarbeiten: das aber heißt doch in Wirklichkeit, daß Sie sich bei Ihrer schwachen Gesundheit zuschanden arbeiten wollen, um für mich zum richtigen Termin das Geld zu beschaffen! So bedenken Sie doch bloß, Warinka, was Sie da sprechen! Wozu sollen Sie denn nähen und arbeiten und Ihr armes Köpfchen mit Sorgen quälen und Ihre Gesundheit untergraben? Ach, Warinka, Warinka!

Sehen Sie, mein Täubchen, ich tauge zu nichts, zu gar nichts, und ich weiß es selbst, daß ich zu nichts tauge, aber ich werde dafür sorgen, daß ich doch noch zu etwas tauge! Ich werde alles überwinden, ich werde mir noch Privatarbeit verschaffen, ich werde für unsere Schriftsteller Abschriften machen, ich werde zu ihnen gehen, werde selbst zu ihnen gehen und mir Arbeit von ihnen ausbitten, denn sie suchen doch gute Abschreiber, ich weiß es, daß sie sie suchen! Sie aber sollen sich nicht krank arbeiten: nie und nimmer lasse ich das zu!

Ich werde, mein Engelchen, ich werde unbedingt Geld auftreiben, ich sterbe eher, als daß ich es nicht tue. Sie schreiben, mein Täubchen, ich solle vor hohen Prozenten nicht zurückschrecken: – das werde ich gewiß nicht, mein Kind, ich werde bestimmt nicht zurückschrecken, jetzt vor nichts mehr! Ich werde vierzig Rubel erbitten, mein Kind. Das ist doch nicht zu viel, Warinka, was meinen Sie? Kann man mir vierzig Rubel auf mein Wort ohne weiteres anvertrauen? Das heißt, ich will nur wissen, ob Sie mich für fähig halten, jemandem auf den ersten Blick hin Zutrauen einzuflößen? So nach dem Gesichtsausdruck, meine ich, und überhaupt – kann man mich da auf den ersten Blick hin günstig beurteilen? Denken Sie zurück, mein Engelchen, denken Sie nach, kann ich wohl einen guten Eindruck auf jemanden machen, der mich zum erstenmal sieht? Bin ich wohl der Mann dazu? Was meinen Sie? Wissen Sie, man fühlt doch solch eine Angst – krankhaft geradezu, wirklich krankhaft!

Von den vierzig Rubeln gebe ich fünfundzwanzig Ihnen, Warinka, zwei der Wirtin und den Rest behalte ich für mich, für meine Ausgaben.

Zwar sehen Sie: der Wirtin müßte ich eigentlich mehr geben, sogar unbedingt mehr, aber überlegen Sie es sich reiflich, mein Kind, rechnen Sie mal zusammen, was ich nur fürs Allernotwendigste brauche: Sie werden einsehen, daß ich ihr unter keinen Umständen mehr geben kann – folglich lohnt es sich gar nicht, noch weiter darüber zu reden, und man kann die Frage einfach ausschalten. Für fünf Rubel kaufe ich mir ein Paar Stiefel. Ich weiß wirklich nicht, ob ich morgen noch mit den alten in den Dienst gehen kann. Eine Halsbinde wäre wohl auch sehr nötig, da die jetzige schon bald ein Jahr alt ist, doch da Sie mir aus einem alten Schürzchen nicht nur ein Vorhemdchen, sondern auch eine Halsbinde zu verfertigen versprachen, so will ich daran nicht weiter denken. Somit hätten wir Stiefel und Halsbinde. Jetzt noch Knöpfe, mein Liebes! Sie werden doch zugeben, Kindchen, daß ich ohne Knöpfe nicht auskommen kann, von meinem Uniformrock ist aber die Hälfte der Garnitur schon abgefallen. Ich zittere, wenn ich daran denke, daß Seine Exzellenz eine solche Nachlässigkeit bemerken und sagen könnten – ja, was!? Das würde ich ja doch nicht mehr hören, denn ich würde dort sterben, auf der Stelle sterben, tot hinfallen, einfach vor Schande bei dem bloßen Gedanken den Geist aufgeben! Ach ja, mein Kind, das würde ich! – Ja, und dann blieben mir noch nach allen Anschaffungen drei Rubel, die blieben mir dann zum Leben und für ein halbes Pfündchen Tabak, denn sehen Sie, mein Engelchen, ich kann ohne Tabak nicht leben, heute aber ist es schon der neunte Tag, daß ich mein Pfeifchen nicht mehr angerührt habe. Ich hätte ja, offen gestanden, auch so Tabak gekauft, ohne es Ihnen vorher zu sagen, aber man schämt sich vor seinem Gewissen. Sie dort sind unglücklich, Sie entbehren alles, ich aber sollte mir hier gar Vergnügungen leisten? Also deshalb sage ich es Ihnen, daß ich mich nicht mit Gewissensbissen zu quälen brauche. Ich gestehe Ihnen ganz offen, Warinka, daß ich mich jetzt in einer äußerst verzweifelten Lage befinde, das heißt, bisher habe ich in meinem Leben noch nichts Ähnliches durchgemacht. Die Wirtin verachtet mich: von Achtung oder Schätzung – davon kann keine Rede sein. Überall Mangel, überall Schulden, im Dienst aber, wo mich die Kollegen auch früher schon nicht auf Rosen gebettet haben, im Dienst – nun, schweigen wir lieber davon. Ich verberge alles, ich suche es vor allen sorgfältig zu verbergen, und auch mich selbst verberge ich: wenn ich in den Dienst gehe, drücke ich mich nach Möglichkeit unbemerkt und seitlich an allen vorüber. Ich habe gerade nur noch so viel Mut, daß ich Ihnen dies offen eingestehen kann…

Aber wie, wenn er nichts gibt?

Nein, es ist besser, Warinka, man denkt gar nicht daran und quält sich nicht unnütz mit solchen Vorstellungen, die einem schon im voraus jeden Mut rauben. Ich schreibe das nur deshalb, um Sie zu warnen und davor zu bewahren, daß Sie nicht im voraus daran denken und sich mit bösen Gedanken quälen. Tun Sie es nicht! Aber, mein Gott, was würde aus Ihnen werden! Freilich würden Sie dann die Wohnung nicht wechseln, vielmehr hier in meiner Nähe bleiben – aber nein, ich käme dann überhaupt nicht mehr zurück, ich würde einfach untergehen, verschwinden, verderben!

Da habe ich Ihnen nun wieder eine lange Epistel geschrieben, und hätte mich doch statt dessen rasieren können, denn rasiert sieht man stets etwas sauberer und anständiger aus, das aber hat viel zu sagen und hilft einem immer, wenn man etwas sucht. Nun, Gott gebe es! Ich werde beten und dann – mich auf den Weg machen!

M. Djewuschkin.

Liebster Makar Alexejewitsch!

Wenn Sie doch wenigstens nicht verzweifeln würden! Es gibt ohnehin schon Sorgen genug! – Ich sende Ihnen dreißig Kopeken, mehr kann ich nicht. Kaufen Sie sich dafür, was Sie da gerade am notwendigsten brauchen, um sich wenigstens noch bis morgen irgendwie durchzuschlagen. Wir haben selbst fast nichts mehr, was morgen aus uns werden wird – ich weiß es nicht. Es ist traurig, Makar Alexejewitsch! Übrigens sollen Sie deshalb den Kopf nicht hängen lassen: nun, er hat Ihnen nichts gegeben, was ist denn schließlich dabei! Fedora sagt, noch sei es nicht so schlimm, wir könnten noch ganz gut eine Weile hierbleiben – und selbst wenn wir in eine andere Wohnung übergesiedelt wären, hätten wir damit doch nur wenig gewonnen, denn wer es wolle, der könne uns überall finden. Freilich ist es deshalb noch immer nicht schön, jetzt hierzubleiben. Wenn nicht alles so traurig wäre, würde ich Ihnen noch mancherlei schreiben.

Was Sie doch für einen sonderbaren Charakter haben, Makar Alexejewitsch! Sie nehmen sich alles viel zu sehr zu Herzen: deshalb werden Sie auch immer der unglücklichste Mensch sein. Ich lese Ihre Briefe sehr aufmerksam und sehe, daß Sie sich in einem jeden dermaßen um mich sorgen und quälen, wie Sie sich um sich selbst noch nie gesorgt und gequält haben. Man wird natürlich sagen, daß Sie ein gutes Herz haben. Ich aber sage, daß Ihr Herz viel zu gut ist. Ich möchte Ihnen einen freundschaftlichen Rat geben, Makar Alexejewitsch. Ich bin Ihnen dankbar, sehr dankbar für alles, was Sie für mich getan haben, ich empfinde es tief, glauben Sie mir. Also urteilen Sie jetzt selbst, wie mir zumute ist, wenn ich sehen muß, daß Sie nach all Ihrem Unglück und Ihren Sorgen, deren unfreiwillige Ursache ich gewesen bin, – daß Sie auch jetzt noch nur für mich leben, gewissermaßen sogar nur um meinetwillen leben: meine Freuden sind Ihre Freuden, mein Leid ist Ihr Leid, und meine Gefühle sind Ihnen wichtiger, als Ihre eigenen! Wenn man sich aber den Kummer Fremder so zu Herzen nimmt und mit allen so viel Mitleid empfindet, dann hat man allerdings Ursache, der unglücklichste Mensch zu sein. Als Sie heute nach dem Dienst bei uns eintraten, erschrak ich förmlich bei Ihrem Anblick. Sie sahen so bleich, so abgehärmt und mitgenommen, so zerstört und verzweifelt aus: Sie waren kaum wiederzuerkennen, – und das alles nur deshalb, weil Sie sich fürchteten, mir Ihren Mißerfolg mitzuteilen, mich zu betrüben und zu erschrecken. Als Sie aber sahen, daß ich ob dieses kleinen Unglücks zu lachen begann, da atmeten Sie geradezu befreit auf. Makar Alexejewitsch! So grämen Sie sich doch nicht so, verzweifeln Sie doch nicht, seien Sie doch vernünftig! Ich bitte Sie darum, ich beschwöre Sie! Sie werden sehen, es wird alles gut werden, alles wird sich zum Besseren wenden. Sie machen sich das Leben ganz unnötigerweise schwer, indem Sie sich ewig um andere grämen und sorgen.

Leben Sie wohl, mein Freund! Ich bitte Sie nochmals, sorgen Sie sich nicht um mich!

W. D.

Mein Täubchen Warinka!

Nun gut, mein Engelchen, also gut! Sie sind zu der Überzeugung gelangt, daß es noch kein Unglück ist, daß ich das Geld nicht erhalten habe. Nun gut, ich bin also beruhigt und glücklich. Ich bin sogar froh, weil Sie mich Alten nicht verlassen und jetzt in dieser Wohnung bleiben. Ja und wenn man schon alles sagen soll, so muß ich gestehen, daß mein Herz voll Freude war, als ich las, wie Sie in Ihrem Briefchen so schön über mich schrieben und sich über meine Gefühle so lobend äußerten. Ich sage das nicht aus Stolz, sondern weil ich sehe, daß Sie mich gern haben müssen, wenn Sie sich gerade um mein Herz so beunruhigen. Gut: doch was soll man jetzt noch viel von meinem Herzen reden! Das Herz ist eine Sache für sich, – aber Sie sagen da, Kindchen, daß ich nicht kleinmütig sein soll. Ja, mein Engelchen, Sie haben recht, daß es überflüssig ist, daß man ihn wirklich nicht braucht – den Kleinmut, meine ich. Aber, bei alledem: sagen Sie mir jetzt bloß, mein Liebling, in welchen Stiefeln ich mich morgen in den Dienst begeben soll? – Da sehen Sie, mein Kind, wo der Haken sitzt. Dieser Gedanke kann doch einen Menschen zugrunde richten, kann ihn einfach vernichten. Die Hauptursache, meine Gute, ist freilich, daß ich mich nicht um meinetwillen so sorge, daß ich nicht um meinetwillen darunter leide. Mir persönlich ist das doch ganz gleich, und müßte ich auch in der größten Kälte ohne Mantel und Stiefel gehen: ich würde schon alles aushalten, mir macht es nichts aus, ich bin doch ein einfacher, ein geringer Mensch. Aber was werden die Leute dazu sagen? – was werden meine Feinde sagen, und alle diese boshaften Zungen, wenn ich ohne Mantel komme? Man trägt ihn ja doch nur um der Leute willen, und auch die Stiefel trägt man nur ihretwegen. Die Stiefel sind in diesem Falle, mein Kindchen, mein Herzchen, nur zur Aufrechterhaltung der Ehre und des guten Rufes nötig. In zerrissenen Stiefeln aber geht die eine wie der andere verloren – glauben Sie mir, was ich Ihnen sage, mein Kind, verlassen Sie sich auf meine langjährige Erfahrung, hören Sie auf mich Alten, der die Menschen kennt, und nicht auf irgend solche Sudler.

Aber ich habe Ihnen ja noch gar nicht ausführlich erzählt, Kind, wie das heute alles in Wirklichkeit war. Ich habe an diesem einen Morgen so viel ausgestanden, so viele Seelenqualen durchgemacht, wie manch einer vielleicht in einem ganzen Jahr nicht. Also nun hören Sie, wie es war:

Ich ging ganz, ganz früh von Hause fort, um ihn anzutreffen und dann selbst noch rechtzeitig in den Dienst kommen zu können. Es war solch ein Regenwetter heute, solch ein Schmutz! Nun, ich wickelte mich in meinen Mantel, mein Herzchen, und ging und ging, und dabei dachte ich die ganze Zeit: Lieber Gott! Vergib mir alle meine Übertretungen deiner Gebote und laß meinen Wunsch in Erfüllung gehen! Wie ich an der –schen Kirche vorüberging, bekreuzte ich mich, bereute alle meine Sünden, besann mich aber darauf, daß es mir nicht zusteht, mit Gott dem Herrn so zu unterhandeln. Da versenkte ich mich denn in meine eigenen Gedanken und wollte nichts mehr ansehen. Und so ging ich denn, ohne auf den Weg zu achten, immer weiter. Die Straßen waren leer, und die Menschen, denen man von Zeit zu Zeit begegnete, sahen besorgt und gehetzt aus – freilich war das auch kein Wunder: wer wird denn um diese Zeit und bei diesem Wetter spazieren gehen? Ein Trupp schmutziger Arbeiter kam mir entgegen: die stießen mich roh zur Seite, die Kerle. Da überfiel mich wieder Schüchternheit, mir wurde bange, und an das Geld, um die Wahrheit zu sagen, wollte ich überhaupt nicht mehr denken – geht man auf gut Glück, nun, dann eben auf gut Glück!

Gerade bei der Wosnessenskij-Brücke blieb eine meiner Stiefelsohlen liegen, so daß ich selbst nicht mehr weiß, auf was ich eigentlich weiterging. Und gerade dort kam mir unser Schreiber Jermolajeff entgegen, stand still und folgte mir mit den Blicken, fast so, als wolle er mich um ein Trinkgeld bitten. Ach Gott ja, Bruderherz, dachte ich, ein Trinkgeld, was ist ein Trinkgeld!

Ich war furchtbar müde, blieb stehen, erholte mich ein bißchen, und dann schleppte ich mich wieder weiter. Jetzt sah ich absichtlich überall hin, um irgendwo was zu entdecken,

an das ich die Gedanken hätte heften können, so um mich
etwas zu zerstreuen, mich etwas aufzumuntern, aber ich fand
nichts: kein einziger Gedanke wollte haften bleiben, und zum
Überfluß war ich auch noch so schmutzig geworden, daß ich
mich vor mir selber schämte. Endlich erblickte ich in der Ferne ein gelbes hölzernes Haus mit einem Giebelausbau, eine
Art Villa: nun, da ist es, dachte ich gleich, so hat es mir auch
Jemeljan Iwanowitsch beschrieben – das Haus Markoffs.
(Markoff heißt er nämlich, der Mann, der Geld auf Prozente leiht.) Nun, und da gingen mir denn die Gedanken alle
ganz durcheinander: ich wußte, daß es Markoffs Haus war,
fragte aber trotzdem den Schutzmann im Wächterhäuschen,
wessen Haus denn dies dort eigentlich sei, das heißt also,
wer darin wohne. Der Schutzmann aber, solch ein Grobian,
antwortete mißmutig, ganz als ärgere er sich über mich, und
brummte nur so vor sich hin: jenes Haus gehöre einem gewissen Markoff. Diese Polizeibeamten sind alle so gefühllose
Menschen – doch was gehen sie mich schließlich an? Immerhin war es ein schlechter und unangenehmer Eindruck. Mit
einem Wort: eins kam zum andern. In allem findet man etwas, was gerade der eigenen Lage entspricht oder was man
als gewissermaßen zu ihr in Beziehung stehend empfindet:
das ist immer so. – An dem Hause ging ich dreimal vorüber,
aber je mehr ich ging, um so schlimmer wurde es: nein, denke
ich, er wird mir nichts geben, wird mir bestimmt kein Geld
geben, ganz gewiß nicht! Ich bin doch ein fremder, ihm völlig
unbekannter Mensch, es ist eine heikle Sache, und auch mein
Äußeres ist nicht gerade einnehmend. Nun, denke ich, wie
es das Schicksal will, dann bereue ich es nachher wenigstens
nicht, daß ich es überhaupt nicht versucht habe, der Versuch
wird mich ja auch nicht gleich den Kopf kosten! Und so öffnete ich denn leise das Hofpförtchen. Aber nun kam schon
das andere Unglück: kaum war ich eingetreten, da stürzte
solch ein dummer kleiner Hofhund, so ein richtiger Hacken-

beißer, auf mich los und kläffte und kläffte, daß einem die Ohren klangen. Und sehen Sie, immer sind es gerade derartige nichtswürdige kleine Zwischenfälle, mein Kind, die einen aus dem Gleichgewicht bringen und von neuem schüchtern machen, und die ganze Entschlossenheit, zu der man sich schon zusammengerafft hat, wieder vernichten. Ich gelangte halb tot halb lebendig ins Haus – dort aber stieß ich gleich auf ein neues Unglück: ich sah nicht, wohin ich trat und was im halbdunklen Flur neben der Schwelle stand – plötzlich stolperte ich über irgendein hockendes Weib, das gerade Milch aus dem Melkgefäß in Kannen goß, und da verschüttete sie denn die ganze Milch. Das dumme Weib schrie natürlich und keifte sogleich und zeterte: »Siehst du denn nicht, wohin du rennst, mach doch die Augen auf, was suchst du hier?«, und so ging es weiter ohne Unterlaß. Ich schreibe Ihnen das alles, mein Kind, schreibe es nur deshalb, weil mir in solchen Fällen regelmäßig etwas zustößt: das muß mir wohl vom Schicksal schon so bestimmt sein. Ewig gerate ich mit etwas anderem, ganz Nebensächlichem zusammen und durcheinander.

Auf das Geschrei hin kam eine alte Hexe zum Vorschein, eine Finnländerin. Ich wandte mich sogleich an sie: ob hier Herr Markoff wohne? Nein, sagte sie zunächst barsch, blieb dann aber stehen und musterte mich eingehend.

»Was wollen Sie denn von ihm?«, fragte sie.

Nun, ich erklärte ihr alles: »So und so, Jemeljan Iwanowitsch…« – erzählte auch alles übrige – kurz: ich käme in Geschäften! Darauf rief die Alte ihre Tochter herbei – die kam: ein erwachsenes Mädchen, und barfuß.

»Ruf den Vater. Er ist oben bei den Mietern. Bitte, treten Sie näher.«

Ich trat ein. Das Zimmer war – nun, wie so gewöhnlich diese Zimmer sind: an den Wänden Bilder, größtenteils Porträts von Generälen, ein Sofa, ein runder Tisch, Reseda und Balsaminen in Blumentöpfen – ich denke und denke:

soll ich mich nicht lieber drücken, solange es noch Zeit ist? Und bei Gott, mein Kind, ich war wirklich schon im Begriff, fortzulaufen! Ich dachte: ich werde lieber morgen kommen, nächstens, dann wird auch das Wetter besser sein, ich werde noch bis dahin warten! Heute aber ist sowieso die Milch verschüttet, die Generale sehen mich alle so böse an … Und ich wandte mich, ich gesteh's wirklich, schon zur Tür, Warinka, da kam auch schon Er: – so, nichts Besonderes, ein kleines, graues Kerlchen, mit solchen, wissen Sie, etwas heimtückischen Äuglein, dabei in einem schmierigen Schlafrock, mit einer Schnur um den Leib.

Er erkundigte sich, welches mein Wunsch sei und womit er mir dienen könne, worauf ich ihm sagte: »So und so, Jemeljan Iwanowitsch – etwa vierzig Rubel«, sagte ich, »die habe ich nötig –.« Aber ich sprach nicht zu Ende. An seinen Augen schon sah ich, daß ich verspielt hatte.

»Nein«, sagte er, »tut mir leid, ich habe kein Geld. Oder haben Sie ein Pfand?«

Ich begann, ihm zu erklären, daß ich ein Pfand zwar nicht habe, »Jemeljan Iwanowitsch aber – und so weiter«, mit einem Wort, ich erklärte ihm alles, was da zu erklären war. Er hörte mich ruhig an.

»Ja, was«, sagte er, »Jemeljan Iwanowitsch kann mir nichts helfen, ich habe kein Geld.«

Nun, dachte ich, das sah ich ja schon kommen, das wußte ich, das habe ich vorausgeahnt. Wirklich, Warinka, es wäre besser gewesen, die Erde hätte sich unter mir aufgetan, meine Füße wurden kalt, Frösteln lief mir über den Rücken. Ich sah ihn an und er sah mich an, fast als wolle er sagen: »Nun, geh mal jetzt, mein Bester, du hast hier nichts mehr zu suchen«, – so daß ich mich unter anderen Umständen zu Tode geschämt hätte.

»Wozu brauchen Sie denn das Geld?« – (das hat er mich wirklich gefragt, mein Kind!).

Ich tat schon den Mund auf, nur um nicht so müßig dazustehen, aber er wollte mich gar nicht mehr anhören.

»Nein«, sagte er, »ich habe kein Geld, sonst«, sagte er, »sonst würde ich mit dem größten Vergnügen…«

Ich machte ihm wieder und immer wieder Vorstellungen, sagte ihm, daß ich ja nicht viel brauche, daß ich ihm alles wieder zurückgeben würde, genau zum Termin, ja sogar noch vor dem Termin, daß er so hohe Prozente nehmen könne, wie er nur wolle, und daß ich ihm, noch einmal, bei Gott alles zurückzahlen werde. Ich dachte in dem Augenblick an Sie, mein Kind, an Ihr Unglück und an Ihre Not, und dachte auch an Ihr Fünfzigkopekenstückchen.

»Nein«, sagte er, »wer redet hier von Prozenten, aber wenn Sie ein Pfand hätten… Ich habe im Augenblick kein Geld, bei Gott, ich habe keines, sonst natürlich mit dem größten Vergnügen…«

Ja, er schwor noch bei Gott, der Räuber!

Nun und da, meine Liebe, – ich weiß selbst nicht mehr, wie ich das Haus verließ und wieder auf die Wosnessenskij-Brücke kam. Ich war nur furchtbar müde, kalt war es auch und ich war ganz steifgefroren und kam erst gegen zehn Uhr zum Dienst. Ich wollte meine Kleider etwas abbürsten, vom Schmutz reinigen, aber der Amtsdiener sagte, das gehe nicht an, ich würde die Bürste verderben, die Bürste sei aber Kronseigentum. Da sehen Sie nun, mein Kind, wie ich jetzt von diesen Leuten angesehen werde: als wäre ich noch nicht einmal eine alte Matte, an der man die Füße abwischen kann. Was ist es denn, Warinka, was mich so niederdrückt? – Doch nicht das Geld, das ich nicht habe, sondern alle diese Aufregungen, und daß man mit Menschen in Berührung kommt: all dieses Geflüster, dieses Lächeln, diese Scherzchen! Und Seine Exzellenz kann sich doch auch einmal zufällig an mich wenden oder über mein Äußeres eine Bemerkung machen! Ach, Kind, meine goldenen Zeiten sind jetzt vorüber! Heute habe ich alle Ihre Briefchen nochmals durchgelesen, – traurig, Kind! Leben Sie wohl, mein Täubchen, Gott schütze Sie!

M. Djewuschkin.

P. S. Ich wollte Ihnen, Warinka, mein Unglück halb scherzhaft beschreiben, Warinka, aber man sieht, daß es mir nicht mehr gelingen will, das Scherzen nämlich. Ich wollte Sie etwas zerstreuen. Ich werde zu Ihnen kommen, ich werde zu Ihnen kommen.

11. August.

Warwara Alexejewna! Mein Täubchen! Verloren bin ich, beide sind wir verloren, unrettbar verloren! Mein Ruf, meine Ehre – alles ist verloren! Und ich bin es, der Sie ins Verderben gebracht hat! Ich werde geschmäht, mein Kind, verachtet, verspottet, und die Wirtin beschimpft mich schon laut und vor allen Menschen. Heute hat sie wieder geschrien, geschrien und mich mit Vorwürfen überhäuft, als wäre ich ein Nichts und ein Dreck! Und am Abend begann dann jemand von ihnen bei Ratasäjeff einen meiner Briefe an Sie laut vorzulesen: einen Brief, den ich nicht beendet und in die Tasche gesteckt hatte, und den ich dann irgendwie aus der Tasche verloren haben muß. Mein liebes, liebes Kind, wie haben sie da gelacht! Wie sie uns betitelt haben und wie sie höhnten, wie sie höhnten, die Verräter! Ich hielt es nicht aus und ging zu ihnen und beschuldigte Ratasäjeff des Treubruchs und sagte ihm, daß er ein Falscher sei! Ratasäjeff aber erwiderte mir darauf, ich sei selbst ein Falscher und beschäftige mich nur mit Eroberungen. Ich hätte sie alle getäuscht, sagte er, im Grunde aber sei ich ja sozusagen ein Lovelace! Und jetzt, mein Kind, werde ich nun von allen hier nur noch Lovelace genannt, einen anderen Namen habe ich überhaupt nicht mehr! Hören Sie, mein Engelchen, hören Sie – die wissen doch jetzt alles von uns, sind von allem unterrichtet, und auch von Ihnen, meine Gute, wissen sie alles, alles ist ihnen bekannt, alles, was Sie, mein Engelchen, betrifft! Und auch der Faldoni ist jetzt mit ihnen im Bunde. Ich wollte ihn heute hier in den kleinen Laden schicken, damit er mir ein Stückchen Wurst kaufe, aber nein, er geht nicht, er habe zu tun, sagt er. – Du mußt doch, es ist doch deine Pflicht, sage ich.

»Auch was Gutes – meine Pflicht!«, höhnte er, »Sie zahlen doch meiner Herrin kein Geld, folglich gibt's da nichts von Pflicht.«

Das ertrug ich nicht, Kind, von diesem ungebildeten, frechen Menschen eine solche Beleidigung, und so schalt ich ihn denn einen »Dummkopf!«, er aber sagte mir darauf bloß kurz: »Das sagt mir nun so einer!« – Ich dachte erst, daß er betrunken sei, hielt es ihm denn auch vor: »Hör mal«, sagte ich, »du bist wohl betrunken?« – Er aber grobte mich an:

»Haben Sie mir denn was zu trinken gegeben? Sie haben doch nicht einmal so viel, daß Sie sich selber betrinken könnten!«, und dann brummte er noch: »Das soll nun ein Herr sein!«

Da sehen Sie jetzt, wie weit es mit uns gekommen ist, mein Kind! Man schämt sich, zu leben, Warinka! Ganz wie ein Verrufener kommt man sich vor, schlimmer noch als irgendein Landstreicher. Schwer ist es, Warinka! Verloren bin ich, einfach verloren! Unrettbar verloren!

M. D.

Lieber Makar Alexejewitsch!

Uns sucht jetzt ein Unglück nach dem anderen heim, auch ich weiß nicht mehr, was man noch tun soll! Was wird nun aus Ihnen werden, auf meine Arbeit können wir uns auch nicht mehr verlassen. Ich habe mir heute mit dem Bügeleisen die linke Hand verbrannt: ich ließ es versehentlich fallen und beschädigte und verbrannte mich, gleich beides zusammen. Arbeiten kann ich nun nicht, und Fedora ist auch schon den dritten Tag krank. Oh, diese Sorge und Angst!

Hier sende ich Ihnen dreißig Kopeken: das ist fast das Letzte, was wir haben, Gott weiß, wie gern ich Ihnen jetzt in Ihrer Not helfen würde. Es ist zum Weinen!

Leben Sie wohl, mein Freund! Sie würden mich sehr beruhigen, wenn Sie heute zu uns kämen.

W. D.

14. August.

Makar Alexejewitsch!

Was ist das mit Ihnen? Sie fürchten wohl Gott nicht mehr? Und mich bringen Sie um meinen Verstand. Schämen Sie sich denn nicht!? Sie richten sich zugrunde. So denken Sie doch an Ihren Ruf! Sie sind ein ehrlicher, ehrenwerter, strebsamer Mensch – was werden die Menschen sagen, wenn sie das erfahren? Und Sie selbst, Makar Alexejewitsch, Sie werden doch vergehen vor Scham! Oder tut es Ihnen nicht mehr leid um Ihre grauen Haare? So fürchten Sie doch wenigstens Gott!

Fedora sagt, daß sie Ihnen jetzt nicht mehr helfen werde, und auch ich kann Ihnen unter diesen Umständen kein

Geld mehr schicken. Was haben Sie aus mir gemacht, Makar Alexejewitsch! Sie denken wohl, es sei mir ganz gleichgültig, daß Sie sich so schlecht aufführen. Sie wissen noch nicht, was ich Ihretwegen auszustehen habe! Ich kann mich gar nicht mehr auf unserer Treppe zeigen: alle sehen mir nach, alle weisen mit dem Finger auf mich und sagen solche Schändlichkeiten, – ja, sie sagen geradezu, daß ich mit einem Trunkenbold ein Verhältnis habe. Wie glauben Sie, daß mir zumute ist, wenn ich so etwas hören muß! Und wenn man Sie nach Hause bringt, sagt alles mit Verachtung von Ihnen: »Da wird der Beamte wieder gebracht.« Ich aber – ich schäme mich zu Tode für Sie. Ich schwöre Ihnen, daß ich diese Wohnung hier verlassen werde. Und sollte ich auch Stubenmagd oder Wäscherin werden – hier bleibe ich auf keinen Fall!

Ich schrieb Ihnen, daß ich Sie erwarte, Sie sind aber nicht gekommen. Meine Tränen und Bitten sind Ihnen also schon gleichgültig, Makar Alexejewitsch? Aber sagen Sie doch, wo haben Sie denn nur das Geld dazu aufgetrieben? Um Gottes willen, nehmen Sie sich in acht! Sie werden doch sonst verkommen, ganz sicher verkommen! Und diese Schande, diese Schmach! Gestern hat die Wirtin Sie nicht mehr hineingelassen, da haben Sie auf der Treppe die Nacht verbracht – ich weiß alles. Wenn Sie wüßten, wie weh es mir tat, als ich das von Ihnen hören mußte!

Kommen Sie zu uns, hier wird es Ihnen leichter werden: wir können zusammen lesen, können von früheren Zeiten reden. Fedora kann uns von ihren Erlebnissen erzählen. Makar Alexejewitsch, tun Sie es mir nicht an, daß Sie sich zugrunde richten, Sie richten damit auch mich zugrunde, glauben Sie es mir! Ich lebe doch nur noch für Sie allein, nur Ihretwegen bleibe ich hier. Und Sie sind jetzt so! Seien Sie doch ein anständiger Mensch, seien Sie doch charakterfest und standhaft, auch im Unglück. Sie wissen doch: Armut ist keine Schande. Und weshalb denn verzweifeln? Das ist doch alles nur vorübergehend. Gott wird uns schon helfen und alles wird wieder gut werden, wenn Sie sich nur jetzt noch etwas zusammennehmen!

Ich sende Ihnen zwanzig Kopeken, kaufen Sie sich dafür Tabak, oder was Sie da wollen, nur geben Sie sie um Gottes willen nicht für Schlechtes aus. Kommen Sie zu uns, kommen Sie unbedingt zu uns! Sie werden sich vielleicht wieder schämen, wie neulich – aber lassen Sie das, das wäre ja bloß falsche Scham. Wenn Sie nur aufrichtig bereuen wollten! Vertrauen Sie auf Gott. Er wird alles zum besten wenden.

W. D.

19. August.

Warwara Alexejewna, mein Kindchen!

Ich schäme mich, mein Sternchen, ich schäme mich. Doch übrigens, Liebling, was ist denn dabei so Besonderes? Warum soll man nicht sein Herz etwas erleichtern? Sieh: ich denke dann nicht mehr an meine Stiefelsohlen – eine Sohle ist doch nichts und bleibt ewig nur eine einfache, gemeine, schmutzige Stiefelsohle. Und auch Stiefel sind nichts! Sind doch die griechischen Weisen ohne Stiefel gegangen, wozu also soll sich unsereiner mit einem so nichtswürdigen Gegenstande abgeben? Warum mich deshalb gleich beleidigen und verachten? Ach, Kind, mein Kind, da haben Sie nun etwas gefunden, das Sie mir schreiben können! – Der Fedora aber sagen Sie, daß sie ein närrisches, unzurechnungsfähiges Weib ist, mit allerlei Schrullen im Kopf, und zum Überfluß auch noch dumm, unsagbar dumm! Was aber meine grauen Haare betrifft, so täuschen Sie sich auch darin, meine Gute, denn ich bin noch lange nicht so ein Alter, wie Sie denken.

Jemeljä läßt Sie grüßen. Sie schreiben, Sie hätten sich gegrämt und hätten geweint, und ich schreibe Ihnen, daß auch
ich mich gegrämt habe und weine. Zum Schluß aber wünsche ich Ihnen Gesundheit und Wohlergehen, und was mich
betrifft, so bin ich gleichfalls gesund und wohl und verbleibe
mit besten Grüßen, mein Engelchen, Ihr Freund

Makar Djewuschkin.

21. August.

*Sehr geehrtes Fräulein und liebe Freundin, Warwara Alexe-
jewna!*

Ich fühle es, daß ich schuldig bin, ich fühle es, daß Sie mir
viel zu verzeihen haben, aber meiner Meinung nach ist damit nichts gewonnen, Kind, daß ich alles dies fühle. Ich habe
das alles auch schon vor meinem Vergehen gefühlt, bin aber
dann doch gefallen, im vollen Bewußtsein meiner Schuld.

Kind, mein Kind, ich bin nicht hartherzig und böse. Um
aber Ihr Herzchen, mein Täubchen, zerfleischen zu können,
müßte man gar ein blutdürstiger Tiger sein. Nun, ich habe
ein Lämmerherz und, wie Ihnen bekannt sein dürfte, keine Veranlagung zu blutdürstiger Raubtierwildheit. Folglich
bin ich, mein Engelchen, nicht eigentlich schuld an meinem
Vergehen, ganz wie mein Herz und meine Gedanken nicht
schuldig sind. Das ist nun einmal so, und ich weiß es selbst
nicht, was oder wer eigentlich die Schuld trägt. Das ist nun
schon so eine dunkle Sache mit uns, mein Kind!

Dreißig Kopeken haben Sie mir geschickt und dann noch
zwanzig Kopeken: mein Herz weinte, als ich Ihre Waisen-
geldchen in Händen hielt. Sie haben sich das Händchen verbrannt und verletzt und bald werden Sie hungern müssen.
Trotzdem schreiben Sie, ich soll mir noch Tabak kaufen. Nun

sagen Sie selbst: was sollte ich denn tun? Einfach und ohne alle Gewissensbisse, recht wie ein Räuber Sie armes Waisenkindchen zu berauben anfangen?! Es sank mir eben der Mut, mein Kind, das heißt, zuerst fühlte ich nur unwillkürlich, daß ich zu nichts tauge und daß ich selbst höchstens nur um ein Geringes besser sei, als meine Stiefelsohle. Ja, ich hielt es sogar für unanständig, mich für irgend etwas von Bedeutung, und wärs etwas noch so Geringes, zu halten, sondern fing an, in mir etwas Unwürdiges und bis zu einem gewissen Grade geradezu Gemeines und Niederes zu sehen. Nun, und als ich so die rechte Selbstachtung verloren hatte und mich der Verneinung der eigenen guten Eigenschaften und der Verleugnung meiner Menschenwürde überließ, da war denn schon so gut wie alles verloren, und er konnte kommen, der Sturz, der unvermeidliche! Das war mir offenbar so vom Schicksal bestimmt. Ich aber bin nicht schuld daran.

Ich ging nur hinaus, um etwas frische Luft einzuatmen. Doch da kam gleich eins zum anderen: auch die Natur war so regnerisch, verweint und kalt. Und dann kam mir plötzlich noch der Jemeljä entgegen. Er hatte bereits alles versetzt, Warinka, alles, was er besaß, und schon seit zwei Tagen hatte er kein Gotteskorn mehr im Munde gehabt, so daß er bereits solche Sachen versetzen wollte, die man überhaupt nicht versetzen kann, weil doch niemand so etwas als Pfand annimmt.

Nun ja, Warinka, da gab ich ihm denn nach, und zwar mehr aus Mitleid mit der Menschheit als aus eigenem Verlangen. So kam es zu jener Sünde, mein Kind! Wir weinten beide, Warinka! – sprachen auch von Ihnen! Er ist ein sehr guter, ein herzensguter Mensch, und ein sehr gefühlvoller Mensch. Das fühlte ich alles, mein Kind, und deshalb ist es denn auch so gekommen, eben weil ich das alles fühlte.

Ich weiß, wieviel Dank, mein Täubchen, ich Ihnen schuldig bin! Als ich Sie kennen lernte, begann ich, auch mich selbst besser kennen zu lernen und Sie zu lieben. Bis dahin aber, mein Engelchen, war ich immer einsam gewesen und hatte eigentlich nur so mein Leben verdämmert und gar nicht wirklich auf der Erde gelebt, wie die anderen! Die bösen Menschen, die da ewig sagten, daß meine Erscheinung einfach ruppig sei, und sich schämten, mit mir zu gehen, brachten mich so weit, daß auch ich mich schließlich ruppig fand und mich meiner selbst zu schämen begann. Sie sagten, ich sei stumpfsinnig, und ich dachte auch wirklich, daß ich stumpfsinnig sei. Seitdem Sie aber in mein Leben getreten sind, haben Sie es mir hell gemacht, so daß es in meinem Herzen wie in meiner Seele licht geworden ist. Ich lernte endlich so etwas wie Seelenfrieden kennen und erfuhr, daß ich nicht schlechter war als die anderen. Daß ich dabei bin, wie ich bin, daß ich durch nichts glänze, keinen Schliff besitze, keine Umgangsformen: das ist nun einmal so. Trotzdem bin ich immer noch ein Mensch, ja, bin mit dem Herzen und den Gedanken ein ganzer Mensch! Nun, und dann, als ich fühlte, daß das Schicksal mich verfolgte, als ich, durch das Schicksal erniedrigt, zuließ, daß ich meine Menschenwürde selber vernichtete, als ich unter der Last meiner Anfechtungen zusammenbrach, da habe ich eben den Mut verloren: und das war das Unglück!

Doch da Sie jetzt alles wissen, mein Kind, bitte ich Sie unter Tränen, mich nie mehr über diesen Zwischenfall auszufragen oder auch nur davon zu reden, denn mein Herz ist schon ohnehin zerrissen und das Leben wird mir schwer und bitter.

Ich bezeuge Ihnen, mein Kind, meine Ehrerbietung und verbleibe Ihr treuer

Makar Djewuschkin.

Ich habe meinen letzten Brief nicht beendet, Makar Alexejewitsch, es fiel mir zu schwer, zu schreiben. Bisweilen habe ich
Augenblicke, wo es mich freut, allein zu sein, allein meinem
Kummer nachhängen zu können, allein, ganz allein die Qual
auszukosten, und solche Stimmungen überfallen mich jetzt
immer häufiger. In meinen Erinnerungen liegt etwas mir Un-
erklärliches, das mich unwiderstehlich gefangen nimmt, und
zwar in einem solchen Maße, daß ich oft stundenlang für alles
mich Umgebende vollständig unempfindlich bin und die Gegenwart, alles Gegenwärtige, vergesse. Ja, es gibt in meinem
jetzigen Leben keinen Eindruck, gleichviel welcher Art, der
mich nicht an etwas Ähnliches aus meinem früheren Leben
erinnerte, am häufigsten an meine Kindheit, meine goldene
Kindheit! Doch nach solchen Augenblicken wird mir immer
unsäglich schwer zumute. Ich fühle mich ganz entkräftet,
meine Schwärmerei erschöpft mich und meine Gesundheit
wird sowieso schon immer schwächer.

Doch dieser frische, helle, glänzende Herbstmorgen, wie
wir ihn jetzt selten haben, hat mich heute neu belebt und mit
Freude erfüllt. So haben wir schon Herbst! O, wie liebte ich
den Herbst auf dem Lande! Ich war ja damals noch ein Kind,
aber doch fühlte und empfand ich schon alles in gesteigertem
Maße. Den Abend liebte ich im Herbst eigentlich mehr als
den Morgen. Ich erinnere mich noch – nur ein paar Schritte weit von unserem Hause, am Berge, lag der See. Dieser
See – es ist mir, als sehe ich ihn jetzt wirklich vor mir – so hell
und rein, wie Kristall! War der Abend ruhig, dann spiegelte
sich alles im See. Kein Blatt rührte sich in den Bäumen am
Ufer, der See lag blank und regungslos wie ein großer Spiegel. Frisch und kühl! Im Grase blinkt der Tau. In einer Hütte
fern am Ufer brennt schon das Herdfeuer, die Herden werden heimgetrieben – da schleiche ich denn heimlich aus dem

Hause zum See und schaue und schaue und vergesse ganz, daß ich bin. Ein Bündel Reisig brennt bei den Fischern dicht am Ufer und der Feuerschein fließt in einem langen Streifen auf dem Wasserspiegel zu mir hin. Der Himmel ist blaßblau und kalt und im Westen über dem Horizont ziehen sich rote feurige Streifen, die nach und nach bleicher werden und schließlich ganz blaß vergehen. Der Mond geht auf. Die Luft ist so klar, so regungslos still – bald fliegt ein Vogel auf oder rauscht das Schilf leise unter einem Windhauch – alles, selbst das leiseste Geräusch ist deutlich zu hören. Über dem blauen Wasser erhebt sich langsam weißer Nebel, so leicht und durchsichtig. In der Ferne dunkelt es, es ist, als versinke dort alles im Nebel, in der Nähe aber ist alles so scharf umrissen – das Boot, das Ufer, die Insel – eine alte Tonne, die im Schilf vergessen ist, schaukelt kaum merklich auf dem Wasser, ein Weidenzweig mit vertrockneten Blättern liegt nicht weit von ihr im Schilf. Eine verspätete Möwe fliegt auf, taucht ins Wasser, fliegt wieder auf und verschwindet im Nebel, – und ich schaute und horchte, – wundervoll, so wundervoll war mir zumut! Und doch war ich noch ein Kind … !

Ich liebte den Herbst, namentlich den Spätherbst, wenn das Korn schon eingeerntet ist, die Feldarbeiten beendet sind, man des Abends in den Hütten zusammenkommt und alle sich auf den Winter vorbereiten. Dann werden die Tage dunkler, der Himmel bewölkt sich, die Wälder werden gelb, das Laub fällt von den Bäumen und die Bäume stehen kahl und schwarz, – namentlich abends, wenn sich noch feuchter Nebel erhebt, dann erscheinen sie wie dunkle, unförmige Riesen, wie schreckliche Gespenster. Und wenn man sich auf dem Spaziergang etwas verspätet und hinter den anderen zurückbleibt – wie eilt man ihnen dann nach, und wie groß wird die Bangigkeit! Man zittert wie ein Espenblatt, auf einmal – hinter jenem Baumstamm – hat sich dort nicht etwas Schreckliches versteckt, das gleich hervorlugen wird? Und da fährt der Wind durch den Wald und es braust und rauscht und dazwischen scheinen Stimmen zu heulen und zu klagen, und Blätter fliegen durch die Luft und wirbeln im Winde, und plötzlich zieht rauschend mit gellem Geschrei eine ganze Wolke Zugvögel vorüber. Die Angst wächst ins Riesenhafte, und da ist es – als hörte man jemand, eine fremde Stimme raunen: »Laufe, laufe, Kind, verspäte dich nicht, hier wird alles gleich voll Grauen sein, laufe, Kind!« – und Entsetzen erfaßt das Herz und man läuft und läuft, bis man außer Atem zu Hause anlangt. Im Hause aber ist Leben und Fröhlichkeit: uns Kindern wird eine Arbeit gegeben, Erbsen auszuhülsen oder Mohnkörnchen aus den Kapseln zu schütteln. Im Ofen prasselt das Feuer, Mama beaufsichtigt lächelnd unsere fröhliche Arbeit und die alte Kinderfrau Uljana erzählt uns schreckliche Märchen von Zauberern und Räubern. Und wir Kinder rücken ängstlich einander näher, aber das Lächeln will doch nicht von den Lippen weichen. Und plötzlich ist alles still… Hu! da, ein Surren und Klopfen – pocht jemand an der Tür? – Nein, es ist nur das Spinnrad der alten Frolowna! Und wie wir lachen! Dann aber kommt die Nacht, und man kann vor Angst nicht schlafen, Schreckbilder und Träume verscheuchen die Müdigkeit. Und wacht man auf, so wagt man nicht sich zu rühren und liegt zitternd bis zum Morgengrauen unter der Decke. Wenn aber dann die Sonne in das Zimmer scheint, steht man doch wieder frisch und munter auf und schaut neugierig durch das Fenster: auf dem Stoppelfelde liegt silbriger Herbstreif und alle Bäume und Büsche sind bereift. Wie eine dünne Glasscheibe hat sich Eis auf dem See gebildet, und die Vögel zwitschern lustig. Und Sonne, überall Sonne, wie Glas bricht das dünne Eis unter den warmen Strahlen. So hell ist es, so klar, so… so wonnig!

Im Ofen prasselt wieder das Feuer, wir setzen uns an den Tisch, auf dem schon der Samowar summt, und durch das Fenster sieht unser schwarzer Hofhund Polkan und wedelt schmeichelnd mit dem Schwanz. Ein Bäuerlein fährt am Hause vorüber, in den Wald, nach Holz. Alle sind so zufrieden, so frohgemut!… In den Scheunen sind ganze Berge von Korn aufgehäuft, in der Sonne glänzt goldgelb die Strohdeckung der großen, großen Heuschober – es ist eine wahre Lust, das alles anzusehen! Und alle sind ruhig, alle sind froh: alle fühlen den Segen Gottes, der ihnen in der Ernte zuteil wurde, alle wissen, daß sie im Winter nicht darben werden, und der Bauer weiß, daß er seinen Kindern Brot zu geben hat und sie satt sein werden. Deshalb hört man abends die Lieder der Mädchen, die fröhlich ihren Reigen tanzen, deshalb sieht man sie alle am Feiertage ihr Dankgebet im Gotteshause sprechen… Ach wie wundervoll, wie wundervoll war meine Kindheit!…

Da habe ich jetzt wie ein Kind geweint. Daran sind natürlich nur diese Erinnerungen schuld. Ich habe so lebhaft, so deutlich alles vor mir gesehen, die ganze Vergangenheit lebte auf, und die Gegenwart erscheint mir jetzt doppelt trüb und dunkel!… Wie wird das enden, was wird aus uns werden? Wissen Sie, ich habe das seltsame Vorgefühl oder sogar die Überzeugung, daß ich in diesem Herbst sterben werde. Ich fühle mich sehr, sehr krank. Ich denke oft an meinen Tod, aber eigentlich möchte ich doch nicht so sterben – würde nicht in dieser Erde ruhen wollen… Vielleicht werde ich wieder krank, wie im Frühling, denn ich habe mich von jener Krankheit noch nicht erholt.

Fedora ist heute für den ganzen Tag ausgegangen und ich bin allein. Seit einiger Zeit fürchte ich mich, wenn ich allein bin: es scheint mir dann immer, daß noch jemand mit mir im Zimmer ist, daß jemand zu mir spricht, und zwar besonders dann, wenn ich aus meinen Träumereien, die mich mit ihren Erinnerungen ganz gefangen nehmen und die Wirklichkeit vergessen lassen, plötzlich erwache und mich umsehe. Es ist mir dann, als habe sich etwas Unheimliches im

Zimmer versteckt. Sehen Sie, deshalb habe ich Ihnen auch einen so langen Brief geschrieben: wenn ich schreibe, vergeht es wieder – Leben Sie wohl. Ich schließe meinen Brief, ich habe weder Papier noch Zeit, um weiterzuschreiben. Von dem Gelde für meine verkauften Kleider und den Hut habe ich nur noch einen Rubel. Sie haben Ihrer Wirtin zwei Rubel gegeben, das ist gut: jetzt wird sie hoffentlich eine Weile schweigen. – Versuchen Sie doch, Ihre Kleider irgendwie ein wenig auszubessern. Leben Sie wohl, ich bin so müde. Ich begreife nicht, wovon ich so schwach geworden bin. Die geringste Beschäftigung ermüdet mich. Wenn Fedora mir eine Arbeit verschafft – wie soll ich dann arbeiten? Das ist es, was mir den Mut raubt.

W. D.

5. September.

Mein Täubchen Warinka!

Heute, mein Engelchen, habe ich viele Eindrücke empfangen. Mein Kopf tat mir den ganzen Tag über weh. Um die Kopfschmerzen zu vertreiben, ging ich schließlich hinaus: ich wollte längs der Fontanka wenigstens etwas frische Luft schöpfen. Der Abend war düster und feucht. Jetzt dunkelt es doch schon um sechs! Es regnete nicht, aber es war neblig, was noch unangenehmer zu sein pflegt, als ein richtiger Regen. Am Himmel zogen die Wolken in langen, breiten Streifen dahin. Viel Volk ging auf dem Kai. Es waren lauter schreckliche Gesichter, die ich sah, Gesichter, wie sie einen geradezu schwermütig machen können, betrunkene Kerle, stumpfnäsige finnländische Weiber in Männerstiefeln und mit strähnigem Haar, Handwerker und Kutscher, Herumtreiber jeden Alters, Bengel: irgendein Schlosserlehrling in einem gestreiften Arbeitskittel, so ein ausgemergelter, blutarmer Junge mit schwarzem, rußglänzendem Gesicht, ein Schloß in der Hand, oder irgendein ausgedienter Soldat von Riesengröße, der Federmesserchen und billige unechte Ringe feilbietet – das war das Publikum. Es muß wohl gerade die Stunde gewesen sein, in der sich ein anderes dort gar nicht zeigt!

Die Fontanka ist ein breiter und tiefer Kanal, sogar Schiffe können ihn passieren. Frachtkähne lagen da, in einer solchen Menge, daß man gar nicht begriff, wie ihrer nur so viele Platz hatten – denn die Fontanka ist doch immerhin nur ein Kanal und kein Fluß. Auf den Brücken saßen Hökerweiber mit nassen Pfefferkuchen und verfaulten Äpfeln, so schmutzige, garstige Weiber! Es ist nichts, an der Fontanka spazieren zu gehen! Der feuchte Granit, die hohen, dunklen Häuser: unten die Füße im Nebel, über dem Kopf gleichfalls Nebel... So ein trauriger, so ein dunkler, lichtloser Abend war es heute.

Als ich in die nächste Straße, in die Gorochowaja, einbog, war es schon ganz dunkel geworden. Man zündete gerade das Gas an. Ich war lange nicht mehr auf der Gorochowaja gewesen – es hatte sich nicht so gemacht. Eine belebte, großartige Straße! Was für Läden, was für Schaufenster! – alles glänzt nur so und leuchtet... Stoffe und Seidenzeuge und Blumen unter Glas... und was für Hüte mit Bändern und Schleifen! Man denkt, das sei alles nur so zur Verschönerung der Straße ausgestellt, aber nein: es gibt doch Menschen, die diese Sachen kaufen und ihren Frauen schenken! Ja, eine reiche Straße! Viele deutsche Bäcker haben dort ihre Läden – das müssen auch wohlhabende Leute sein. Und wieviel Equipagen fahren alle Augenblicke vorüber – wie das Pflaster das nur aushält! Und alles so feine Kutschen, die Fenster wie Spiegel, inwendig alles nur Samt und Seide, und die Kutscher und Diener so stolz, mit Tressen und Schnüren und Degen an der Seite! Ich blickte in alle Wagen hinein und sah dort immer

Damen sitzen, alle so geputzt und großartig. Vielleicht waren es lauter Fürstinnen und Gräfinnen? Es war wohl gerade die Zeit, in der sie auf Bälle fahren, zu Diners oder Soupers. Es muß doch sehr eigen sein, eine Fürstin oder überhaupt eine vornehme Dame einmal in der Nähe zu sehen. Ja, das muß sehr schön sein. Ich habe noch niemals eine in der Nähe gesehen: höchstens so in einer Kutsche und im Vorüberfahren. Da mußte ich denn heute immer an Sie denken. – Ach, mein Täubchen, meine Gute! Während ich jetzt wieder an Sie denke, da will mir mein Herz brechen! Warum müssen Sie denn so unglücklich sein, Warinka? Mein Engelchen! Sind Sie denn schlechter, als jene? Sie sind gut, sind schön, sind gebildet, weshalb ist Ihnen da ein solches Los beschieden? Warum ist es so eingerichtet, daß ein guter Mensch in Armut und Elend leben muß, während einem anderen sich das Glück von selbst aufdrängt? Ich weiß, ich weiß, mein Kind, es ist nicht gut, so zu denken: das ist Freidenkerei! Aber offen und aufrichtig, wenn man so über die Gerechtigkeit der Dinge nachdenkt – weshalb, ja, weshalb wird nur dem einen Menschen schon im Mutterschoß das Glück fürs ganze Leben bereitet, während der andere aus dem Findelhaus in die Welt Gottes hinaustritt? Und es ist doch wirklich so, daß das Glück öfter einem Närrchen Iwanuschka zufällt.

»Du Närrchen Iwanuschka, wühle nach Herzenslust in den Goldsäcken deiner Väter, iß, trink, freue dich! Du aber, der und der, leck dir bloß die Lippen, mehr hast du nicht verdient, da siehst du, was du für einer bist!«

Es ist sündhaft, mein Kind, ich weiß, es ist sündhaft, so zu denken, aber wenn man nachdenkt, dann drängt sich einem nun einmal ganz unwillkürlich die Sünde in die Gedanken. Ja, dann könnten auch wir in so einer Kutsche fahren, mein Engelchen, mein Sternchen! Hohe Generäle und Staatsbeamte würden nach einem Blick des Wohlwollens von Ihnen haschen – und nicht unsereiner. Sie würden dann nicht in einem alten Kattunkleidchen umhergehen, sondern in Seide und mit funkelnden Edelsteinen geschmückt. Sie würden auch nicht so mager und kränklich sein, wie jetzt, sondern wie ein Zuckerpüppchen, frisch und rosig und gesund aussehen. Ich aber würde schon glücklich sein, wenn ich wenigstens von der Straße zu Ihren hellerleuchteten Fenstern hinaufschauen und vielleicht einmal Ihren Schatten erblicken könnte. Allein schon der Gedanke, daß Sie dort glücklich und fröhlich sind, mein Vögelchen, Sie, mein reizendes Vögelchen, würde mich gleichfalls fröhlich und glücklich machen. Aber jetzt! ... Nicht genug, daß böse Menschen Sie ins Unglück gebracht haben, nun muß auch noch ein Wüstling Sie beleidigen! Doch bloß weil sein Rock elegant ist und er Sie durch eine goldgefaßte Lorgnette betrachten kann, der Schamlose, bloß deshalb ist ihm alles erlaubt, bloß deshalb muß man seine schamlosen Reden noch untertänig anhören! Ist denn darin aber Gerechtigkeit? Und weshalb darf man das? Weil Sie eine Waise sind, Warinka, weil Sie schutzlos sind, weil Sie keinen starken Freund haben, der für Sie eintreten und Ihnen Schutz und Schirm gewähren könnte!

Doch was ist das für ein Mensch, was sind das für Menschen, denen es nichts ausmacht, eine schutzlose Waise zu beleidigen? – Das sind eben nicht Menschen, das ist Gesindel, einfach Gesindel, ein irgendetwas, das bloß als Summe zählt, als Begriff, ein trübes Etwas, das es in Wirklichkeit und als Einzelwesen überhaupt nicht gibt – davon bin ich überzeugt. Sehen Sie, das sind sie, diese Leute! Und meiner Ansicht nach, meine Liebe, verdient jener Leiermann, dem ich heute auf der Gorochowaja begegnet bin, viel eher die Achtung der Menschen, als diese. Er schleppt sich zwar nur kläglich umher und sammelt die wenigen Kopeken, um seinen Unterhalt zu bestreiten, dafür aber ist er sein eigener Herr und ernährt sich selbst. Er will nicht umsonst um Almosen bitten, er dreht zur Freude der Menschen seine Orgel, dreht und dreht wie eine aufgezogene Maschine – also mit anderen Worten: womit er eben kann, damit bringt er Nutzen, auch er! Er ist arm, ist bettelarm, das ist wahr, und er bleibt arm, dafür ist er ein ehrenwerter Armer: er ist müde und hinfällig, und es ist kalt draußen, aber er müht sich doch, und wenn seine Mühe auch nicht von der Art ist, wie die der anderen, er müht sich trotzdem. Und von der Art gibt es viele ehrliche Menschen, mein Kind, solche, die im Verhältnis zu ihrer Arbeitsleistung nur wenig verdienen, doch dafür sich vor niemandem zu beugen brauchen, die keinen untertänig grüßen müssen und niemand um Gnadenbrot bitten. Und so einer, wie dieser Leiermann, bin auch ich, das heißt, ich bin natürlich etwas ganz anderes. Aber im übertragenen Sinne, und zwar in einem ehrenwerten Sinne, bin ich ganz so wie er, denn auch ich leiste das, was in meinen Kräften steht. Viel ist es ja nicht, aber doch immer mehr als gar nichts.

Ich bin nur deshalb auf diesen Leiermann zu sprechen gekommen, mein Kind, weil ich durch die Begegnung mit ihm heute meine Armut doppelt empfand. Ich war nämlich stehen geblieben, um dem Leiermann zuzusehen. Es waren mir gerade so besondere Gedanken durch den Kopf gegangen – da blieb ich denn stehen und sah ihm zu, um mich von diesen Gedanken abzulenken. Und so stand ich denn da, auch einige Kutscher standen da, auch ein erwachsenes Mädchen blieb stehen, und noch ein anderes, ein ganz kleines Mädchen, das schrecklich schmutzig war. Der Leiermann hatte sich dort vor jemandes Fenster aufgestellt. Da bemerkte ich einen kleinen Knaben, so von etwa zehn Jahren: es wäre ein netter Junge gewesen, wenn er nicht so kränklich, so mager und verhungert ausgesehen hätte. Er hatte nur so etwas wie ein Hemdchen an, und ein dünnes Höschen. So stand er, barfuß wie er war, und hörte mit offenem Mäulchen der Musik zu – Kinder sind eben Kinder! – Augenscheinlich vergaß er sich ganz in kindlichem Entzücken über die Puppen, die auf dem Leierkasten tanzten, seine Händchen und Füßchen aber waren schon blau vor Kälte und dabei zitterte er am ganzen Körper und kaute an einem Ärmelzipfelchen, das er zwischen den Zähnen hielt – in der anderen Hand hatte er ein Papier. Ein Herr ging vorüber und warf dem Leiermann eine kleine Münze zu, die gerade auf das Brett fiel, auf dem die Puppen tanzten. Kaum hörte mein Jungchen die Münze klappern, da fuhr er plötzlich aus seiner Versonnenheit auf, sah sich schüchtern um und glaubte wohl, daß ich das Geld geworfen habe. Und er kam zu mir gelaufen, das ganze Kerlchen zitterte, das Stimmchen zitterte, und er streckte mir das Papier entgegen und sagte: »Bitte, Herr!«

Ich nahm das Papier, entfaltete es und las – nun, man kennt das ja schon: Wohltäter… und so weiter, drei Kinder hungern, die Mutter liegt im Sterben, habt Erbarmen mit uns! »Wenn ich vor dem Throne Gottes stehen werde, will ich in meiner Fürbitte diejenigen nicht vergessen, die hienieden meinen armen Kindern geholfen haben.«

Was soll man da viel reden, die Sache ist doch klar und oft genug erlebt. Was aber – ja, was sollte ich ihm wohl geben? Nun, so gab ich ihm denn nichts. Dabei tat er mir so leid! So ein armer kleiner Knabe, ganz blau war er vor Kälte, und so hungrig sah er aus, und er log doch nicht, bei Gott, er log nicht! – ich weiß, wie das ist! Schlecht ist nur, daß diese Mütter ihre Kinder nicht schonen und sie halbnackt und bei dieser Kälte hinausschicken. Dessen Mutter ist vielleicht so ein dummes Weib, das nicht weiß, was zu tun seine Pflicht wäre, vielleicht kümmert sich niemand um sie und da sitzt sie denn müßig zu Hause und tut nichts! Vielleicht ist sie aber auch wirklich krank? Nun ja, immerhin könnte sie sich dann an einen Wohltätigkeitsverein wenden, oder sich bei der Polizei melden, wie es sich gehört. Aber vielleicht ist sie einfach eine Betrügerin, die ein hungriges, krankes Kind auf die Straße hinausschickt, um die Leute zu beschwindeln, bis das Kindchen schließlich an irgendeiner Krankheit stirbt? Und was lernt denn der Knabe bei diesem Betteln? Sein Herz wird hart und grausam. Er geht vom Morgen bis zum Abend umher und bettelt. Viele Menschen gehen an ihm vorüber, doch niemand hat Zeit für ihn. Ihre Herzen sind hart, ihre Worte grausam.

»Fort! Pack dich! Straßenjunge!« – das ist alles, was er an Worten zu hören bekommt, und das Herz des Kindes krampft sich zusammen, und vergeblich zittert der arme, verschüchterte Knabe in der Kälte. Seine Hände und Füße erstarren. Wie lange noch, und da – er hustet ja schon – kriecht ihm die Krankheit wie ein schmutziger, scheußlicher Wurm in die Brust, und ehe man sich dessen versieht, beugt sich schon der Tod über ihn, und der Knabe liegt sterbenskrank in irgendeinem feuchten, schmutzigen, stinkenden Winkel, ohne Pflege, ohne Hilfe – das aber ist dann sein ganzes Leben gewesen! Ja, so ist es oft – ein Menschenleben! Ach, Warinka, es ist qualvoll, ein »um Christi willen« zu hören und vorübergehen zu müssen, ohne etwas geben zu können, und dem Hungrigen sagen zu müssen: »Gott wird dir geben.«

Gewiß, manch ein »um Christi willen« braucht einen nicht zu berühren. (Es gibt ja doch verschiedene »um Christi willen«, mein Kind.) Manch eines ist gewohnheitsmäßig bettlerhaft, so ein Ton, langgezogen, eingeleiert, gleichgültig. An einem solchen Bettler ohne Gabe vorüberzugehen, ist noch nicht so schlimm, man denkt: der ist Bettler von Beruf, der wird es verwinden, der weiß schon, wie man es verwindet. Aber manch ein »um Christi willen«, das von einer ungeübten, gequälten, heiseren Stimme hervorgestoßen wird, das geht einem wie etwas Unheimliches durch Mark und Bein, – so wie heute, gerade als ich von dem kleinen Jungen das Papier genommen hatte, da sagte einer, der dort am Zaun stand – er wandte sich nicht an jeden –: »Ein Almosen, Herr, um Christi willen!« – sagte es mit einer so stockenden, hohlen Stimme, daß ich unwillkürlich zusammenfuhr... unter dem Eindruck einer schrecklichen Empfindung. Ich gab ihm aber kein Almosen: denn ich hatte nichts. Und dabei gibt es reiche Leute, die es nicht lieben, daß die Armen über ihr schweres Los klagen – sie seien »ein öffentliches Ärgernis«, sagen sie, »sie seien lästig«! nichts als »lästig«: – Das Gestöhn der Hungrigen läßt diese Satten wohl nicht schlafen?!

Ich will Ihnen gestehen, meine Liebe, ich habe alles dies zum Teil deshalb zu schreiben angefangen, um mein Herz zu erleichtern, zum Teil aber auch deshalb, und zwar zum größten Teil, um Ihnen eine Probe meines guten Stils zu geben. Denn Sie werden es doch sicher schon bemerkt haben, mein Kind, daß mein Stil sich in letzter Zeit bedeutend gebessert hat? Doch jetzt habe ich mich, anstatt mein Herz zu erleichtern, nur in einen solchen Kummer hineingeredet, daß ich ordentlich anfange, selbst von Herzensgrund mit meinen Gedanken Mitgefühl zu empfinden, obschon ich sehr wohl weiß, mein Kind, daß man mit diesem Mitgefühl nichts erreicht... aber man läßt sich damit wenigstens in einer gewissen Weise Gerechtigkeit widerfahren!

Ja, in der Tat, meine Liebe, oft erniedrigt man sich selbst ganz grundlos, hält sich nicht einmal für eine Kopeke wert, schätzt sich für weniger als ein Holzspähnchen ein. Das aber kommt, bildlich gesprochen, vielleicht nur daher, daß man selbst verschüchtert und verängstigt ist, ganz so wie jener kleine Junge, der mich heute um ein Almosen bat.

Jetzt werde ich, mein Kind, einmal bildlich zu Ihnen reden, in einem Gleichnis, sozusagen. Also hören Sie mich an.

Es kommt vor, meine Liebe, daß ich, wenn ich früh am Morgen auf dem Wege zum Dienst bin, mich ganz vergesse beim Anblick der Stadt, wie sie da erwacht und mählich aufsteht, langsam zu rauchen, zu wogen, zu brodeln, zu rasseln und zu lärmen beginnt: so daß man sich vor diesem Schauspiel schließlich ganz klein und gering vorkommt, als hätte man auf seine neugierige Nase von irgend jemand einen Nasenstüber bekommen – und da schleppt man sich denn ganz klein und still weiter, und wagt überhaupt nicht mehr, etwas zu denken! Aber nun betrachten Sie mal, was in diesen schwarzen, verräucherten großen Häusern vorgeht, versuchen Sie, sich das einmal vorzustellen, und dann urteilen Sie selbst, ob es richtig war, sich so ohne Sinn und Verstand so gering einzuschätzen und sich so unwürdigerweise einschüchtern zu lassen. – Vergessen Sie nicht, Warinka, daß ich bloß bildlich spreche, nur so im Gleichnis.

Nun, lassen Sie uns also mal nachsehen, was denn dort in diesen Häusern vorgeht.

Dort in dem muffigen Winkel eines feuchten Kellerraumes, den nur die Not zu einer Menschenwohnung machen konnte, ist gerade irgendein Handwerker aufgewacht. Im Schlaf hat ihm, sagen wir, die ganze Zeit über nur von einem Paar Stiefel geträumt, das er gestern versehentlich falsch zugeschnitten – ganz als müsse einem Menschen gerade nur von solchen Nichtigkeiten träumen! Nun, – er ist ja Handwerker, ist ein Schuster: bei ihm ist es also noch erklärlich. Er hat kleine Kinder und eine hungrige Frau. Übrigens, nicht Schuster allein stehen mitunter so auf, meine Liebe. Das wäre ja noch nichts und es verlohnte sich auch nicht, sich darüber zu verbreiten, doch nun sehen Sie, mein Kind, was hierbei bemerkenswert ist. In demselben Hause, nur in einem anderen, höher gelegenen Stockwerk, und in einem allerprunkvollsten Schlafgemach hat in derselben Nacht einem vornehmen Herrn vielleicht von ganz denselben Stiefeln geträumt, das heißt, versteht sich, von Stiefeln etwas anderer Art, von einer anderen Fasson, sagen wir, aber doch immerhin Stiefeln... denn in dem Sinne meines Gleichnisses sind wir schließlich alle ein wenig und irgendwie Schuster. Aber auch das hätte wohl noch nichts auf sich, das Schlimme jedoch ist, daß es keinen Menschen neben jenem Reichen gibt, keinen einzigen, der ihm ins Ohr flüstern könnte: »Laß das doch, denk nicht daran, denk nicht nur an dich allein, du bist doch kein armer Schuster, deine Kinder sind gesund, deine Frau klagt nicht über Hunger, so sieh dich doch um, ob du denn nicht etwas anderes, etwas Edleres und Höheres für deine Sorgen findest, als deine Stiefel!«

Sehen Sie, das ist es, was ich Ihnen durch ein Gleichnis klar machen wollte, Warinka. Es ist das vielleicht ein zu freier Gedanke, aber er kommt einem mitunter, und dann drängt er sich unwillkürlich in einem heißen Wort aus dem Herzen hervor. Und deshalb sage ich denn auch, daß man sich ganz grundlos so gering eingeschätzt, da einen doch nur das Geräusch und Gerassel erschreckt hat! Ich schließe damit, daß Sie, mein Kind, nicht denken sollen, daß es eine böswillige Verdrehung sei, was ich Ihnen hier erzähle, oder daß ich Grillen fange, oder daß ich es aus einem Buch abgeschrieben habe. Nein, mein Kind, das ist es nicht, beruhigen Sie sich: ich verstehe gar nicht, etwas zu verdrehen und schlecht zu machen, auch Grillen fange ich nicht, und abgeschrieben habe ich das erst recht nicht – damit Sie's wissen!

Ich kam recht traurig gestimmt nach Haus, setzte mich an meinen Tisch, machte mir etwas heißes Wasser und schickte mich dann an, ein Gläschen Tee zu trinken. Plötzlich, was sehe ich: Gorschkoff tritt zu mir ins Zimmer, unser armer Wohngenosse. Es war mir eigentlich schon am Morgen aufgefallen, daß er im Korridor immer an den anderen Zimmertüren vorüberstrich und einmal sich scheinbar an mich wenden wollte. Nebenbei bemerkt, mein Kind, ist seine Lage noch viel, viel schlechter, als meine. Gar keinen Vergleich kann man machen! Er hat doch eine Frau und Kinder zu ernähren ... so daß ich, wenn ich Gorschkoff wäre, – ja, ich weiß nicht, was ich an seiner Stelle tun würde! Also, mein Gorschkoff kommt zu mir herein, grüßt – hat wie gewöhnlich ein Tränchen im Auge –, macht so etwas wie einen

Kratzfuß, kann aber kein Wort hervorbringen. Ich bot ihm einen Stuhl an, allerdings einen zerbrochenen, denn einen anderen habe ich nicht. Ich bot ihm ferner Tee an. Er entschuldigte sich, entschuldigte sich sehr lange, endlich nahm er doch das Glas. Dann wollte er es unbedingt ohne Zucker trinken, er entschuldigte sich wieder und wieder, als ich ihm versicherte, daß er im Gegenteil unbedingt Zucker dazu nehmen müsse – lange weigerte er sich so, dankte, entschuldigte sich von neuem – schließlich legte er das kleinste Stückchen in sein Glas und versicherte, der Tee sei ungewöhnlich süß. Ja, Warinka, da sehen Sie, wohin die Armut den Menschen zu bringen vermag!

»Nun, was gibt es Gutes, Väterchen?«, fragte ich ihn.

Ja, so und so, und so weiter, – »seien Sie mein Wohltäter, Makar Alexejewitsch, stehen Sie mir bei, helfen Sie einer armen Familie! Meine Kinder und meine Frau – wir haben nichts zu essen… ich aber, als Vater – was stellen Sie sich vor, was ich dabei empfinde…«

Ich wollte ihm etwas entgegnen, er aber unterbrach mich: »Ich fürchte hier alle, Makar Alexejewitsch, das heißt, nicht gerade, daß ich sie fürchte, aber so, wissen Sie, man schämt sich, sie sind alle so stolz und hochmütig. Ich würde Sie, Väterchen, gewiß nicht belästigen«, sagte er, »ich weiß, Sie haben selbst Unannehmlichkeiten gehabt, ich weiß auch, daß Sie mir nicht viel geben können, aber vielleicht werden Sie mir doch wenigstens etwas – leihen? Ich wage es nur deshalb, Sie zu bitten, weil ich Ihr gutes Herz kenne, weil ich weiß, daß Sie selbst Not gelitten haben, daß Sie selbst arm sind – da wird Ihr Herz eher mitfühlen.« Und zum Schluß bat er mich noch ausdrücklich, ihm seine »Dreistigkeit und Unverschämtheit« zu verzeihen.

Ich antwortete ihm, daß ich ihm von Herzen gern helfen würde, daß ich aber selbst nichts hätte, oder doch so gut wie nichts.

»Väterchen, Makar Alexejewitsch«, sagte er, »ich will Sie ja nicht um viel bitten«, – dabei errötete er bis über die Stirn – »aber meine Frau... meine Kinder hungern... vielleicht nur zehn Kopeken, Makar Alexejewitsch!«

Was soll ich sagen, Warinka? Mein Herz blutete, als ich seine Bitte um »nur zehn Kopeken« hörte. Da war ich doch noch reich im Vergleich zu ihm! In Wirklichkeit besaß ich allerdings nur zwanzig Kopeken, mit denen ich für die nächsten Tage rechnete, um mich noch irgendwie bis zum Zahltage durchzuschlagen. Und so sagte ich ihm denn auch, ich könne wirklich nicht... und ich erklärte ihm die Sache.

»Nur... nur zehn Kopeken, Väterchen, wir hungern doch, Makar Alexejewitsch...«

Da nahm ich denn mein Geld aus dem Kästchen und gab ihm meine letzten zwanzig Kopeken, mein Kind, – es war immerhin ein gutes Werk. Ja, die Armut, wer die kennt! Es kam noch zu einer kleinen Unterhaltung zwischen uns, und da fragte ich ihn denn so bei Gelegenheit, wie er eigentlich in solche Armut geraten und wie es komme, daß er dabei doch noch in einem Zimmer wohne, für das er im Monat ganze fünf Silberrubel zahlen müsse.

Darauf erklärte er mir denn die Sachlage. Er habe das Zimmer vor einem halben Jahr gemietet und die Miete für drei Monate im voraus bezahlt. Dann aber hätten sich seine Verhältnisse so verschlimmert, daß er die weitere Miete schuldig bleiben mußte und auch nicht die Mittel zu einem Umzuge hatte. Inzwischen erwartete er vergeblich das Ende seines Rechtsstreites. Das aber ist so eine verzwickte Sache, Warinka. Er ist nämlich, müssen Sie wissen, in einer gewissen Angelegenheit mit angeklagt, und zwar handelt es sich da um die Schurkereien eines gewissen Kaufmanns, der bei Lieferungen an die Krone irgendwie betrogen hat. Der Betrug wurde aufgedeckt und der Kaufmann in Haft genommen, worauf dieser letztere nun aber auch ihn, den Gorschkoff, in diese Angelegenheit hineinzog. Zwar kann man den Gorsch-koff nur einer gewissen Fahrlässigkeit beschuldigen und ihm höchstens den Vorwurf machen, daß er nicht umsichtig genug gewesen sei und den Vorteil der Krone außer Acht gelassen habe. Trotzdem zieht sich die Sache schon ein paar Jahre so hin: es herrscht immer noch nicht volle Klarheit in der Angelegenheit, so daß auch Gorschkoff nicht freigesprochen werden kann, – »der Ehrlosigkeit aber, die man mir vorwirft«, sagt Gorschkoff, »des Betruges und der Hehlerei bin ich nicht schuldig, nicht im geringsten!« Das ändert jedoch nichts daran, daß er wegen dieser Sache aus dem Dienst entlassen worden ist, obschon man ihm, wie gesagt, ein eigentliches Verschulden nicht hat nachweisen können. Auch hat er eine nicht unbedeutende Geldsumme, die ihm gehört, und die ihm der Kaufmann nun vor Gericht streitig macht, noch immer nicht durch den Prozeß herausbekommen können, was um so trauriger ist, als damit gleichzeitig, wie er sagte, noch seine Rechtfertigung zusammenhängt.

Ich glaube ihm aufs Wort, Warinka, das Gericht aber denkt anders. Es ist, wie gesagt, eine so verzwickte Sache, daß man sie selbst in hundert Jahren nicht entwirren könnte. Kaum hat man sie ein wenig aufgeklärt, da bringt der Kaufmann wieder eine neue Unklarheit hinein und ändert die Lage der Sache abermals. Ich nehme herzlichen Anteil an Gorschkoffs Mißgeschick, meine Liebe, ich kann ihm alles so nachfühlen. Ein Mensch ohne Stellung, niemand will ihn annehmen, da er nun einmal in dem Ruf der Unzuverlässigkeit steht. Was sie erspart hatten, haben sie aufgezehrt. Die Sache kann sich noch lange hinziehen – sie aber müssen doch leben. Und da kam dann noch plötzlich zu so ungelegener Zeit ein Kindchen zur Welt – das verursachte natürlich erst recht Ausgaben. Dann erkrankte der Sohn – wieder Ausgaben. Und der Sohn starb – und das hat neue Ausgaben verlangt. Auch die Frau ist krank und auch er leidet an irgendeiner schleichenden Krankheit. Mit einem Wort, so ein Los ist schwer, sehr schwer! Übrigens, sagte er, die Sache werde sich in einigen Tagen nun doch entscheiden, und zwar sicher günstig für ihn, daran könne man jetzt nicht mehr zweifeln. Ja, er tut mir leid, sehr leid, mein Kind! Ich habe ihn denn auch recht freundlich behandelt. Er ist ja doch ein ganz eingeschüchterter, ängstlich gewordener Mensch, er hat Bedürfnis nach einem aufmunternden Wort, nach etwas Güte und Wohlwollen. Da habe ich ihn denn, wie gesagt, freundlich behandelt.

Nun, leben Sie wohl, mein Kind, Christus sei mit Ihnen, bleiben Sie gesund. Mein Täubchen Sie! Wenn ich an Sie denke, ist es mir, als lege sich Balsam auf meine kranke Seele, und wenn ich mich auch um Sie sorge, so sind mir doch auch diese Sorgen eine Lust.

Ihr aufrichtiger Freund

Makar Djewuschkin.

9. September.

Warwara Alexejewna, Sie mein liebes Kind!

Ich schreibe Ihnen, ganz außer mir, wie ich bin. Durch diesen Vorfall bin ich so aufgeregt, bis zur Fassungslosigkeit aufgeregt! In meinem Kopf dreht sich noch alles im Kreise. Ich fühle es förmlich, wie sich ringsum alles dreht. Ach, meine Gute, meine Liebe, wie soll ich Ihnen das nun erzählen! Das haben wir uns ja nicht mal träumen lassen! Oder doch – ich glaube, ich habe alles vorausgeahnt, alles vorausgeahnt! Mein Herz hat das schon vorher gewußt, hat gefühlt, wie es kam... Und wirklich, ich habe neulich etwas Ähnliches im Traume gesehen!

Nun hören Sie, was geschehen ist! – Ich werde Ihnen alles erzählen, ohne diesmal auf den Stil Sorgfalt zu verwenden, ganz einfach, wie Gott es mir eingibt.

Ich ging heute, wie gewöhnlich, frühmorgens in den Dienst. Komme hin, setze mich, schreibe weiter. Sie müssen nämlich wissen, mein Kind, daß ich gestern gleichfalls geschrieben habe. Nämlich gestern, da kam Timofei Iwanowitsch zu mir und sagte: »Hier ist ein wichtiges Dokument, das schnell abgeschrieben werden muß. Also machen Sie sich sogleich daran – sauber und sorgfältig… Exzellenz müssen es heute noch unterschreiben.« Ich muß vorausschicken, mein Engelchen, daß ich gestern gar nicht so war, wie man eigentlich sein muß – will sagen, daß ich eigentlich überhaupt nichts ansehen wollte. Kummer und Gram bedrückten mich. Im Herzen war es kalt, in der Seele dunkel. Meine Gedanken aber waren alle bei Ihnen, mein Sternchen. Nun, und da machte ich mich denn daran, abzuschreiben… schrieb sauber, gewissenhaft, nur – ich weiß wirklich nicht, wie ich Ihnen das genauer erklären soll, ob mich der leibhaftige Gottseibeiuns selber dazu verleitete oder ob da sonst welche geheimen Kräfte mit im Spiel waren, oder ob es einfach so und nicht anders kommen mußte: – nur ließ ich beim Abschreiben eine ganze Zeile aus! So daß denn Gott weiß was für ein Sinn herauskam, wahrscheinlich überhaupt kein Sinn. Das Papier wurde aber gestern zu spät fertig und erst heute Seiner Exzellenz zur Unterschrift vorgelegt.

Nun und heute morgen – ich komme wie gewöhnlich hin, und nehme meinen Platz neben Jemeljan Iwanowitsch ein. Ich muß Ihnen bemerken, meine Liebe, daß ich mich seit einiger Zeit noch viel mehr schämte und noch mehr zu verstecken suchte, als früher. Ja, in der letzten Zeit hatte ich überhaupt niemanden mehr anzusehen gewagt. Kaum höre ich irgendwo einen Stuhl rücken, da bin ich schon mehr tot als lebendig. Nun, und heute war alles ebenso: ich duckte mich und saß ganz still, wie ein Igel, so daß Jefim Akimowitsch (der spottlustigste Mensch, den es je auf Gottes Erdboden gegeben hat) plötzlich laut zu mir sagte, so daß alle es hörten:

»Na, Makar Alexejewitsch, was sitzen Sie denn da wie solch ein U–u–u?« – und dabei schnitt er eine Grimasse, daß alle, die dort ringsum saßen, sich die Seiten hielten vor Lachen, und natürlich über mich allein lachten, nicht über ihn. Nun, und da ging es denn los! – Ich klappte meine Ohren zu und kniff auch die Augen zu und rührte mich nicht. So tue ich immer, wenn sie anfangen: dann lassen sie einen eher wieder in Ruhe. Plötzlich höre ich erregte Stimmen, hastige Schritte, ein Laufen, Rufen. Ich höre – täuschen mich nicht meine Ohren? Man ruft mich, ruft meinen Namen, ruft Djewuschkin! Mein Herz erzitterte, ich weiß selbst nicht, wie es kam, daß mir der Schreck so in die Glieder fuhr, wie noch nie zuvor in meinem Leben. Ich saß wie angewachsen auf meinem Stuhl, – ich rührte mich nicht, ich war gleichsam gar nicht mehr ich. Aber da rief man schon wieder, immer näher kam es, schon in nächster Nähe: »Djewuschkin! Djewuschkin! Wo ist Djewuschkin!« – Ich schlage die Augen auf: vor mir steht Jewstafij Iwanowitsch – und ich höre noch, wie er sagt:

»Makar Alexejewitsch, zu Seiner Exzellenz, schnell! Sie haben mit Ihrer Abschrift ein schönes Unheil angerichtet!« Das war alles, was er sagte, aber es war auch schon genug gesagt, nicht wahr, mein Kind, es war schon genug? Ich erstarrte, ich starb einfach, ich empfand überhaupt nichts mehr, ich ging – das heißt, meine Füße gingen, ich selbst war weder tot noch lebendig. Ich wurde durch ein Zimmer geführt, durch noch eines und noch ein drittes – ins Kabinett – jedenfalls sah ich dann, daß ich dort stand. Rechenschaft darüber, was ich dabei dachte, vermag ich Ihnen nicht zu geben. Ich sah nur, dort standen Seine Exzellenz und um sie herum alle die anderen. Ich glaube, ich habe nicht einmal eine Verbeugung gemacht: ich vergaß sie! Ich war ja so bestürzt, daß meine Lippen und meine Knie zitterten. Aber es war auch Grund dazu vorhanden, mein Kind! Erstens schämte ich mich, und dann, als ich noch zufällig nach rechts in einen Spiegel sah, hätte ich wohl alle Ursache gehabt, in die Erde zu versinken. Hinzu kam: ich hatte mich doch immer so zu verhalten gesucht, als wäre ich überhaupt nicht vorhanden, so daß es kaum anzunehmen war, daß Seine Exzellenz überhaupt etwas von mir wußten. Vielleicht hatten Exzellenz einmal flüchtig gehört, daß dort im vierten Zimmer ein Beamter Djewuschkin sitzt, aber in nähere Beziehungen waren Exzellenz nie zu ihm getreten.

Zuerst sagten Exzellenz ganz aufgebracht:

»Was haben Sie hier für einen Unsinn geschrieben, Herr! Wo haben Sie Ihre Augen gehabt! Ein so wichtiges Dokument, das dringend abgesandt werden muß! Und da schreiben Sie etwas so Sinnloses zusammen! Was haben Sie sich dabei eigentlich gedacht, –« und zugleich wandten sich seine Exzellenz an Jewstafij Iwanowitsch. Ich hörte nur einzelne Worte wie aus dem Jenseits: »Unachtsamkeit! Nachlässigkeit!... nur Unannehmlichkeiten zu bereiten...«

Ich tat meinen Mund auf, sagte aber nichts. Ich wollte mich entschuldigen, wollte um Verzeihung bitten, ich konnte aber nicht. Fortlaufen – daran war nicht zu denken, nun aber... nun geschah plötzlich noch etwas – geschah so etwas, mein Kind, daß ich auch jetzt noch kaum die Feder halten kann vor Scham! – Mein Knopf nämlich – nun, hol' ihn der Teufel! – mein Knopf, der nur noch an einem Fädchen gebaumelt hatte, fiel plötzlich ab (ich muß ihn irgendwie berührt haben), fiel ab, fiel klingend zu Boden und rollte, rollte – und rollte ausgerechnet zu den Füßen Seiner Exzellenz, fiel und rollte mitten in dieser Grabesstille, die herrschte! Das war also meine ganze Rechtfertigung, meine ganze Entschuldigung, alles was ich Seiner Exzellenz zu sagen hatte! Die Folgen waren auch danach! Seine Exzellenz wurde sogleich auf mein Aussehen und meine Kleider aufmerksam. Ich dachte daran, was ich im Spiegel erblickt hatte – das sagt wohl alles – und plötzlich lief ich meinem Knopf nach und bückte mich, um den Ausreißer wieder einzufangen! Ich hatte eben ganz und gar den Verstand verloren! Ich hockte und haschte nach dem Knopf, der aber rollte und rollte wie ein Kreisel immer in die Runde, ich jedoch tapse umher und kriege und kriege ihn nicht – so daß ich mich also auch noch in bezug auf meine Gewandtheit recht auszeichnete! Da fühlte ich denn, wie mich die letzten Kräfte verließen und alles, alles verloren war! Das ganze Ansehen war hin, der Mensch in mir vernichtet! Obendrein begann es auch noch in meinen beiden Ohren zu summen und dazwischen war es mir, als hörte ich irgendwo hinter der Wand Theresa und Faldoni schimpfen, wie ich sie immer in der Küche schimpfen höre. Endlich hatte ich den Knopf, erhob mich, richtete mich auf – doch anstatt nun die Dummheit einigermaßen gutzumachen und stramm zu stehen, Hände an der Hosennaht – statt dessen drücke ich den Knopf immer wieder an die Stelle, wo er früher angenäht war und wo jetzt nur noch ein paar Fädchen hingen, ganz als müsse das den Knopf dort ankleben, dazu aber lächelte ich noch, ja, bei Gott, ich lächelte noch!

Exzellenz wandten sich zunächst ab, dann sahen sie mich wieder an – ich hörte sie nur noch zu Jewstafij Iwanowitsch sagen:

»Ich bitte Sie … sehen Sie doch, wie er aussieht! … In welchem Zustande! … Was ist das mit ihm?«

Ach, meine Liebe, was war da noch zu wollen! Hatte mich ausgezeichnet, wie man's besser nicht machen kann! Ich höre, Jewstafij Iwanowitsch antwortet ihm:

» … nichts zuschulden kommen lassen, nichts, Exzellenz, hat sich bisher musterhaft aufgeführt … gut angeschrieben … etatsmäßiges Gehalt … «

»Nun, dann helfen Sie ihm irgendwie«, sagte Seine Exzellenz, »geben Sie ihm Vorschuß … «

»Ja, leider hat er schon soviel Vorschuß genommen, schon für soundsoviele Monate. Offenbar sind seine Verhältnisse im Augenblick derart... seine Aufführung ist sonst, wie gesagt, musterhaft, tadellos...«

Ich war, mein Engelchen, ich war wie von einem höllischen Feuer umgeben, das mich bei lebendigem Leibe versengte und verbrannte! Ich – ich gab einfach meinen Geist auf, ja, ich starb und war tot.

»Nun«, sagte plötzlich Seine Exzellenz laut, »das muß also nochmals abgeschrieben werden. Djewuschkin, kommen Sie mal her: also schreiben Sie mir das nochmals fehlerlos ab, und Sie, meine Herren...« hier wandten sich Seine Exzellenz an die übrigen und erteilten verschiedene Aufträge, so daß sie alle einer nach dem anderen fortgingen. Kaum aber war der letzte gegangen, da zogen Exzellenz schnell die Brieftasche hervor und entnahmen ihr einen Hundertrubelschein. –

»Hier... soviel ich kann, nehmen Sie – lassen Sie's gut sein...« und damit drückten sie mir den Schein in die Hand.

Ich, mein Engelchen, ich zuckte zusammen, meine ganze Seele erbebte: ich weiß nicht mehr, wie mir geschah! Ich wollte seine Hand ergreifen, um sie zu küssen, er aber errötete, mein Täubchen, und – ich weiche hier nicht um Haaresbreite von der Wahrheit ab, mein Kind – und er nahm diese meine unwürdige Hand und schüttelte sie, nahm sie ganz einfach und schüttelte sie, ganz als wäre das die Hand eines ihm völlig Gleichstehenden, etwa eines ebensolchen hochgestellten Mannes, wie er selbst einer ist.

»Nun, gehen Sie«, sagte er, »womit ich helfen kann... Schreiben Sie das nochmals ab, aber machen Sie keine Fehler. Und dies hier, das kann man zerreißen...«

Jetzt, mein Kind, hören Sie an, was ich beschlossen habe: Sie und Fedora bitte ich, und wenn ich Kinder hätte, würde ich ihnen befehlen, daß sie zu Gott beten sollten, und zwar so: daß sie für den eigenen leiblichen Vater nicht beten, für Seine Exzellenz aber tagtäglich und bis an ihr Lebensende beten sollten! Und ich will Ihnen noch etwas sagen, und das sage ich feierlichst – also passen Sie auf, mein Kind: ich schwöre es, daß ich – so groß auch meine Not war und wie sehr ich auch unter unserem Geldmangel gelitten habe, zumal, wenn ich an Ihre Not und Ihr Ungemach dachte und desgleichen an meine Erniedrigung und Unfähigkeit – also ungeachtet alles dessen schwöre ich Ihnen, daß diese hundert Rubel mir nicht soviel wert sind, wie diese eine Tatsache, daß Seine Exzellenz selbst und leibhaftig mir, dem Trunkenbold, dem Geringsten unter den Geringen, die Hand, diese meine unwürdige Hand zu drücken geruhten! Damit haben sie mich mir selbst zurückgegeben. Damit haben sie meinen Geist von den Toten auferweckt, mir das Leben für ewig versüßt, und ich bin fest überzeugt, daß – so sündig ich auch vor dem Allerhöchsten sein mag – mein Gebet für das Glück und Wohlergehen Seiner Exzellenz doch bis zum Throne Gottes dringen und von ihm erhört werden wird! –

Mein Liebes, mein Kind! Ich bin jetzt in einer Gemütserregung, wie ich sie noch nie erlebt habe. Mein Herz klopft zum Zerspringen und ich fühle mich so erschöpft, als wäre mir alle Kraft abhanden gekommen.

Ich sende Ihnen hiermit 45 Rubel. 20 Rubel gebe ich der Wirtin und den Rest von 35 behalte ich für mich: davon will ich mir für 20 Kleidungsstücke anschaffen, und 15 bleiben dann zum Leben. Nur haben mich alle diese Eindrücke heute morgen so erschüttert, daß ich mich ganz schwach fühle. Ich werde mich etwas hinlegen. Ich bin jetzt übrigens ganz ruhig, vollständig ruhig. Es ist nur noch so wie ein Druck auf dem Herzen und irgendwo dort in der Tiefe spüre ich, wie meine Seele bebt und zittert.

Ich werde zu Ihnen kommen. Noch bin ich wie betäubt von all diesen Empfindungen ... Gott sieht alles, mein Kind, alles!
Ihr würdiger Freund

Makar Djewuschkin.

Mein bester Makar Alexejewitsch!

Ich freue mich unendlich über Ihr Glück und weiß die Hilfe Ihres Vorgesetzten in ihrer ganzen Güte zu würdigen. So können Sie jetzt endlich aufatmen und sich von Ihren Sorgen erholen! Aber nur um eines bitte ich Sie: geben Sie das Geld um Gottes willen nicht wieder für unnütze Sachen aus! Leben Sie ruhig und still, leben Sie möglichst sparsam, und bitte, fangen Sie jetzt an, jeden Tag etwas Geld beiseite zu legen, damit Sie nicht wieder so in Not geraten! Um uns brauchen Sie sich wirklich nicht mehr zu sorgen. Werden uns schon durchschlagen. Wozu haben Sie uns soviel Geld geschickt, Makar Alexejewitsch? Wir brauchen es doch gar nicht… Wir sind zufrieden mit dem, was wir uns verdienen. Es ist wahr, wir werden bald zum Umzuge Geld nötig haben, aber Fedora hofft, daß man ihr jetzt endlich eine alte Schuld abtragen wird. Ich behalte also für alle Fälle zwanzig Rubel, den Rest sende ich Ihnen zurück. Geben Sie das Geld nur nicht für Unnötiges aus, Makar Alexejewitsch!

Leben Sie wohl! Leben Sie jetzt ganz ruhig, werden Sie gesund und fröhlich. Ich würde Ihnen mehr schreiben, fühle mich aber schrecklich müde. Gestern lag ich den ganzen Tag im Bett. Das ist gut, daß Sie mich besuchen wollen. Tun Sie es doch, bitte, recht bald, Makar Alexejewitsch. Ich erwarte Sie.

Ihre

W. D.

Meine liebe Warwara Alexejewna!

Ich flehe Sie an, meine Liebe, verlassen Sie mich jetzt nicht, jetzt, wo ich vollkommen glücklich und mit allem zufrieden bin! Mein Täubchen! Hören Sie nicht auf Fedora! Ich verspreche Ihnen, alles zu tun, was Sie nur wollen. Ich werde mich gut aufführen, allein schon aus Hochachtung für Seine Exzellenz werde ich mich ehrenhaft und anständig aufführen. Wir werden einander wieder selige Briefe schreiben, werden uns gegenseitig unsere Gedanken mitteilen, und unsere Freuden und Sorgen – wenn es wieder einmal Sorgen geben sollte – miteinander teilen: und so werden wir denn wieder einträchtig und glücklich miteinander leben. Wir werden uns mit der Literatur beschäftigen... Mein Engelchen! In meinem Leben hat sich doch jetzt alles zum besseren gewendet. Meine Wirtin läßt wieder mit sich reden. Theresa ist bedeutend klüger geworden und sogar Faldoni wird diensteifrig. Mit Ratasäjeff habe ich mich ausgesöhnt. Ich ging in meiner Freude selbst zu ihm. Er ist wirklich ein guter Kerl, mein Kind, und was man von ihm Schlechtes gesagt hat, beruht auf Unsinn und Irrtum: jetzt habe ich erfahren, daß alles nur eine häßliche Verleumdung gewesen ist. Er hat gar nicht daran gedacht, eine Satire auf uns zu machen. Er hat es mir selbst gesagt. Er las mir sein neuestes Werk vor. Und was das betrifft, daß er mich damals Lovelace benannt hat: nun – so ist das ja gar nichts Schlechtes oder gar eine unanständige Bezeichnung. Er hat mir nämlich jetzt die Bedeutung erklärt. Lovelace ist ein Fremdwort und bedeutet ungefähr »ein gewandter Bursche«, oder wenn man es hübscher, sozusagen literarischer ausdrücken will: »ein schneidiger Kavalier«. Sehen Sie, das bedeutet es, nicht aber irgend so etwas – anderes! Es war also ein ganz unschuldiger Scherz von ihm, mein Engelchen. Ich ungebildeter Dummkopf habe es nur gleich für eine Beleidigung gehalten. Nun, und da habe ich mich denn auch deswegen heute bei ihm entschuldigt…

Das Wetter ist heute so schön, Warinka. Am Morgen hatten wir zwar leichten Frost, aber das tut nichts: dafür ist die Luft jetzt etwas frischer. Ich ging und kaufte mir ein Paar Stiefel – es sind wirklich tadellos schöne Stiefel, die ich gekauft habe. Dann ging ich noch etwas auf dem Newskij spazieren. Habe dann die Zeitung gelesen. Ja, richtig! und das Wichtigste habe ich vergessen, Ihnen zu erzählen!

Also hören Sie jetzt, wie es war:

Heute morgen knüpfte ich mit Jemeljan Iwanowitsch und mit Akssentij Michailowitsch ein Gespräch an: wir sprachen von Seiner Exzellenz. Ja, Warinka, Seine Exzellenz sind nicht nur gegen mich so gütig gewesen. Sie haben schon vielen Gutes erwiesen und die Herzensgüte Seiner Exzellenz ist aller Welt bekannt. Viele, viele Menschen rühmen diese Güte und vergießen Tränen der Dankbarkeit, wenn sie der ihnen erwiesenen Hilfe gedenken. Exzellenz haben unter anderem eine arme Waise bei sich im Hause erzogen, und die ist dann verheiratet worden, an einen angesehenen Beamten, der zu den nächsten Untergebenen Seiner Exzellenz gehört, und Exzellenz haben ihr dann auch noch eine Aussteuer mitgegeben. Ferner haben Exzellenz auch noch den Sohn einer armen Witwe in einer Kanzlei untergebracht, und noch viel, viel Gutes haben Exzellenz den Menschen erwiesen. Ich hielt es für meine Pflicht, mein Kind, auch mein Scherflein beizusteuern und erzählte allen laut, was Exzellenz an mir getan: ich erzählte ihnen alles, ich verheimlichte nichts. Meine Verlegenheit steckte ich dabei in die Tasche. Was Verlegenheit, was Ansehen, wenn es sich um so etwas handelt! Ganz laut erzählte ich es, so daß alle es hören konnten, ja, ganz laut, um die edelmütigen Taten Seiner Exzellenz allen kundzutun! Ich sprach mit Eifer und Begeisterung und errötete nicht: im Gegenteil, ich war stolz, daß ich so etwas erzählen konnte. Und ich erzählte alles (nur von Ihnen, mein Kind, erzählte ich zum Glück nichts, über Sie ging ich vernünftigerweise mit Stillschweigen hinweg), aber von meiner Wirtin und Faldoni, und von Ratasäjeff und Markoff und von meinen Stiefeln – alles das erzählte ich rückhaltlos. Manche spotteten wohl ein bißchen, oder eigentlich spotteten alle – alle lachten wenigstens! Wahrscheinlich haben sie an meiner Erscheinung etwas Lächerliches gefunden. Vielleicht haben sie auch nur über meine Stiefel gelacht – ja, ganz sicher nur über meine Stiefel! Aber in irgendeiner schlechten Absicht haben sie gewiß nicht gelacht, das hätten sie nie und nimmer tun können. Es kam eben nur so, es war ihre Jugend – oder weil sie wohlhabende Leute sind. In einer schlechten, einer häßlichen Absicht jedenfalls – da hätten sie mich und meine Worte bestimmt nicht verspottet. Das heißt, ich meine: etwa über Seine Exzellenz lachen – das hätten sie unter keinen Umständen getan. Hab' ich nicht recht, Warinka?

Ich kann eigentlich noch immer nicht ganz zur Besinnung kommen, mein Kind. Alle diese Geschehnisse haben mich so verwirrt! Haben Sie auch Holz zum Heizen? Sehen Sie nur zu, daß Sie sich nicht erkälten, Warinka, wie leicht ist das geschehen! Ich bete zu Gott, mein Kind, er möge Sie behüten und beschützen. Haben Sie zum Beispiel wollene Strümpfchen oder was da sonst von warmen Kleidungsstücken für den Winter nötig ist? Seien Sie nur vorsichtig, mein Täubchen. Wenn Ihnen von solchen Sachen etwas fehlen sollte, dann kränken Sie mich Alten nicht, dann wenden Sie sich sogleich an mich. Jetzt sind ja die schlechten Zeiten vorüber und vor uns liegt das Leben so hell und so schön!

Aber es war doch eine traurige Zeit, Warinka! Nun ja, was soll man da noch reden, jetzt, da sie überstanden ist! Wenn erst Jahre darüber vergangen sein werden, dann werden wir auch an diese Zeit lächelnd zurückdenken. Nicht wahr, wie wenn man heute so an seine Jugendjahre zurückdenkt! Was man da nicht alles durchgemacht hat! Wie oft hatte man nicht einen einzigen Kopeken in der Tasche. Kalt war man, hungrig war man, aber dabei doch immer lustig. Morgens ging man über den Newskij, begegnete einem netten Gesichtchen – und da wurde man denn für den ganzen Tag glücklich. Eine schöne, eine wunderschöne Zeit war es doch, mein Kind! Es ist schön, in der Welt zu leben, Warinka! Namentlich in Petersburg. Ich habe gestern mit Tränen in den Augen vor Gott dem Herrn meine Sünden bereut, damit er mir alle meine Sünden, die ich in dieser traurigen Zeit begangen habe, verzeihen möge, als da sind: Freidenkerei, Leichtsinn und Spiel. Und Ihrer, mein Kind, habe ich in meinem Gebet mit Rührung gedacht. Sie allein, mein Engelchen, haben mich getröstet und gestärkt, haben mir guten Rat erteilt und mir mit Ihrem Beistand über alles Schwere hinweggeholfen. Das werde ich, mein Kind, Ihnen niemals vergessen. Ihre Briefchen habe ich heute alle einzeln abgeküßt, mein Täubchen, mein Engelchen! Nun, und jetzt – leben Sie wohl!

Ich habe gehört, daß hier in der Nähe jemand eine Uniform zu verkaufen hat. Nun werde ich mich auch äußerlich wieder etwas instand setzen. Leben Sie wohl, mein Engelchen, leben Sie wohl, auf Wiedersehen!

Ihr Ihnen innig zugetaner

Makar Djewuschkin.

15. September.

Mein lieber Makar Alexejewitsch!

Ich bin in schrecklicher Aufregung. Hören Sie, was geschehen ist. Ich ahne etwas Verhängnisvolles. Urteilen Sie selbst, mein bester Freund: Herr Bükoff ist in Petersburg!

Fedora ist ihm begegnet. Er ist in einem Wagen an ihr vorübergefahren, hat sie erkannt, hat sogleich befohlen, anzuhalten, ist dann selbst auf sie zugegangen und hat sie gefragt, wo ich wohne. Sie hat es natürlich nicht gesagt. Darauf hat er lachend die Bemerkung hingeworfen – na, er wisse ja schon, wer bei ihr sei. (Offenbar hat ihm Anna Fedorowna alles erzählt.) Da ist Fedora zornig geworden und hat ihm gleich dort auf der Straße Vorwürfe gemacht, ihm gesagt, daß er ein sittenloser Mensch sei und ganz allein die Schuld an meinem Unglück trage. Darauf hat er erwidert, wenn man keinen Kopeken habe, müsse man allerdings unglücklich sein!

Fedora sagt, sie habe ihm darauf erklärt, daß ich mich sehr wohl mit meiner Hände Arbeit ernähren, daß ich heiraten oder schlimmstenfalls eine Stelle hätte annehmen können, jetzt aber sei mein Glück für immer vernichtet: ich sei außerdem krank und werde wohl bald sterben.

Darauf hat er erwidert, ich sei noch gar zu jung, in meinem Kopfe gäre es noch, und er hat hinzugefügt, unsere Tugenden seien wohl ein bißchen trüb geworden (das sind genau seine Worte).

Wir dachten schon, Fedora und ich, daß er nicht wisse, wo wir wohnen, doch plötzlich, gestern – kaum war ich ausgegangen, um im Gostinnyj Dworr einige Zutaten zu kaufen – da taucht er ganz unerwartet hier auf! Wahrscheinlich hat er mich nicht zu Hause antreffen wollen. Zunächst hat er Fedora lange über unser Leben ausgefragt und alles bei uns genau betrachtet, auch meine Handarbeit. Und dann hat er plötzlich gefragt:

»Was ist denn das für ein Beamter, der mit euch bekannt ist?«

In diesem Augenblick sind Sie gerade über den Hof gegangen und da hat Fedora auf Sie hingewiesen: er hat lebhaft zum Fenster hinausgesehen und dann gelacht. Auf Fedoras Bitte, fortzugehen, da ich von all dem Kummer ohnehin schon krank sei und es mir sehr unangenehm wäre, ihn hier zu sehen, hat er nichts geantwortet und eine Weile geschwiegen:

dann hat er gesagt, daß er »nur so« gekommen sei, er habe
gerade nichts zu tun gehabt, und schließlich hat er Fedora 25
Rubel geben wollen, die sie natürlich nicht angenommen hat.

Was könnte das alles zu bedeuten haben? Weshalb, wozu
ist er zu uns gekommen? Ich begreife nicht, woher er alles
über uns erfahren haben kann? Ich verliere mich in allen
möglichen Mutmaßungen. Fedora sagt, Axinja, ihre Schwä-
gerin, die bisweilen zu uns kommt, sei gut bekannt mit der
Wäscherin Nastassja, ein Vetter von dieser Nastassja aber sei
Amtsdiener in dem Bureau, in dem einer der besten Freunde des Neffen von Anna Fedorowna angestellt ist. Sollte der
Klatsch nicht auf diesem Umwege zu ihm gedrungen sein?
Wir wissen selbst nicht, was wir denken sollen. Könnte er
wirklich noch einmal zu uns kommen? Der bloße Gedanke daran entsetzt mich! Als Fedora mir gestern das alles erzählte, erschrak ich so, daß ich fast ohnmächtig wurde – vor
Angst. Was wollen diese Menschen von mir? Ich will nichts
mehr von ihnen wissen! Was gehe ich sie an? Ach, wenn Sie
wüßten, in welcher Angst ich jetzt lebe: jeden Augenblick
fürchte ich, Bükoff werde sogleich ins Zimmer treten. Was
wird aus mir werden! Was erwartet mich? Um Christi willen,
kommen Sie sogleich zu mir, Makar Alexejewitsch! Ich flehe
Sie an, kommen Sie!

18. September.

Meine liebe Warwara Alexejewna!

Heute ist in unserem Hause etwas unendlich Trauriges, Un-
erklärliches und ganz Unerwartetes geschehen. Doch ich will
Ihnen alles der Reihenfolge nach erzählen.

Also das Erste war, daß unser armer Gorschkoff freigesprochen wurde. Das Urteil war wohl schon lange eine beschlos-
sene Sache, aber erst für heute hatte man die Verkündung des

Endspruches festgesetzt. Die Sache endete für ihn sehr günstig. All der Dinge, deren man ihn beschuldigt hatte – der Unachtsamkeit, Nachlässigkeit usw. – wurde er freigesprochen. Das Gericht stellte in vollem Umfange seine Ehre wieder her und verurteilte den Kaufmann zur Auszahlung jener bedeutenden Geldsumme an Gorschkoff, so daß sich jetzt auch seine äußere Lage mit einem Schlage gebessert hat, da das Geld ganz sicher ist und vom Kaufmann auf gerichtlichem Wege eingezogen werden wird. Das Wichtigste aber war natürlich, daß der Schandfleck entfernt wurde, der mit dieser Anklage auf seiner Ehre lag. Mit einem Wort, alle seine Wünsche gingen in Erfüllung.

Gegen drei Uhr kam er nach Hause. Er war kaum wiederzuerkennen. Sein Gesicht war bleich wie Kreide. Die Lippen zitterten, und dabei lächelte er in einem fort – so umarmte er seine Frau und die Kinder. Wir gingen alle, eine ganze Schar, zu ihm, um ihn zu beglückwünschen. Ich glaube, unsere Handlungsweise rührte ihn sehr, er dankte nach allen Seiten und drückte einem jeden mehrmals die Hand. Ja, es schien sogar, als ob er ordentlich gewachsen sei, wenigstens hielt er sich weit strammer, als sonst, und auch die Augen tränten nicht mehr, sondern glänzten förmlich. Er war so erregt, der Arme. Keine zwei Minuten hielt er es auf ein und derselben Stelle aus: alles nahm er in die Hand, um es sogleich wieder zurückzulegen, bald faßte er die Stuhllehnen an, lächelte, dankte, dann setzte er sich, stand jedoch gleich wieder auf, setzte sich von neuem und sprach Gott weiß was alles zusammen. Einmal sagte er: »Meine Ehre, ja, meine Ehre – ein guter Name, der bleibt jetzt meinen Kindern...« und Sie hätten hören müssen, wie er das sagte! Die Augen standen ihm voll Tränen, und auch wir waren den Tränen nahe. Ratasäjeff wollte wohl ablenken und sagte deshalb:

»I, was, Väterchen, was macht man mit der Ehre, wenn man nichts zu essen hat! Geld, Väterchen, Geld ist die Haupt-

sache. Für das Geld, ja dafür können Sie Gott danken!« –
und dabei klopfte er ihm auf die Schulter.

Mir schien es, als ob Gorschkoff sich dadurch irgendwie
gekränkt fühlte. Nicht gerade, daß er den Beleidigten gespielt hätte, aber er sah doch den Ratasäjeff so eigentümlich
an und nahm zur Antwort dessen Hand von seiner Schulter. Früher jedenfalls wäre das nicht geschehen, mein Kind.
Übrigens sind die Charaktere verschieden. Ich zum Beispiel
hätte in der Freude ganz sicher nicht gleich den Stolzen gespielt. Macht man doch, meine Liebe, macht man doch oft
genug einen ganz unnötigen Bückling, macht ihn aus keinem
anderen Grunde, als einzig aus überflüssiger Weichheit oder
in einer Anwandlung gar zu großer Gutherzigkeit... Doch
handelt es sich hier nicht um mich –

»Ja«, sagte Gorschkoff nach einer Weile, »auch das Geld
ist gut. Gott sei Dank... Gott sei Dank...«

Und dann wiederholte er noch mehrmals vor sich hin:
»Gott sei Dank... Gott sei Dank...«

Seine Frau bestellte ein etwas reichlicheres und besseres
Mittagessen. Unsere Wirtin kochte es selbst. Unsere Wirtin
ist nämlich im Grunde eine gute Frau.

Bis zum Essen konnte Gorschkoff keinen Augenblick still-
sitzen. Er ging zu allen in die Zimmer, gleichviel, ob man ihn
aufgefordert hatte oder nicht. Er trat ganz einfach ein, lächelte in seiner Weise, setzte sich auf einen Stuhl, sagte irgend
etwas, oder sagte auch nichts – und dann ging er wieder. Bei
unserem Seemann, bei dem man gerade spielte, nahm er sogar Karten in die Hand und man ließ ihn auch als vierten mit-
spielen. Er spielte, spielte, brachte aber nur Verwirrung ins
Spiel und warf die Karten nach drei oder vier Runden wieder
hin.

»Nein, ich habe ja nur so...« soll er gesagt haben, »ich
habe ja nur so...« und damit ist er wieder aus dem Zimmer
gegangen.

Mir begegnete er im Korridor, ergriff meine beiden Hände und sah mir lange in die Augen, aber mit einem ganz eigentümlichen Blick. Dann drückte er meine Hände und ging fort, immer mit einem Lächeln auf den Lippen, einem gleichfalls ganz eigentümlichen Lächeln, das so unbeweglich, so bedrückend war, wie das Lächeln eines Toten. Seine Frau weinte vor Freude. Es war bei ihnen heute wie ein rechter Feiertag. Das Mittagessen war bald beendet. Dann, nach dem Essen, hat er plötzlich zu seiner Frau gesagt:

»Ich will mich jetzt ein wenig hinlegen«, – und damit hatte er sich auch schon auf dem Bett ausgestreckt.

Gleich darauf rief er sein Töchterchen zu sich, legte die Hand auf das Kinderköpfchen und streichelte es immer wieder. Dann wandte er sich von neuem an seine Frau:

»Wo ist denn Petinka? Unser Petjä«, fragte er, »unser Petinka? ... «

Die Frau bekreuzte sich und sagte, daß Petinka doch tot sei.

»Ja, ja, ich weiß, ich weiß schon, Petinka ist jetzt im Himmelreich.«

Die Frau merkte, daß er gar nicht so wie sonst war, daß die Erlebnisse an diesem Tage ihn ganz erschüttert hatten, und sagte deshalb, er solle doch versuchen, einzuschlafen und auszuruhen.

»Ja, gut... ich werde gleich... ich will nur ein wenig... « und damit drehte er sich auf die Seite, lag ein Weilchen, dann wandte er sich wieder zurück und wollte wohl noch etwas sagen. Die Frau hat ihn noch gefragt: »Was ist, mein Freund?« – aber er antwortete schon nicht mehr. »Nun, er wird wohl eingeschlafen sein«, sagte sie sich und ging aus dem Zimmer, um mit der Wirtin Notwendiges zu besprechen. Nach etwa einer Stunde kam sie zurück – der Mann, sah sie, war noch nicht aufgewacht, er schlief noch ganz ruhig, ohne sich zu rühren. Sie dachte: mag er nur schlafen und setzte sich wieder an ihre Arbeit.

Sie erzählt, daß sie wohl über eine halbe Stunde so gesessen habe, doch könne sie nicht mehr sagen, an was sie eigentlich gedacht, obschon sie in Nachdenken versunken gewesen sei, nur habe sie den Mann ganz vergessen. Plötzlich aber sei sie wieder zu sich gekommen, und zwar habe ein gewisses beunruhigendes Gefühl sie aus ihrer Traumverlorenheit aufgeschreckt, und da sei ihr zunächst nur die Grabesstille im Zimmer aufgefallen.

Sie blickte auf das Bett und sah, daß ihr Mann immer noch so lag, wie vor anderthalb Stunden. Da trat sie denn zu ihm und berührte ihn – er aber war schon kalt: ja, er war tot, Kind, Gorschkoff war tot, war ganz plötzlich gestorben, wie vom Blitz getroffen. Woran er aber gestorben ist, das mag Gott wissen!

Das ist's, was mich so erschüttert hat, Warinka, daß ich noch immer nicht recht zur Besinnung kommen kann. Ich kann es nicht glauben, daß ein Mensch so einfach – stirbt! Dieser arme, unglückliche Mensch! Warum mußte er denn gerade jetzt an seinem ersten Freudentage sterben! Ja, das Schicksal, das Schicksal! Die Frau ist ganz aufgelöst in Tränen, noch ganz verstört von dem furchtbaren Schreck. Das kleine Mädchen aber hat sich verschüchtert in einen Winkel verkrochen. Bei ihnen ist jetzt nur ein einziges Kommen und Gehen. Es soll noch eine ärztliche Untersuchung stattfinden… so heißt es, genau weiß ich das nicht. Leid tut es mir, ach, so leid! Es ist doch traurig, wenn man bedenkt, daß man wirklich weder Tag noch Stunde weiß… Man stirbt so einfach mir nichts dir nichts weg und aus ist es…

Ihr

Makar Djewuschkin.

Meine liebe Warwara Alexejewna!

Ich beeile mich, Ihnen mitzuteilen, mein Kind, daß Ratasäjeff mir Arbeit verschafft hat, Arbeit für einen Schriftsteller. – Heute kam einer zu ihm und brachte so ein dickes Manuskript – Gott sei Dank, viel Arbeit. Nur ist es alles so unleserlich geschrieben, daß ich gar nicht weiß, wie ich das entziffern soll, dabei wird die Arbeit so schnell verlangt. Außerdem handelt es von so schweren Dingen, daß man es gar nicht mal recht verstehen kann. Über den Preis sind wir auch schon einig geworden: 40 Kopeken pro Bogen. Ich schreibe Ihnen das alles nur deshalb, meine Liebe, um Sie schneller wissen zu lassen, daß ich jetzt noch obendrein einen Nebenverdienst haben werde. Und nun leben Sie wohl, Kind. Ich will mich gleich an die Arbeit machen.

Ihr treuer

Makar Djewuschkin.

23. September.

Mein teurer Freund, Makar Alexejewitsch!

Ich habe Ihnen drei Tage lang nicht geschrieben, mein Freund, und doch war es eine Zeit großer Sorge und Aufregung für mich.

Vor drei Tagen war Bükoff bei mir. Ich war allein, Fedora war ausgegangen. Ich öffnete die Tür und erschrak dermaßen, als ich ihn erblickte, daß ich mich nicht von der Stelle rühren konnte. Ich fühlte, wie ich erbleichte. Er trat, wie das so seine Art ist, mit lautem Lachen ins Zimmer, nahm ganz ungeniert einen Stuhl und setzte sich. Es dauerte eine Weile, bis ich meine Fassung wiedergewann. Endlich setzte ich mich wieder ans Fenster, an meine Arbeit! Er hörte übrigens bald auf, zu lachen. Augenscheinlich hat ihn mein Aussehen doch überrascht. Ich habe ja in der letzten Zeit so abgenommen, meine Wangen und Augen sind eingefallen, und ich war so bleich wie eine Tote… Ja, es muß allerdings schwer sein für die, die mich vor einem Jahre gekannt haben, mich jetzt wiederzusehen.

Er betrachtete mich lange und aufmerksam, endlich heiterte sich seine Miene wieder auf. Er machte irgendeine Bemerkung – ich weiß nicht mehr, was ich antwortete – und lachte wieder. Eine ganze Stunde saß er so bei mir, fragte mich nach diesem und jenem und unterhielt sich mit mir ganz ungezwungen. Endlich, bevor er aufbrach, erfaßte er meine Hand und sagte (ich schreibe es Ihnen wortwörtlich):

»Warwara Alexejewna! Unter uns gesagt: Anna Fedorowna, Ihre Verwandte und meine alte Bekannte und Freundin, ist ein höchst gemeines Weib.« (Er benannte sie außerdem noch mit einem ganz unanständigen Wort.) »Sie hat jetzt auch Ihre Kusine vom rechten Wege abgelenkt, und auch Sie hat sie dem Verderben zuführen wollen. Na, aber auch ich habe mich in diesem Falle recht als Schuft gezeigt: doch schließlich, was soll man darüber viel Worte verlieren, das ist so eine alltägliche Geschichte, wie das Leben sie eben mit sich bringt.« Wieder lachte er laut. Darauf bemerkte er, daß er kein glänzender Redner sei, daß er das Wichtigste, was er zu sagen hatte, ja, was zu verschweigen ihm seine Anständigkeit einfach verboten hätte, bereits gesagt habe, und daß er daher das Übrige in kurzen Worten zu erklären gedenke. Und so tat er es auch: er erklärte mir, daß er um meine Hand anhalte, daß er es für seine Pflicht erachte, mir meine Ehre wiederzugeben, daß er reich sei und mich nach der Hochzeit auf sein Gut im Steppengebiet bringen werde. Dort gedenke er Hasen zu jagen, nach Petersburg aber wolle er nie mehr zurückkehren, denn das Großstadtleben sei ihm widerwärtig. Außerdem habe er hier einen Neffen, einen hoffnungslosen Taugenichts, wie er ihn nannte, und er habe sich geschworen, diesen um die erwartete Erbschaft zu bringen. Hauptsächlich deshalb habe er sich entschlossen, zu heiraten, das heißt, er wolle rechtmäßige Erben hinterlassen. Darauf äußerte er sich noch über unsere Wohnung, meinte, es wäre schließlich kein Wunder, daß ich krank geworden sei, wenn ich in einer so jämmerlichen Hintertreppenstube wohne, und prophezeite mir meinen nahen Tod, wenn ich noch lange hierbliebe. In Petersburg seien die Wohnungen überhaupt elend, sagte er, und dann fragte er, ob ich nicht irgendeinen Wunsch habe.

Ich war so erschreckt durch seinen Antrag, daß ich plötzlich – ich weiß selbst nicht, weshalb – in Tränen ausbrach. Er hielt sie natürlich für Tränen der Dankbarkeit und sagte, er sei von jeher überzeugt gewesen, daß ich ein gutes, gefühlvolles und gebildetes Mädchen sei, doch habe er sich nicht früher zu seinem Antrag entschlossen, als nachdem er alles Nähere über mich und meine Lebensführung erfahren. Hierauf erkundigte er sich nach Ihnen, sagte, er wisse bereits alles, Sie seien ein anständiger Mensch, und er wolle nicht in Ihrer Schuld stehen – ob Ihnen 500 Rubel genug wären für alles, was Sie für mich getan haben? Als ich ihm darauf antwortete, daß Sie für mich das getan, was man mit Geld nicht zu bezahlen vermöge, sagte er, das sei Unsinn; so etwas käme wohl in Romanen vor, ich sei noch jung und beurteile das Leben nach Büchern: Romane aber setzten jungen Mädchen bloß verschrobene Ideen in den Kopf, und überhaupt möchte er von Büchern ohne weiteres behaupten, daß sie nur die Sitten verdürben, weshalb er Bücher nicht leiden könne. Er riet mir, erst sein Alter zu erreichen, dann könne ich von Menschen reden, »dann erst«, sagte er, »werden Sie die Menschen kennen gelernt haben.«

Darauf riet er mir, über seinen Antrag nachzudenken und mir alles reiflich zu überlegen, denn es wäre ihm sehr unangenehm, wenn ich einen so wichtigen Schritt unüberlegt tun würde, und er fügte noch hinzu, daß Unbedachtsamkeit und stürmische Entschlüsse die unerfahrene Jugend stets ins Verderben zu führen pflegten, doch sei es sein größter Wunsch, eine zusagende Antwort von mir zu erhalten: andernfalls werde er sich gezwungen sehen, in Moskau eine Kaufmannstochter zu heiraten, da er, wie gesagt, nun einmal geschworen habe, seinen nichtsnutzigen Neffen um die Erbschaft zu bringen. Darauf erhob er sich und legte fünfhundert Rubel auf meinen Stickrahmen, für Naschwerk, wie er sagte, und er zwang mich fast mit Gewalt, sie dort liegen zu lassen. Zum Schluß sagte er noch, daß ich auf dem Gute wie ein Pfannkuchen aufgehen, dick, rosig und gesund werden würde, ich könne dort essen, soviel ich nur wolle. Augenblicklich habe er hier entsetzlich viel zu tun, die Geschäfte hätten ihn schon den ganzen Tag in Anspruch genommen und er sei auch nur auf kurze Zeit zu mir gekommen. Damit ging er...

Ich habe lange nachgedacht, viel hin und her gegrübelt und mich recht gequält, mein Freund, und endlich habe ich mich entschlossen. Ja: ich werde ihn heiraten, ich muß seinen Antrag annehmen. Wenn mich jemand von meiner Schande erlösen, mir meine Ehre wiedergeben und mich in Zukunft vor Armut und Entbehrungen und Unglück bewahren kann, so ist er ganz allein derjenige, der es vermag. Was soll ich denn sonst von der Zukunft erwarten, was noch vom Schicksal verlangen? Fedora sagt, daß man sein Glück nicht verscherzen dürfe, nur fragte sie gleich darauf seufzend, was man denn in diesem Falle Glück nennen solle. Ich jedenfalls finde keinen anderen Ausweg für mich, mein guter Freund. Was soll ich tun? Mit der Arbeit habe ich ohnehin schon meine ganze Gesundheit untergraben. Ununterbrochen arbeiten – das kann ich nicht. Bei fremden Menschen dienen? – Ich käme um vor Leid, und überdies würde ich niemanden zufriedenstellen. Ich bin von Natur kränklich, deshalb würde ich Fremden immer nur zur Last fallen. Natürlich gehe ich ja auch jetzt nicht in ein Paradies, aber was soll ich denn tun, mein Freund, was soll ich denn tun? Was soll ich denn vorziehen?

Ich habe Sie nicht um Ihren Rat gebeten. Ich wollte ganz allein alles überlegen. Mein Entschluß, den ich Ihnen jetzt mitgeteilt habe, steht fest und ich werde ihn sogleich auch Bükoff mitteilen, da er schon sowieso und mit Ungeduld meine endgültige Entscheidung erwartet. Er sagte mir, daß seine Geschäfte keinen Aufschub dulden, er müsse abreisen, und »wegen dieser Nichtigkeiten« könne er die Abreise doch nicht aufschieben. Nur Gott in seiner heiligen und unerforschlichen Macht über mein Schicksal weiß, ob ich glücklich sein werde, aber mein Entschluß ist gefaßt. Man sagt, Bükoff sei ein guter Mensch: er wird mich achten, und vielleicht werde ich ihn gleichfalls achten. Was aber sollte man wohl noch mehr von unserer Ehe erwarten?

Ich teile Ihnen alles mit, Makar Alexejewitsch, denn ich weiß, daß Sie meinen ganzen Jammer verstehen werden. Versuchen Sie nicht, mich von meinem Vorhaben abzubringen. Ihre Bemühungen wären zwecklos. Erwägen Sie lieber in Ihrem eigenen Herzen alle Gründe, die mich zu diesem Schritt veranlaßt haben. Anfangs regte es mich sehr auf, doch jetzt bin ich ruhiger. Was mich erwartet – ich weiß es nicht. Was geschehen wird, das wird geschehen, wie Gott es schickt!...

Bükoff ist gekommen, ich kann den Brief nicht beenden. Ich wollte Ihnen noch vieles sagen. Bükoff ist schon hier.

Kind, Warwara Alexejewna!

Ich beeile mich, Kind, Ihnen zu antworten. Ich, Kind, ich beeile mich, Ihnen zu erklären, daß ich – daß ich erstaunt bin.
Alles das ist doch ganz sicher irgendwie nicht so… Gestern
haben wir Gorschkoff beerdigt. Ja, das ist so, Warinka, das ist
so; Bükoff hat ehrenhaft gehandelt; nur eines, sehen Sie, meine Liebe, Sie haben ihm also wirklich zugesagt? Natürlich
wirkt in allem Gottes Wille. Das ist so, das muß unbedingt
so sein, das heißt, hier – auch hier muß unbedingt Gottes
Wille wirken. Die Vorsehung des himmlischen Schöpfers hat
natürlich, obschon uns unerforschlich, immer nur das Wohl
der Menschen im Sinn, und das Schicksal ganz ebenso, ganz
ebenso wie Gott.

Fedora nimmt auch Anteil an Ihnen. Natürlich, Sie werden
jetzt glücklich sein, Kind, Sie werden in Reichtum und Überfluß leben, mein Täubchen, mein Sternchen, ich kann mich ja
nicht sattsehen an Ihnen, mein Engelchen, – nur eins, sehen
Sie, Warinka, wie denn das, warum so schnell?… Ja, die Geschäfte – Herr Bükoff hat Geschäfte vor… natürlich – wer hat
denn nicht Geschäfte, auch er kann sie haben. Ich habe ihn
gesehen, als er von Ihnen fortging. Ein imponierender Mann,
sogar ein sehr imponierender Mann, das heißt eine imposante Erscheinung, eine sogar sehr imposante Erscheinung. Nur
ist das alles… nein, es ist ja gar nicht das, um was es sich eigentlich handelt. Ich, sehen Sie, ich bin schon jetzt gar nicht
mehr ich selbst. Wie werden wir denn künftig einander Briefe
schreiben? Und ich, ja und ich – wie bleibe ich denn hier so
allein zurück? Ich, sehen Sie, mein Engelchen, ich erwäge,
wie Sie mir das da geschrieben haben, in meinem Herzen erwäge ich alles, alle diese Gründe, meine ich, und so weiter.
Ich hatte schon fast den zwanzigsten Bogen abgeschrieben,

da kam dann plötzlich dieses Ereignis! Kind, Kind, wenn Sie jetzt wegreisen wollen, so müssen Sie doch noch verschiedene Einkäufe machen, verschiedene Stiefelchen und Kleidchen, und da, meine ich, kommt es denn sehr gelegen, daß ich gerade ein gutes Magazin kenne, an der Gorochowaja – erinnern Sie sich noch, wie ich es Ihnen einmal beschrieb? – Aber nein! Was rede ich, was fällt Ihnen ein, mein Kind, was denken Sie! Sie dürfen doch nicht, es ist ganz unmöglich: Sie können jetzt einfach nicht so ohne weiteres fortfahren! Sie müssen doch große Einkäufe machen, Sie müssen einen Wagen mieten. Überdies ist auch das Wetter jetzt so schlecht, sehen Sie doch nur, es regnet wie aus Eimern, unaufhörlich regnet es, und überdies... es wird doch noch kalt werden, mein Engelchen, Ihr Herzchen wird es kalt haben, Sie werden erfrieren! Und Sie fürchten doch jeden fremden Menschen: und nun wollen Sie mit diesem da fortfahren! Wie soll ich denn hier so allein zurückbleiben? Ja! Die Fedora sagt, daß ein großes Glück Sie erwarte... aber die Fedora ist doch eine harte Person und will mir mein Letztes nehmen. Werden Sie heute zur Abendmesse in die Kirche gehen, mein Kind? Ich würde dann auch hingehen, um Sie ein Weilchen zu sehen.

Es ist wahr, Kind, es ist richtig, daß Sie ein gebildetes, gutes, gefühlvolles Mädchen sind, nur wissen Sie, – mag er doch lieber eine Kaufmannstochter heiraten! Was meinen Sie, Kind? Mag er doch lieber eine Kaufmannstochter heiraten! – Ich werde zu Ihnen kommen, Warinka, sobald es dunkelt, werde ich auf ein Stündchen hinüberkommen. Jetzt wird es doch schon früh dunkel, also dann komme ich. Ganz bestimmt auf ein Stündchen! Jetzt erwarten Sie Bükoff, das weiß ich, aber wenn er fortgegangen ist, dann... Also warten Sie, Kindchen, ich komme unbedingt...

Ihr

Makar Djewuschkin.

Mein Freund Makar Alexejewitsch!

Herr Bükoff sagt, ich müsse mindestens drei Dutzend Hemden von holländischer Leinewand haben. Daher müssen wir so schnell wie möglich Weißnäherinnen für zwei Dutzend suchen, denn wir haben entsetzlich wenig Zeit. Herr Bükoff ärgert sich, weil er nicht geahnt hat, wie er sagt, daß diese Lappen soviel Schererei verursachen können.

Unsere Hochzeit wird in fünf Tagen stattfinden, und am Tage darauf reisen wir ab. Herr Bükoff hat Eile und sagt, für diese Dummheiten brauche man nicht soviel Zeit zu vergeuden. Ich bin von all den Schererereien schon so müde, daß ich mich kaum noch auf den Füßen halten kann. Es gibt noch ganze Berge Arbeit, und doch, weiß Gott, wäre es besser, wenn nichts von all diesen Sachen nötig wäre. Ja, und noch etwas: wir kommen mit den Spitzen nicht aus, wir müssen noch welche zukaufen, denn Herr Bükoff sagt, er wünsche nicht, daß seine Frau wie eine Küchenmagd gekleidet gehe, ich müsse »alle Gutsbesitzersfrauen in den Schatten stellen« – das sind seine Worte.

Also bitte, lieber Makar Alexejewitsch, gehen Sie zu Madame Chiffon (Gorochowaja, Sie wissen schon) und bitten Sie sie, uns schnell einige Nähterinnen zu schicken, dies erstens, und zweitens, daß sie sich selbst herbemühen möge: sie soll eine Droschke nehmen. Ich bin heute krank. Hier in unserer neuen Wohnung ist es so kalt und alles ist in schrecklicher Unordnung. Herrn Bükoffs Tante kann kaum noch atmen vor Altersschwäche. Ich fürchte, daß sie vielleicht noch vor unserer Abreise sterben könnte, doch Herr Bükoff sagt, das habe nichts auf sich, sie würde sich schon wieder erholen.

Im Hause bei uns steht so ziemlich alles auf dem Kopf. Da Herr Bükoff nicht hier wohnt, laufen die Leute nach allen

Seiten fort und tun, was sie gerade wollen. Oft ist Fedora die einzige, die wir zu unserer Bedienung haben. Herrn Bükoffs Kammerdiener, der hier nach dem Rechten sehen soll, ist schon seit drei Tagen verschwunden. Herr Bükoff kommt jeden Morgen angefahren und ärgert sich, gestern aber hat er den Hausknecht geprügelt, weshalb er dann mit der Polizei Unannehmlichkeiten bekam… Ich habe hier im Augenblick keinen Menschen, mit dem ich Ihnen den Brief zusenden könnte. Ich schreibe Ihnen durch die Stadtpost. Ach, natürlich, das Wichtigste hätte ich fast vergessen! Sagen Sie Madame Chiffon, daß sie die Spitzen umtauschen und neue, zu dem gestern gewählten Muster passende, aussuchen, und daß sie dann selbst zu mir kommen soll, um mir die neue Auswahl zu zeigen. Und dann sagen Sie ihr noch, daß ich mich in bezug auf die Garnitur anders bedacht habe: sie muß gleichfalls gestickt werden. Ja und noch etwas: Die Buchstaben in den Taschentüchern soll sie in Tamburinstickerei nähen, verstehen Sie? – in Tamburinstickerei und nicht blank. Also vergessen Sie es nicht: Tamburinstickerei! So, und da hätte ich doch noch etwas vergessen! Sagen Sie ihr, um Gottes willen, daß die Blättchen auf der Pelerine erhaben ausgenäht werden müssen, die Ranken in Kordonstich, oben aber, an den Kragen muß sie dann noch eine Spitze nähen, oder eine breite Falbel. Bitte, sagen Sie ihr das, Makar Alexejewitsch.

Ihre

W. D.

P. S. Ich schäme mich so, daß ich Sie wieder mit meinen Aufträgen belästige. Vorgestern sind Sie ja schon den ganzen Nachmittag gelaufen. Doch was soll ich tun! Bei uns im Hause gibt es überhaupt keine Ordnung und ich selbst bin krank. Also ärgern Sie sich nicht gar zu sehr über mich, Makar Alexejewitsch. Es ist ja solch ein Jammer! Ach, was wird das noch werden, mein Freund, mein lieber, mein guter Makar Alexejewitsch! Ich fürchte mich, an die Zukunft auch nur zu denken. Es ist mir, als hätte ich tausend schlimme Vorahnungen und mein Kopf ist wie eingenommen.

P. S. Um Gottes willen, mein Freund, vergessen Sie nur nichts von dem, was Sie Madame Chiffon zu sagen haben. Ich fürchte, Sie verwechseln mir alles. Also merken Sie es sich nochmals: Tamburinstickerei und nicht blank!

W. D.

27. September.

Meine liebe Warwara Alexejewna!

Ihre Aufträge habe ich alle gewissenhaft ausgeführt. Madame Chiffon sagte, daß sie auch schon an Tamburinstickerei gedacht habe: das sei vornehmer, sagte sie, oder was sie da sagte – ich habe es nicht ganz begriffen, aber es war so etwas. Ja und dann, Sie hatten dort etwas von einer Falbel geschrieben, da sprach sie denn auch von dieser Falbel. Nur habe ich, mein Kind, leider vergessen, was sie mir von der Falbel sagte. Ich weiß nur noch, daß sie sehr viel über diese Falbel zu sagen hatte. Solch ein schändliches Weib! Was war es doch? Nun, sie wird es Ihnen heute noch alles selbst sagen. Ich bin nämlich, mein Kind, ich bin nämlich ganz wirr im Kopfe. Heute bin ich auch nicht in den Dienst gegangen. Nur ängstigen Sie sich, meine Liebe, ganz unnötigerweise. Für Ihre Ruhe und Zufriedenheit bin ich bereit, in alle Läden Petersburgs zu laufen. Sie schreiben, daß Sie sich fürchten, in die Zukunft zu blicken, oder an sie auch nur zu denken. Aber heute um sieben werden Sie doch alles erfahren. Madame Chiffon wird selbst zu Ihnen kommen. – Also verzweifeln Sie deshalb nicht. Hoffen Sie, Kind, vielleicht wird sich doch noch alles

zum besten wenden. Nun ja, aber da ist nun wieder diese ver-
wünschte Falbel, die kommt mir nicht aus dem Sinn, das geht
nur so – Falbel, Falbel, Falbel!...

Ich würde auf ein Augenblickchen zu Ihnen kommen,
mein Engelchen, würde unbedingt auf ein Weilchen vorspre-
chen, ich habe mich auch schon zweimal Ihrer Tür genähert,
aber Bükoff, das heißt, ich wollte sagen, Herr Bükoff ist immer so böse, und da ist es wohl nicht gerade angebracht...
Nicht wahr?...

Ihr

Makar Djewuschkin.

28. September.

Mein lieber Makar Alexejewitsch!

Um Gottes willen, eilen Sie sogleich zum Juwelier! Sagen Sie
ihm, daß er die Ohrgehänge mit Perlen und Smaragden nicht
arbeiten soll. Herr Bükoff sagt, die seien zu teuer, das risse ein
Loch in seinen Beutel. Er ärgert sich. Er sagt, daß es ihm ohnehin schon ein Heidengeld koste und daß wir ihn plündern.
Und gestern sagte er, wenn er diese Ausgaben vorausgesehen
hätte, würde er sich die Sache noch sehr überlegt haben. Er
sagt, daß wir sogleich nach der Trauung abreisen werden, ich
solle mir also keine Illusionen machen: es kämen weder Gäs-
te, noch werde nachher getanzt werden, die Feste seien noch
weit im Felde, ich solle mir nur nicht einbilden, gleich tanzen
zu können. So spricht er jetzt! Und Gott weiß doch, ob ich
das alles nötig habe, oder nicht! Herr Bükoff hat doch selbst
alles bestellt. Ich wage nicht, ihm zu widersprechen: er ist so
heftig. Was wird nur aus mir werden?!

W. D.

Mein Täubchen, meine liebe Warwara Alexejewna!

Ich, das heißt der Juwelier sagt – gut. Von mir aber wollte ich nur sagen, daß ich erkrankt bin und nicht aufstehen kann. Gerade jetzt, wo so viel zu besorgen ist, wo Sie meiner Hilfe bedürfen, jetzt müssen die Erkältungen kommen, ist das nicht ganz verkehrt! Auch habe ich Ihnen noch mitzuteilen, daß zur Vollendung meines Unglücks Seine Exzellenz heute geruht haben, sehr böse zu sein: sie haben sich über Jemeljan Iwanowitsch geärgert, haben sehr gescholten und sahen zu guter Letzt ganz erschöpft aus, so daß sie mir über alle Maßen leid getan haben. Sie sehen, ich teile Ihnen alles mit.

Ich wollte Ihnen eigentlich noch einiges schreiben, aber ich fürchte, Ihnen damit nur unnütz Zeit zu rauben. Ich bin ja doch, mein Kind, ein dummer Mensch, bin ungebildet und unwissend, schreibe, wie es gerade kommt und was mir einfällt, so daß Sie vielleicht dort irgendwie so etwas… ich kann ja nicht wissen was… Ach, nun, was soll man da reden!

Ihr

Makar Djewuschkin.

28. September.

Warwara Alexejewna, mein Herzchen!

Heute habe ich Fedora gesehen und gesprochen, mein Täubchen. Sie sagt, Sie werden schon morgen getraut und übermorgen reisen Sie ab! Herr Bükoff habe schon die Pferde bestellt.

Über Seine Exzellenz habe ich Ihnen bereits geschrieben, mein Kind. Ja und dann: die Rechnungen der Madame Chiffon habe ich durchgesehen: es stimmt alles, nur daß es sehr teuer ist. Aber warum ärgert sich denn Herr Bükoff über Sie? Nun, so seien Sie glücklich, Kind! Ich freue mich. Ja, ich werde mich immer freuen, wenn Sie glücklich sind, Kind! Ich würde morgen in die Kirche kommen, Kind, aber ich kann nicht, mein Kreuz schmerzt.

Doch wie wird es denn nun mit den Briefen – ich komme wieder darauf zurück –, wie werden wir uns denn jetzt schreiben, wer wird sie uns zustellen, Kind?

Ja, was ich noch sagen wollte: Sie haben Fedora so sehr beschenkt, meine Gute! Damit haben Sie ein gutes Werk getan, das war schön von Ihnen. Für jede gute Tat wird der Herr Sie segnen. Nichts bleibt unbelohnt und der Tugend ist immer Gottes Lohn gewiß.

Kind, mein Kind! Ich würde Ihnen vieles schreiben, ich würde Ihnen jede Stunde, jede Minute schreiben, immer nur schreiben! Ich habe hier noch ein Büchlein von Ihnen, »Bjelkins Erzählungen«, das ist noch bei mir geblieben. Aber wissen Sie, Kind, lassen Sie das bei mir, nehmen Sie mir das nicht fort, schenken Sie es mir ganz, mein Täubchen! Nicht deshalb, weil ich diese Geschichten etwa gar so gern nochmals lesen möchte. Aber Sie wissen doch selbst, Kind, der Winter kommt, die Abende werden lang: da wird man denn traurig – und da ist es dann gut, wenn man etwas zum Lesen hat. Ich, mein Kind, ich werde aus meiner Wohnung in Ihre alte Wohnung ziehen und werde als Mieter bei Fedora leben. Von dieser ehrenwerten alten Frau werde ich mich jetzt für keinen Preis mehr trennen. Zudem ist sie auch so arbeitsam. Gestern habe ich mir in Ihrer verlassenen Wohnung alles genau angesehen. Dort ist noch Ihr kleiner Stickrahmen mit der angefangenen Arbeit: es ist ja alles geblieben, unangerührt, wie es war. Ich habe auch Ihre Stickerei betrachtet. Dann sind da noch verschiedene kleine Flickchen geblieben. Auf ein Stückchen von einem meiner Briefe haben Sie angefangen,

Garn aufzuwickeln. In Ihrem Tischchen fand ich noch einen Bogen Postpapier, auf dem Sie geschrieben haben: »Mein lieber Makar Alexejewitsch! Ich beeile mich« – und nichts weiter. Offenbar hat Sie da jemand gleich zu Anfang unterbrochen. In der Ecke hinter dem Schirm steht Ihr schmales Bettchen... Mein Täubchen Sie!!!

Nun, schon gut, schon gut, leben Sie wohl. Antworten Sie mir nur um Gottes willen etwas auf meinen Brief, und recht bald!

Makar Djewuschkin.

30. September.

Mein Freund, mein lieber Makar Alexejewitsch!

Nun ist es geschehen! Mein Los hat sich entschieden. Ich weiß nicht, was die Zukunft mir bringen wird, aber ich füge mich in den Willen des Herrn. Morgen reisen wir.

Zum letztenmal nehme ich jetzt Abschied von Ihnen, mein einziger, mein treuer, lieber, guter Freund! Sind Sie doch mein einziger Verwandter, der in der Not treu zu mir gehalten hat!

Grämen Sie sich nicht um mich, leben Sie glücklich, denken Sie zuweilen an mich und möge Gott Sie segnen. Ich werde Ihrer oft gedenken und Sie in meinem Gebet nicht vergessen. So ist denn jetzt auch diese Zeit vorüber! Es sind wenig frohe Erinnerungen, die ich aus der Vergangenheit ins neue Leben mitnehme, um so wertvoller und lieber wird mir daher Ihr Andenken, um so teurer werden Sie selbst meinem Herzen sein. Sie sind mein einziger Freund, nur Sie allein haben mich hier geliebt. Ich bin doch nicht blind gewesen, ich habe es doch gesehen und gewußt, wie Sie mich liebten! Mein Lächeln genügte, um Sie glücklich zu machen, eine Zeile von mir söhnte Sie mit allem aus. Jetzt müssen Sie sich daran gewöhnen, ohne mich auszukommen. Wie werden Sie nur so allein hier weiterleben? Wer wird hier bei Ihnen sein, mein guter, unschätzbarer, einziger Freund!

Ich überlasse Ihnen das Buch, den Stickrahmen, den angefangenen Brief. Wenn Sie diese angefangenen Zeilen sehen, so lesen Sie in Gedanken weiter: lesen Sie in Gedanken weiter, lesen Sie alles, was Sie von mir gern gehört oder gelesen hätten, alles, was ich Ihnen hätte schreiben können – was aber würde ich Ihnen jetzt nicht alles schreiben! Vergessen Sie nicht Ihre arme Warinka, die Sie aufrichtig und von ganzem Herzen geliebt hat. Ihre Briefe sind alle bei Fedora in der Kommode geblieben, in der obersten Schublade.

Sie schreiben, daß Sie krank seien. Ich würde Sie besuchen, aber Herr Bükoff läßt mich heute nicht fort. Ich werde Ihnen schreiben, mein Freund, das verspreche ich Ihnen, aber nur Gott allein weiß, was alles geschehen kann. Deshalb lassen Sie uns jetzt für immer Abschied voneinander nehmen, mein Freund, mein Täubchen, wie Sie mich nennen, mein Liebster! Auf immer!… Ach, wie ich Sie jetzt umarmen würde, Sie! Leben Sie wohl, mein Freund, leben Sie recht, recht, recht wohl! Seien Sie glücklich! Bleiben Sie gesund. Nie werde ich vergessen, für Sie zu beten. O! wenn Sie wüßten, wie schwer mir zumut ist, wie qualvoll bedrückt meine Seele ist!

Herr Bükoff ruft mich.

Ihre Sie ewig liebende

W.

P. S. Meine Seele ist so voll, so voll von Tränen… Sie drohen, mich zu ersticken, zu zerreißen! Leben Sie wohl, Makar Alexejewitsch! Gott! wie ist es traurig!

Vergessen Sie mich nicht, vergessen Sie nicht Ihre arme Warinka.

W.

Kind, Warinka, mein Täubchen, mein Liebling! Man bringt Sie fort, Sie fahren. Ja, jetzt wäre es doch besser, man risse mir das Herz aus der Brust, als daß man Sie so von mir fortbringt! Wie ist denn das nur möglich! Wie können Sie nur? Sie weinen, und doch fahren Sie?! Da habe ich soeben Ihren Brief erhalten, der stellenweise noch feucht ist von Tränen. So wollen Sie im Herzen vielleicht gar nicht fortfahren? Vielleicht will man Sie mit Gewalt fortbringen? Es tut Ihnen leid um mich? Ja, aber – dann lieben Sie mich doch! Wie ist denn das? Was soll jetzt geschehen? Ihr Herzchen wird es dort nicht aushalten, es ist dort öde, häßlich und kalt. Die Sehnsucht wird Ihr Herzchen krank machen, die Trauer wird es zerreißen. Sie werden dort sterben, man wird Sie dort in die feuchte Erde betten, und es wird dort niemand sein, der Sie beweint! Herr Bükoff wird immer Hasen jagen... Ach, Kind, Kind, zu was haben Sie sich da entschlossen? Wie konnten Sie denn nur so etwas tun? Was haben Sie getan, was haben Sie getan, was haben Sie sich selbst angetan! Man wird Sie doch dort ins Grab bringen, man wird Sie dort einfach umbringen, mein Engelchen! Sie sind doch ein Kind, wie ein Federchen, so zart und schwach! Und wo war ich denn eigentlich? Habe ich Dummkopf denn hier mit offenen Augen geschlafen! Sah ich denn nicht, daß ein Kindskopf sich etwas Unmögliches vornahm, wußte ich denn nicht, daß dem Kinde einfach nur das Köpfchen versagte! Da hätte ich doch ganz einfach – aber nein! Ich stehe da wie ein richtiger Tölpel, denke weder, noch sehe ich etwas, als sei das gerade das Richtige, als ginge die ganze Sache mich gar nichts an, und laufe sogar noch nach Falbeln!... Nein, Warinka, ich werde aufstehen, bis morgen werde ich vielleicht schon soweit sein, dann stehe ich einfach auf! Und dann, dann werde ich mich einfach unter die Räder werfen. Ich lasse Sie nicht fortfahren! Ja was, was ist denn das eigentlich, wie geht denn das zu? Mit welchem Recht geschieht das denn alles? Ich werde mit Ihnen fahren! Ich werde Ihrem Wagen nachlaufen, wenn Sie mich nicht in den Wagen aufnehmen, und ich werde laufen, solange ich noch kann, bis mir der Atem ausgeht, bis ich meinen Geist aufgebe!

Wissen Sie denn überhaupt, was dort ist, was Sie erwartet, dort, wohin Sie fahren, Kind? Wenn Sie das noch nicht wissen, dann fragen Sie mich, ich weiß es! Dort ist nichts als die Steppe, meine Liebe, nichts als flache, kahle, endlose Steppe: hier, wie meine Hand, so nackt! Dort leben nur stumpfe, gefühllose Bauernweiber und rohe, betrunkene Kerle. Jetzt ist dort auch schon das Laub von den Bäumen gefallen, dort regnet es, dort ist es kalt – und dorthin fahren Sie!

Nun, Herr Bükoff hat eine Beschäftigung: er wird da seine Hasen jagen. Aber was werden Sie dort anfangen? Sie wollen Gutsherrin sein, mein Kind? Aber, mein Engelchen! – so sehen Sie sich doch nur an, sehen Sie denn nach einer Gutsherrin aus?

Wie ist das nur alles möglich, Warinka? An wen werde ich denn jetzt noch Briefe schreiben, Kind? Ja! so bedenken Sie und fragen Sie sich doch bloß dies eine: an wen wird er denn jetzt noch Briefe schreiben können? Und wen kann ich denn jetzt noch mein Kind, mein liebes Kind nennen, wem gebe ich diesen zärtlichen Namen, zu wem sage ich dies liebe Wort? Wo soll ich Sie denn noch finden, mein Engelchen? Ich werde sterben, Warinka, ich werde bestimmt sterben. Nein, solchem Unglück ist mein Herz nicht gewachsen!

Ich habe Sie wie das Sonnenlicht geliebt, wie mein leibliches Töchterchen liebte ich Sie, ich liebte alles an Ihnen, mein Liebling! Nur für Sie allein lebte ich! Ich habe ja auch gearbeitet und geschrieben, bin spazieren gegangen und habe meine Beobachtungen in meinen Briefen wiedergegeben, nur weil Sie, mein Kind, hier in meiner Nähe lebten. Sie haben das vielleicht nicht gewußt, aber es war wirklich so, es war wirklich so!

Doch hören Sie, Kind, so bedenken Sie und überlegen Sie doch, mein Täubchen, wie ist denn das nur möglich, daß Sie uns verlassen? – Nein, meine Liebe, das geht ja nicht, geht ganz und gar nicht! Das ist völlig ausgeschlossen! Es regnet doch, Sie aber sind so kränklich – Sie werden sich bestimmt erkälten. Ihre Reisekutsche wird durchnäßt werden, ein Wagen ist kein Haus – sie wird bestimmt durchnäßt werden! Und kaum werden Sie aus der Stadt hinausgefahren sein, da wird ein Rad brechen, oder der ganze Wagen bricht. Hier in Petersburg werden doch die Wagen schrecklich schlecht gebaut! Ich kenne doch alle diese Wagenbauer: denen ist es nur um die Fasson zu tun, um irgend so ein Spielzeug herzustellen, aber von Dauerhaftigkeit kann dabei keine Rede sein. Ich schwöre es Ihnen, glauben Sie mir, diese Wagen taugen alle nichts!

Ich werde mich, Kind, vor Herrn Bükoff auf die Knie niederwerfen und ihm alles sagen, alles! Und auch Sie, Kind, werden ihn zu überzeugen suchen! Sie werden ihm alles vernünftig auseinandersetzen und ihn so überzeugen! Sagen Sie ihm einfach, daß Sie hierbleiben, daß Sie nicht mit ihm fahren können!... Ach, warum hat er nicht in Moskau eine Kaufmannstochter geheiratet? Hätte er sich doch dort eine Kaufmannstochter ausgesucht! Das wäre für alle besser gewesen, die würde viel besser zu ihm passen, ich weiß schon, warum! Ich aber würde Sie dann hier behalten. Was ist er Ihnen denn, Kind, dieser Bükoff? Wodurch ist er Ihnen denn plötzlich so lieb und wert geworden? Vielleicht ist er es Ihnen deshalb geworden, weil er Ihnen Falbeln kauft und alles dieses – deshalb etwa? Wozu sind denn diese Falbeln? Wozu hat man die nötig? Es ist doch, Kind, nur ein Stück Zeug, solch ein Falbel! Hier aber handelt es sich um ein Menschenleben, Falbeln aber sind doch, mein Kind, einfach nur Lappen, wirklich – nichts anderes, als nichtsnutzige Lappen! Ich aber, ich kann Ihnen doch gleichfalls solche Falbeln kaufen, ich muß nur auf mein nächstes Gehalt warten, dann kaufe auch ich Ihnen diese Falbeln, mein Kind, und ich weiß schon, wo, ich kenne dort einen kleinen Laden, nur müssen Sie noch etwas Geduld haben, wie gesagt, bis ich mein Gehalt bekomme, mein Engelchen, Warinka!

Gott, Gott! So fahren Sie denn wirklich mit Herrn Bükoff fort in die Steppe, auf immer fort! Ach, Kind!... Nein, Sie müssen mir noch schreiben, noch ein Briefchen schreiben Sie mir über alles, und wenn Sie schon fort sind, dann schreiben Sie mir auch von dort einen Brief. Denn sonst, mein Engelchen, wäre dies der letzte Brief, das aber kann doch nicht sein, daß dies der letzte Brief sein soll! Denn wie, wie sollte das, so plötzlich – der letzte, wirklich der letzte Brief sein? Aber nein, ich werde doch schreiben, und auch Sie müssen mir schreiben... Fängt doch gerade jetzt mein Stil an, besser zu werden... Ach, Kind, aber was heißt Stil! Schreibe ich Ihnen doch jetzt so, ohne selbst zu wissen, was ich schreibe, ich weiß nichts, gar nichts weiß ich und will auch nichts durchlesen, nichts verbessern, nichts, nichts. Ich schreibe nur, um zu schreiben, immer noch mehr zu schreiben... Mein Täubchen, mein Liebling, mein Kind Sie!